T0246356

Los secretos de La Torre

© Texto, 2021 Yarimar Marrero Rodríguez
© De esta edición, 2021 Editorial Destellos LLC

Asesoría editorial y edición de textos
Mariola Rosario Padró

Corrección de textos
Sylma García González

Ilustración de portada
Julián André Ortiz Ortiz

Diseño y Diagramación
Víctor Maldonado

ISBN: 978-1-7320731-9-7

Para información y ventas favor de escribir a:
Editorial Destellos LLC
1353 Ave. Luis Vigoreaux, PMB 768, Guaynabo, PR 00966
info@editorialdestellos.com

Impreso en Colombia por Editorial Nomos S.A.

www.editorialdestellos.com

A la Universidad de Puerto Rico, porque
cada una de las páginas de esta novela
son una carta de amor a mi Alma Máter.
A mi sobrino Adrián, quien, de verdad,
tiene ojos de mar, para que un día
también se enamore de la Universidad.

A mis padres y a Leo, siempre.

LOS SECRETOS DE LA TORRE

YARIMAR MARRERO RODRÍGUEZ

EDITORIAL
DESTELLOS

El Velorio de Francisco Oller, Colección Museo de Historia, Antropología y Arte, Universidad de Puerto Rico

Capítulo 1

EL PINTOR

—¡Enzo, ponme tres copas de Pernod Fils! ¿Por qué brindamos? —Camille Pissarro lucía eufórico cuando nos vio entrar, a Antoine Guillemet y a mí, por la puerta del bar Caveau de la Bolée.

—¡Porque terminaremos imponiendo nuestra manera de ver! —respondió Guillemet. Se refería, claro, a los cimientos artísticos del impresionismo, que comenzábamos a desarrollar en Francia.

—¡Yo brindo porque, al final, nuestro arte sirva para algo!

—Ya veo que brindan sin mí —interrumpió Claude Monet, uniéndose a nuestro grupo, con su copa en mano—.¡Brindo por el Salon des Refusés!

—¡À ta santé, Oller! ¡A tu salud, Monet! ¡Boire à ça, Guillemet! —clamó Pissarro mientras los demás gritamos a coro—: ¡Por los rechazados!

El espontáneo chocar de las copas causó que se derramara en el piso más de la mitad de la bebida lechosa que con tanto aprecio le decíamos el diablo verde. Recuerdo cada detalle de ese encuentro, aunque hayan pasado ya casi treinta años. Fue a mediados del 1865, y para un artista de treinta y dos años, Francia brindaba una escena embriagadora. Tan así que poco después de la sucesión de copas y los brindis, cogí una borrachera como nunca, y eso me costó decir algunos de mis secretos más ocultos.

Cuando cumplí los dieciocho, mis padres decidieron que, por fin, estaba preparado para partir de mi hogar. Hice la travesía de cruzar, por primera vez, el océano Atlántico, para estudiar en Madrid, tras ser aceptado en la Real Academia de Bellas Artes San Fernando. Allí trabajé arduamente en busca de la perfección del estilo realista con mi tutor Federico Madrazo. Juntos caminamos por los pasillos del Museo del Prado. Recuerdo muy bien sus imponentes columnas majestuosas y sus pasillos abovedados. En ellos conocí a muchos artistas, algunos de los cuales luego dejaron su marca en mi propio estilo, como Diego Velázquez, por ejemplo. Pero un joven artista nunca termina de saciar su sed de conocimiento. Así que, al pasar de los años, quise explorar otros estilos más osados y eso me llevó a embarcarme rumbo a la capital artística del mundo, por aquel entonces. Si el Museo del Prado había sido inspirador para mí en mi juventud, el Louvre fue la apoteosis. ¿Quién diría que esa unión de edificios, que ahora albergan tanta belleza, había sido en su origen una fortaleza y una mazmorra, antes de ser un palacio real y, finalmente, el museo más grande del mundo?

Si bien yo aún continuaba apegado al Realismo, en la Escuela del Louvre, Gustave Courbet me enseñaría algo más que pintura. Me inculcaría el compromiso social con mi arte, algo que fue profundamente revelador para mí. Entendí que con el arte existe un propósito más allá de la belleza. París era la ciudad donde los artistas podíamos soñar con nuevos estilos y con nuevas formas de crear. Tristemente, con los sueños no se llenan las barrigas, de modo que casi todos teníamos trabajos alternos. Fui sacristán en una iglesia y barítono de la Ópera italiana. Las tardes de tertulias en los cafés y bares, en las que discutíamos con poetas y colegas pintores, eran un estímulo, una provocación que nos ayudaba a todos con nuestras creaciones. Dar clases era otra forma de ganarme la vida. ¡Qué mucho discutí con mi alumno Paul Cézanne sobre la anatomía humana en el dibujo! Yo siempre proponía ir al bar Caveau de la Bolée, una bóveda subterránea, oculta en la Rue de l'Hirondelle 25, entre las callejuelas del Barrio Latino. Si pasabas de largo por la calle Gît-le-Coeur, nunca hubieras imaginado que ahí abajo existía una taberna de aspecto medieval. Lo misterioso, lo oculto, lo aparentemente prohibido es algo que siempre nos ha excitado a los artistas y, en eso, París se llevaba el primer lugar. El hervidero de personas, farolas, calles angostas, carruajes tirados por caballos y la sensación de que había vida en todas partes, me recordaban por momentos a escenas de mi Viejo San Juan. Puerto Rico nunca estaba lejos de mis pensamientos. Creo que, por eso, me mudé al barrio de Montmartre durante esos últimos años antes de mi regreso, por sus adoquines. Para los que estamos lejos, cualquier detalle que nos evoca familiaridad nos hace sentir en casa.

¿Pero, qué hago? Me estoy engañando con tanta nostalgia romántica. Supongo que me he puesto así con los años. En todo caso, me mudé a Montmartre porque era barato: un lugar para pobres con talento. Era un barrio lleno de artistas, en una colina empinada sobre la que años después construirían la imponente Basílica del Sagrado Corazón. Cuando me enteré de su construcción por unas cartas de Cézanne, recuerdo haber pensado que me parecía un buen lugar para erigir un templo, porque subir la colina hasta su cima, ya era suficiente penitencia, y al entrar a la Basílica habrías purgado todas las culpas que te pesaban durante el ascenso. Así subía yo cada tarde, cargado con el caballete, las pinturas, los pinceles, los trozos de lienzo y la carpeta con bocetos hasta el pequeño edificio de tres pisos donde vivía. Los apartamentos eran tan angostos que apenas cabía un ser humano con pocas pertenencias, por lo que no era el lugar propicio para el amor compartido, aunque el poco espacio nunca fue un impedimento para extasiarme pensando en Alphonsine. Por supuesto, yo no pintaba allí: los casi siete años de mi primera estancia en París estuve disperso entre las clases y los espaciosos estudios del l'Ecole Imperial, la Academia de Bellas Artes y la Academie Suisse. Lo bueno que tenía aquel apartamento, además del precio de la renta, era la luz natural. Entraba por la ventana que daba a la plaza de la calle Girardon, y, más allá, oculto entre los edificios, podías ver pequeños jardines secretos que te hacían imaginar citas apasionadas y despedidas trágicas entre jóvenes amantes. Para nosotros los artistas, las vistas siempre son fuente de inspiración. Después de todo, los pintores somos cronistas.

En aquel entonces, las veladas y madrugadas de tertulias eran interminables. Cada persona pensaba que su argumento era el más importante. Los literatos opinaban, los poetas filosofaban y los pintores pintábamos lo que sentíamos. Aunque las discusiones solían comenzar en tono amistoso, a menudo, terminaba el ambiente caldeado.

—El jurado del Salón no tiene la última palabra. Yo pinto como siento y esa impresión que me causa cada trazo, cuando veo caer el sol sobre el río Sena, no hay Dios que me diga cómo tengo que pintarla —sentenció Guillemet, ya un poco pasado de copas, tras un encontronazo con los profesores conservadores de la Academia de Bellas Artes de Francia.

—¡Quien te oye tan rebelde! Cuando sabemos que te encantaría que aceptaran tus obras en el Salón de París. Aquí todos conocemos que has seguido enviando tus obras secretamente para que las evalúen. De hecho, se rumora que te aceptaron el cuadro L'Etang de Bat (Isère) y lo mantienes oculto. ¡No seas cobarde y dínoslo a la cara, que aquí estamos tus colegas! —respondió Monet, colérico.

Irónicamente, Guillemet terminaría convirtiéndose en parte del jurado del Salón de París, y a quien le escribía cuando quería que evaluaran algunos de mis cuadros para exhibirlos, algo que ocurrió cuatro veces a lo largo de mi vida.

—¿Y cómo se supone que paguemos nuestras deudas con el arte? —añadí, con la intención de abrir otra línea de discusión. Vacilé antes de continuar—: ¿Cómo hacemos las paces con darles muerte a nuestros personajes una vez terminamos la obra? —Que conste que dije obra porque me refería igualmente a un libro, una escultura, una pintura o cualquier manifestación del arte.

Aún se me eriza la piel cuando recuerdo el silencio desaprobatorio, cortado por el grito de mi amigo Pissarro:

—¡No le sirvan más absenta a Oller, que ya se le fue a la cabeza! ¡De artistas y locos todos tenemos un poco! —Mientras se ahogaba en una risa burlona.

Me había atrevido a gritarlo porque pensé que, en un bar clandestino, con esa tendencia natural a sentirnos perseguidos que tenemos los artistas, mi opinión estaría segura, según la tradición de la Sociedad Anónima Cooperativa de Artistas Pintores y Escultores.

No me molesté en explicarlo. Dejé mi argumento sobre los personajes en el aire, la vida y muerte de nuestras creaciones era algo que me perturbaba desde hacía mucho y, cuando intenté compartirlo, presumieron que estaba loco o borracho, o las dos cosas. Reconozco que se me fue la mano con la absenta esa noche, pues intentaba sanar las heridas a mi orgullo luego de haber quedado en ridículo. Caminé sin rumbo por las calles de la ciudad por horas y horas hasta que el rumor del río y el aire helado de la noche me fueron despertando de mi aturdimiento. París es hermosa y fascinante de día, como una mujer imponente que nos deslumbra y no nos atrevemos a tocarla, sino que nos conformamos con admirarla de lejos. Pero por las noches, que no te digan lo contrario: por las noches, París es aterradora.

Las sombras de los árboles en la acera eran criaturas siniestras que posaban sus garras sobre ti. Los cascos de los caballos, arrastrando las carretas, siempre se escuchaban a lo lejos, aunque no podías divisar ningún carruaje hasta donde alcanzaba la vista. El resplandor opaco de las farolas creaba una danza de luces y sombras que apenas alumbraba la decadencia de los hombres que pasaban su borrachera luego de una noche bohemia. Siempre te sentías acechado, volteando la vista constantemente, para aclarar tu sospecha, mientras desde el río escuchabas el eco de voces como un lamento. La belleza de la ciudad es una trampa. Quiere que bajes la guardia.

Crucé el Pont Neuf, irónicamente uno de los puentes más antiguos de la ciudad, y me quedé embelesado con los arcos formados por el puente sobre el Sena. Creaba pequeños túneles en donde la tradición dictaba que tenías que besar a la persona que tenías al lado, aunque fuera un desconocido. Decían que cuando pasabas por debajo de ellos en alguna embarcación, eso te aseguraba la suerte en el amor. Me senté en el borde del puente y me dejé mecer por la brisa. No tenía intenciones de lanzarme, siempre le he tenido aprecio a la vida. Pero más que aprecio a la vida, le tengo respeto a la muerte. Solo quería sentirme vulnerable, una sensación que encontraba liberadora. Instintivamente, caminé hasta la Catedral de Notre Dame y me acosté en las escalinatas de la parte frontal, donde se ubican las dos inmensas torres.

Era de madrugada y la imponente estructura gótica despertaba muchas emociones en mí. ¡Cuánta historia! ¡Cuánta muerte! ¡De cuántos cambios sociales y políticos había sido testigo esta estructura! No era la primera vez que me acostaba de noche en sus escalinatas. La primera vez que lo hice, el silencio y la soledad me ahogaron con un sentimiento de duda sobre mi talento. Por eso no había regresado a aquel lugar. Ese sentir me había invadido cuando, alzando la vista, extasiado por la majestuosidad de Nuestra Señora de París, como bien la había nombrado Víctor Hugo pocos años antes de mi nacimiento, pude ver cómo me seguían la mirada los monstruos alados y humanoides que coronaban los bordes de cada torre. Los miré fijamente y ellos me devolvieron la mirada desde arriba. Veía cómo las gárgolas transmutaban su capa de piedra por una de piel y despertaban a la vida frente a mis ojos. Entendí que ellas eran las guardianas de la catedral y, por eso, no me daban miedo.

—¿Cómo pudo alguien haberlas creado sin temer las consecuencias? Sus lenguas bífidas, sus cuerpos semihumanos, sus garras filosas y sus ojos huecos, ¿qué función tenían?, pensé. Esa noche les confesé a las gárgolas mis temores y me sentí conectado con ellas. Pude liberarme un poco del peso que cargaba. Estuve tan en paz, al menos durante esas horas, que me quedé dormido a la intemperie. Cuando desperté, ya despuntaba el sol.

De existir un ser humano, en todo París, a quien podría haberle confesado mi secreto hubiera sido a mi compatriota Ramón Emeterio Betances. Él era médico, más dado a las formalidades de la ciencia que yo, aunque también era un escritor ávido y ambos compartíamos el ideal de libertad para nuestra isla. También nos unía el espíritu abolicionista. Seguramente, iba en contra de toda ley de la naturaleza que un ser humano pudiese ser dueño de la vida de otro.

Betances era un hombre de mundo y, aunque yo había visitado algunas de las capitales del arte más importantes, él parecía albergar la sabiduría del universo. Muchas veces lo acompañé a actividades culturales y políticas con amigos suyos, como el escritor cubano Emilio Bobadilla, quien firmaba sus escritos como "Fray Candil". Nunca entendí el uso de los seudónimos en la escritura. Yo firmaba mis cuadros con mi apellido, "Oller", porque así me recordarían aún después de muerto. Betances era un intelectual al que le gustaban los seudónimos y usó algunos tan extraños como "Toba", "Louis Raymond" o "Dreb", aunque, sin duda, el más conocido era "El Antillano". Como buen masón, no solo aspiraba a la libertad de Puerto Rico, sino a una confederación antillana donde se unieran fuerzas por el bien de todas las islas del Caribe. Su mirada irradiaba tanta pasión, cuando hablaba de los planes para la revolución puertorriqueña, que intuí que no me tomaría por loco si le confesaba mi secreto. Además, le tenía tanto aprecio que lo veía casi como a un padre. Ramón había estudiado en París desde niño y su dominio del francés era perfecto. Por eso, yo admiraba aún más cómo, desde la distancia, había engendrado valores tan nobles hacia nuestra patria. Lo conocí en la injusta posición de desterrado y, poco tiempo después, me convenció de que fuera parte de la Sociedad Secreta Abolicionista.

En una ocasión, cuando nos abrazamos al despedirnos, me dijo: —Todos merecemos ser libres, Oller. Es un derecho inalienable. Que los negros ya no sean esclavizados ni los puertorriqueños seamos colonizados y, al final, todos libres para formar la patria justa que queremos. Necesitamos hombres y mujeres comprometidos hasta la muerte. ¡Ten fe en que lo lograremos! Esa vez había estado a punto de confesarle lo que me quitaba el sueño, lo que se había convertido en mi talento y mi castigo, mi gran yugo. Pero no le conté nada, no pude. Él tenía aspiraciones sociales grandes y nobles, mientras que lo mío solo eran alucinaciones de artista. Cuando lo volví a ver, él estaba a punto de morir y yo ya estaba completamente loco.

Betances pertenecía a una generación de optimistas empedernidos para los que los cimientos de la Revolución francesa de 1789, y sus principios de Libertad, Igualdad y Fraternidad eran una esperanza latente de que ellos también podrían obtener la independencia que tanto anhelaban.

Un año y medio después de mi regreso a la isla, en 1867, realicé unos dibujos en pluma titulados *Un boca abajo I* y *Un Boca abajo II*, para denunciar los maltratos a los que seguían siendo sometidos los esclavos en Puerto Rico. Mientras los dibujaba, pensé mucho en Ramón, en su firmeza ante un ideal que me parecía profundamente justo. Recordé lo que me dijo una vez: –La esclavitud ha sido y es, en todas partes, la obra de los soberanos; la abolición es la obra, de los pueblos libres...

Conocía que había viajado por diferentes países en busca de adeptos para la causa de la independencia. Supe también que no pudo estar presente en la revuelta de Lares, el 23 de septiembre de 1868. Me estremeció pensar en el dolor que debió experimentar por no haber podido participar en un acto que organizó desde el exilio, y por cómo se desarrollaron los hechos posteriores a la alzada. Inspirado en su dedicación, anuncié que la Academia de Arte Libre, que había fundado años antes, ofrecería clases gratuitas a cualquier persona interesada. Era mi aporte a la causa de un país libre, porque siempre he creído que las naciones se engrandecen cuando sus poblaciones se instruyen y, si queríamos gobernarnos a nosotros mismos, teníamos que estar preparados. Un año después del Grito de Lares, envié mi dibujo *Un boca abajo II* al Salón de París, para que lo evaluaran. Me respondieron que no lo exhibirían porque era una ofensa para España; me reí con melancolía. ¿Un dibujo le causaba ofensa a un país que mantenía a seres humanos como esclavos y a países como colonias? De todos modos, lo expuse en otra sala en París y tuvo muy buena acogida. Me sentí orgulloso porque, al fin, le gritaba al mundo mi desprecio ante los maltratos y las atrocidades de la esclavitud, como me había enseñado Betances. La libertad empieza por uno mismo.

Recuerdo todo esto justo ahora, no porque sea un sesentón nostálgico, sino porque llevo noches sin dormir mirando el cerrojo de la puerta a la espera de que irrumpa algo o alguien en mi cuarto, incluso cuando sé que estoy solo en este lado de la hacienda de la familia Elzaburu. El insomnio da rienda suelta a los recuerdos más vívidos y me transporta en el tiempo. Llevo hospedándome aquí durante meses. Aunque estoy en el pueblo de Carolina, este lugar no es muy distinto a la hacienda Santa Bárbara, en Bayamón, donde pasé años muy felices en mi niñez. Me gustaba el tiempo de la zafra. Disfrutaba estar rodeado del olor meloso de la caña de azúcar cuando se pasaba por el trapiche para la molienda. Era niño, pero los trabajadores no me eran indiferentes. Me acuerdo de verlos cortar caña de sol a sol y su cansancio me daba ganas de llorar.

Hoy día me paso haciendo bocetos, con los empleados de la hacienda y hasta a mi hija Georgina como modelos. A mi amigo Pablo le daré un lugar privilegiado en esta pintura; incluso pinté a mi perro Totó. Necesito tener aliados en esta obra. Es mi pintura más ambiciosa, una unión de los mundos realistas e impresionistas, pero todavía no sé cuál será su nombre. Pinto y creo sin parar hasta que comienza a ponerse el sol y, en la tarde, me encierro en mi cuarto, con un quinqué, a mirar la puerta que siempre mantengo cerrada. Le he dicho al ama de llaves y a los sirvientes que no pasen a este lado de la hacienda una vez haya caído la noche. Temo que también les pase algo.

Ahí los escucho otra vez. Ríen, arrastran cosas, afinan instrumentos, pero ¿quiénes? En los momentos en que tomo el pincel para realizar algún trazo me lleno de angustia. Siempre he disfrutado pintar, ha sido mi vocación, mi razón de ser, pero solo intentarlo se ha vuelto una tortura. Mi paranoia ha llegado tan lejos que me he puesto a medir la distancia entre los elementos que voy creando para asegurarme de que, al retomar la pintura, estén donde los pinté. Cuando empecé con el niño difunto sobre la mesa, sentí un poco de paz, pues le estaba haciendo justicia a alguien. Me esmeré mucho en su creación. A propósito, me tardé demasiado, no porque su pequeño cuerpo inerte tuviera tantos detalles, sino porque quería acunarlo en el proceso. Le pinté todas las flores que me cupieron en la mesa; le creé un fino mantel con puntilla; y le coloqué unos zapatitos azules, del color del cielo y del mar que amamos quienes nos hemos criado en una isla como la nuestra. Quería que, en su transición a la vida eterna, tuviera algo que lo hiciera sentir en casa.

−¿Quién anda ahí? −me atreví a decir con voz temblorosa, a través de la puerta.

−Ven y lo verás −me respondió una voz cantarina de mujer que no reconocí.

La mano me tiembla y no puedo casi quitarle el seguro a la perilla. Cargo una vela que me alumbra el camino y sigo los ruidos que me llevan hasta el estudio donde pinto. Mientras ando, con paso vacilante, por el largo pasillo de madera que bordea el salón principal de la hacienda, ahogo un grito al ver mi reflejo en el enorme espejo del salón. No me reconocí: estaba ojeroso, demacrado, con mirada histérica. Me observé con pavor y supe que estaba volviendo a ser un esclavo. Recordé mis días en París, mis años de estudio en composición y anatomía humana. ¿Por qué era tan difícil desprenderme del estilo realista? Estaba resuelto a encontrarle una solución a mi martirio esa misma noche. No sé por qué toqué a la puerta como si pidiera permiso. Me consta que no hay nada vivo dentro del estudio, aun así, lo hago. La vela mantiene una llama titilante que me hace ver imágenes monstruosas reflejadas en la pared y vuelvo a ver las gárgolas de Notre Dame. Afuera se escuchan pájaros nocturnos en su ritual de apareamiento, el rumor de hojas mecidas por el viento, los coquíes, que siempre me sitúan en Puerto Rico, y uno que otro ruido que no sé identificar.

Del otro lado de la puerta del estudio improvisado, donde llevo meses pintando mi obra maestra, me doy cuenta de que se detiene el ruido de voces e instrumentos. Sé muy bien por qué escogí este tema para mi pintura. Quiero que otros conozcan mi descontento, no con la tradición, sino con lo que se ha convertido esta. Celebrar la muerte de un infante era una tradición importada con influencias mezcladas. En la versión de nuestros colonizadores, a esta práctica se le conocía como el velorio de un angelito, mientras que en la cultura africana al mismo ritual le llamaban baquiné. Le estaba dando vida a la muerte con esta pintura. Quiero que este cuadro refleje tantas cosas que a veces siento que no lo terminaré jamás. Mi deseo es que, cuando lo vean, se estremezcan tanto como yo al pintarlo. Que se sientan parte del ruido, del caos, del desorden de elementos que intento captar, y que algo en la mente del que lo vea le cosquillee, que un rumor les susurre −algo no está bien aquí− y así podrán acompañarme un poco en mi martirio y no tendré que cargar con esto solo.

No quería estar allí a esas horas de la noche. Siempre he preferido la luz, donde sé qué es lo que estoy mirando. No podía creer lo que tenía ante mí. Mi instinto fue prenderle fuego al lienzo con la vela que llevaba en la mano, pero fui cobarde y no pude hacerlo. No conozco artista que sea capaz de destruir su propia obra y este cuadro es el objeto de todo mi amor y de toda mi obsesión. Juré nunca contar mi verdad ni el pacto que tuve que hacer aquella maldita noche para que me permitieran pintar en paz. Sigo guardando mi secreto y ruego que nunca me vea obligado a tener que revelarlo.>>

Durante sus largas noches sin dormir, Oller escribió su confesión a medias, pero no la firmó, solo le añadió el año "1893". Dobló los folios en forma de un diminuto triángulo y los ocultó donde nadie los encontraría. Pudo haber destruido las páginas redactadas como un ejercicio de desahogo, pero no lo hizo. Quería dejar pruebas, constancia de su proceso, por si algo terrible pasaba algún día.

CAPÍTULO 2

LOS ELEGIDOS

I

El reloj de la Torre marcaba la hora en conteo regresivo: cinco, cuatro, tres y... En menos de una hora sería robada una de las piezas de arte más importantes del país, del Museo de la Universidad de Puerto Rico. Esto era algo que los elegidos no podían haber anticipado.

Esa noche del 31 de octubre, todos los noticieros locales estarían reportando lo mismo:

<Esta es nuestra noticia de primera plana: El famoso cuadro *El Velorio*, del pintor puertorriqueño Francisco Oller y Cestero, fue robado hoy del Museo de Historia, Antropología y Arte de la Universidad de Puerto Rico. Según informes policíacos, no se forzó la puerta de entrada de la sala y se alteraron las cámaras de seguridad, pues no grabaron a nadie. El principal sospechoso es el guardia de seguridad del museo, Gregorio Nieves González, alias Don Goyo, quien se encontraba en el lugar de los hechos al momento del robo. Nieves González está siendo interrogado en el Cuartel de la Policía Municipal de Río Piedras desde que fue arrestado en los predios de la Universidad cuando intentaba huir. Se cree que, dadas las dimensiones de la obra, que mide ocho pies y diez pulgadas de alto por trece pies y seis pulgadas de ancho y la edad avanzada del sospechoso, no pudo haber actuado solo. Seguiremos informando...>

Seis meses antes del robo del cuadro, se interrogaba a cuatro estudiantes de décimo grado de la escuela Ramón Vilá Mayo, pero por razones muy distintas. En la biblioteca de la escuela habían improvisado la escena de un juicio. Los escritorios, ante los que se sentarían la directora y la trabajadora social, estaban sobre un pequeño escenario donde solían realizarse presentaciones artísticas. Frente a estos, al nivel del piso, se habían colocado sillas para los acusados y sus familiares. La posición de cada uno estaba totalmente calculada. Que el escritorio de las que harían el interrogatorio quedara por encima de los asientos de los acusados era una táctica para causar intimidación. Otra táctica, y quizá la más efectiva, había sido separarlos. La directora sabía que el grupo de amigos era un frente común y que dividirlos podría debilitarlos y hacerles contradecir sus versiones de lo ocurrido la noche del sábado. La intención final era que se acusaran entre ellos.

—¡Buenos días! Gracias por venir, por favor, tomen asiento. Alberto, dado tu historial, creemos que fuiste el instigador. Necesitamos que nos cuentes todo sobre la noche del sábado, en que invadieron y vandalizaron la escuela. ¿Cuáles eran sus intenciones y por qué no deberíamos expulsarte de inmediato? ¿Sabes que se les podrían radicar cargos por daños a la propiedad? —Y dirigiéndose a la madre del joven—: Mamá, esto es muy serio. Usted sabe que a su hijo ya lo hemos suspendido por pelear, y que tiene varias advertencias por cortar clases. —El tono con el que la directora había comenzado la reunión le dejaba muy claro a Alberto que esta vez no se escaparía fácilmente.

—Necesitamos saber la hora exacta en que entraron al plantel escolar. ¿Cómo y por qué lo hicieron? ¿Fuiste tú solo o fueron los cuatro? ¿Se llevaron algo de la propiedad privada, como computadoras o material escolar? ¿Qué significa el grafiti que pintaron en el estacionamiento de maestros que dice "Los ALCA de Buen Consejo"? ¿Ese es el nombre de una especie de pandilla? —La trabajadora social, quien no se había presentado formalmente, siguió bombardeándolo con preguntas.

—Y usted, ¿quién es? Porque yo nunca la había visto por aquí. ¿Esto es un interrogatorio? ¿Debo asustarme? —preguntó Alberto en tono desafiante. —Mi padre me enseñó que uno hace lo que tiene que hacer por la familia, pero uno nunca chotea. Mis amigos son la familia que yo escogí, así que conmigo no cuenten. Ya saben que entré de noche a la escuela, que estuve en la cancha y puede que haya pintado eso en la pared del parking, pero no me robé nada; no soy un pillo. — Hablaba solo de él, como si nunca hubiera estado con sus amigos a medianoche en la escuela, en la cancha o pintando el grafiti. Su boca permanecería fielmente cerrada.

—Sí, debería asustarse, Alberto, tanto usted como sus amigos. Como le dije, la escuela podría radicar cargos por vandalismo. Todavía no me ha respondido lo del grafiti ni qué significa "Los ALCA". —Y dirigiéndose nuevamente a la madre, que estaba tan abochornada y desilusionada que no sabía dónde meterse, la directora añadió—: Gloria, usted sabe que su hijo es reincidente y que le hemos advertido muchas veces sobre su comportamiento desafiante. Probablemente, a los demás no les pase mucho si la escuela lleva esto a los tribunales, pero a Alberto... Si "Los ALCA" es una especie de pandilla de drogas que involucra a menores, las consecuencias pueden ser muy graves.

A Alberto le asustaba la cárcel, pues el tema lo tocaba de cerca. Pensaba que privar a alguien de la libertad era algo inhumano y que, en vez de castigar, lo que hacía era convertir a jóvenes en animales. De todos modos, representaba el papel de joven rebelde. Jugaba a ser invencible como si, en el fondo, no estuviera muerto de miedo.

—¿Quiere saber lo que significa "Los ALCA de Buen Consejo", directora? —Tanto la directora como la trabajadora social y su madre asintieron con un rictus de miedo, en espera de una confesión que implicaba el desmantelamiento de una pandilla y el arresto de varios implicados–. Los ALCA significa...–Alberto hizo una pausa para alargar el suspenso y puso cara de compungido–. Los AL-CArajo lo que digan de nosotros. –Y rompió a reírse de tan buena gana que su risa parecía más un grito de victoria.

–Alberto, por favor, no me hagas esto. ¿Quieres terminar preso como el pai tuyo? Yo no puedo más contigo; es hora de que te hagas responsable de tus actos por primera vez. –Dirigiéndose a la directora, añadió–: No se preocupe, señora Pérez, que yo me voy a hacer cargo de que pague por lo que hizo. Estoy dispuesta a comprar la pintura y velar yo misma que tape el grafiti, pero, por favor, déjelo graduarse; denle una oportunidad. Le puedo asegurar que mi hijo no es malo, no es un delincuente. Hagan que pinte lo que tenga que pintar y pague por sus errores, pero, por favor, no lo denuncien. –La madre de Alberto casi suplicaba, porque la idea de tener que visitarlo en una correccional de menores le revolvía el estómago y le hacía recordar los años en que visitó a su esposo en la cárcel hasta el día en que decidió no volver.

Mientras Gloria pedía clemencia por él, Alberto bajó la guardia, dejó su disfraz a un lado y, aunque no fue arrepentimiento lo que salió de su boca, lo que dijo apaciguó un poco los ánimos. El joven no paraba de mover la pierna y ese gesto de nerviosismo no se le escapó a su madre, quien le puso la mano encima para calmarlo.

–Los ALCA es un chiste interno que tengo con mis amigos. No tiene nada que ver con drogas, directora, se lo juro. Yo pinté la pared solo, pero yo no soy pillo, así que revisen lo que quieran y verán que no falta nada. Haga lo que tenga que hacer y decida lo que quiera conmigo, no me importa. De todas formas, si radican cargos es un delito menor y yo no tengo antecedentes –añadió esto último para recuperar su postura desafiante. A veces el mecanismo de defensa más útil es fingir que no nos importa lo que nos asusta. –No tengo nada más que decir. –Aunque la directora sintió que había honestidad en sus palabras, sabía que mentía sobre una cosa: no lo había hecho solo, porque Alberto nunca estaba solo. Siempre estaban los cuatro.

Lo que Alberto no dijo fue el origen de la supuesta pandilla "Los ALCA", porque el verdadero significado era tan inocente e infantil que, si hubiera dicho la verdad, probablemente todos en el interrogatorio, hasta su madre, se le hubieran reído en la cara.

Cuando Camila, Luna, Adrián y Alberto se conocieron en la calle Bolívar en la barriada Buen Consejo, en Río Piedras, crearon una amistad y un sentido de pertenencia tan fuerte que los nuevos vecinos eran una amenaza para su unión, en esa comunidad que crecía y cambiaba con el tiempo. Alberto nunca se mudó a la calle Bolívar porque vivía allí desde que nació. Su padre era muy conocido y querido en el barrio, tanto que le decían Manuel el Alcalde. Camila se trasladó con su familia a los altos de la casa de sus abuelos cuando tenía cuatro años. Su hermano, Alejandro, había sido diagnosticado con una condición y se necesitaba el apoyo de los abuelos. Adrián, por su parte, fue a vivir al barrio cuando tenía cinco. Su padre, Omar, compró una casa en esa calle para estar más cerca de su trabajo en el correo de Río Piedras. La última en llegar había sido Luna, quien, cuando tenía siete años, fue a residir a la casa que les dejó un tío, con su madre, Aurora, y su hermana mayor, Celeste.

Todos ellos de la misma edad, vecinos de la misma calle, coincidieron en el salón de la maestra Mangual, en el primer grado de la Escuela Luis Pereira Leal, como si un titiritero estuviera moviendo los hilos de sus vidas desde lo alto y hubiera escrito la obra de cuatro amigos de la misma calle que estaban destinados a quererse. Cuando cumplieron diez años, ya habían forjado una amistad a prueba de todo. Después de superar las batallas por los cumpleaños, las meriendas, los juguetes, los empujones, las bromas, los celos infantiles, los llantos, los mocos, los piojos, las cortaduras en la rodilla, las curitas, los yesos, los puntos, las pollinas mal cortadas con tijeras sin filo, los robos ocasionales de lápices, crayolas y sacapuntas y los conflictos cotidianos de las amistades en edad elemental, se les ocurrió que su hermandad debía llevar un nombre para diferenciarse de los otros. Hubo muchos intentos, propuestas y nuevas peleas hasta que, a Luna, siempre hábil con las palabras, se le ocurrió un acrónimo con las iniciales de sus nombres "Los ALCA". La primera A de Alberto, la L de su propio nombre, la C de Camila y la última A de Adrián. La votación fue unánime. El nombre solo sufrió una pequeña modificación sugerida por Alberto, quien propuso que le añadieran al final el nombre del barrio. Así fue como, en el verano en que acababan de cursar el quinto grado, se instituyó el grupo de "Los ALCA de Buen Consejo", que podía ser cualquier cosa menos una pandilla delictiva y que solo tenía una regla: que los miembros fueran siempre ellos cuatro. Todo eso le pasaba por la mente a Alberto como un recuerdo atropellado de una niñez lejana, mientras hablaba la directora, quien le mostraba a Gloria el registro de las tardanzas, los cortes de clase, las suspensiones de los pasados meses, y la trabajadora social le recomendaba medidas disciplinarias más severas. Minutos después, Alberto ya se había desconectado de la charla y se remontaba al sábado en la noche, cuando decidieron irrumpir en la escuela.

Una hora antes de encontrarse con los demás en la esquina de siempre, Alberto regresaba de comprar unos encargos en el colmado de Bilingo. Subió por la calle Colón y casi chocó de frente con Juanca, que había sido amigo de su padre y seguía en lo mismo que había llevado al otro a la cárcel.

—Oye, Berti, ¿cómo está el Alcalde? —A Alberto solo le decían así su padre y los allegados a él.

—Alberto. Juanca, sabes que no me gusta ese apodo.

—Si yo te lo digo de cariño, muchacho. Sabes que eres de los míos, de los del barrio. Tú sabes que yo te conozco desde que tú eras así —y puso las manos a la altura de su rodilla para simular el tamaño de un niño pequeño—. ¿Cuánto ha cumplido encerra'o el pai tuyo?

—Ocho años —respondió Alberto, a secas.

—Y lo que le queda, ¿verdad? Es que lo de él estuvo muy fuerte... porque lo que pasó ahí no tiene nombre...

—Fue por drogas.

—¿Eso te dijo tu mai? Toma, date una cachá de esto pa' que te relajes. La vida es corta, muchacho, cambia esa cara. Me saludas al Alcalde cuando lo veas —respondió el inoportuno vecino.

Hacía tiempo que Alberto sospechaba que su madre le mentía sobre lo que había hecho su padre y sabía que, aunque no soportaba a Juanca —un cincuentón que se vestía y hablaba como adolescente, que se pasaba día y noche en la misma esquina, y que a la menor provocación le ofrecía fumar un poco de marihuana para calmarse— era bueno tenerlo de su lado porque algún día, en que reuniera el valor, iba a preguntarle lo que realmente había pasado. Alberto le dio una probada y siguió andando sin voltearse a responder los consejos de despedida que le daba Juanca sin él haberlos pedido. ¡Tienes que coger las cosas con calma, Berti! ¡Esto es medicinal! ¡Cuando quieras más, ya sabes dónde estoy!

Alberto llegó a su casa, se recostó un rato y esperó la hora de encontrarse con Camila, Luna y Adrián, para hacer nada en la esquina de siempre esa noche del sábado.

—A lo mejor no somos tan distintos a Juanca —pensó.

No sabía si había sido su breve coqueteo con la droga o si ese día se sentía con ganas de hacer las cosas mal, pero no hizo más que encontrarse con los demás y lanzó su idea, como siempre, sin pensarlo.

—Y si hacemos algo a lo loco para divertirnos.

—¿Qué tienes en mente? Tú sabes que yo siempre me apunto —respondió Adrián, mientras le daba la mano a su amigo, a quien admiraba y seguía en todos sus planes.

—A la verdad que no hay nada que hacer un sábado y ya no podemos irnos al cine en el carro de tu papá desde que se lo cogiste sin permiso, Adrián —añadió Luna, mirándolo con un gesto de hacer pucheros porque, en realidad, la entristecía ya no poder ir al cine con su novio desde que le prohibieron usar el carro. El cine era de los pocos lugares en que podían estar solos.

—También podemos quedarnos a escuchar música y caminar por el barrio —sugirió Camila, que era la única que estaba parada en la calle, bailando todo lo que escuchaba de las bocinas de los carros. Cada vez que pasaba uno con otro tipo de música a todo volumen, Camila gritaba—: ¡Remix! —y cambiaba el ritmo del baile ante la risa de sus amigos, que la motivaban con aplausos.

—¡Esa es mi Cami! Tú siempre dándolo todo sin importar que el público seamos solo nosotros —bromeaba Luna, animándola a que continuara.

Porque Camila daba tremendo espectáculo sin importar si bailaba en una tarima en la escuela, en un carnaval de pueblo con su grupo, en una fiesta patronal o en la acera de la calle donde se criaron y se encontraban esa noche.

—¿Y si vamos a la cancha de la escuela? Estamos a menos de quince minutos a pie. No sé por qué nuestros padres nos llevan en carro. Si cruzamos el puente de la 65 de Infantería, ya estamos en Río Piedras. Yo lo he hecho antes con mis primos. —Fue la idea que sugirió Alberto, sin imaginarse que la aprobación de sus amigos cambiaría el resto de sus vidas.

—Cami, ¿le puedo mandar un mensaje a mi mamá diciéndole que me voy a quedar en tu casa, y así no me pregunta dónde estuve toda la noche? Tú sabes cómo se pone si llego tarde —le preguntó Luna a Camila, porque su madre era la más estricta.

—Dale, pero me debes una. Pa' la próxima, soy yo la que diré que me quedo en tu casa. Oigan, pero ¿en serio vamos a ir a la cancha? ¿A hacer qué? ¿Ustedes no se cansan de la escuela? Me parece súper tonta la idea. —Hasta ahora Camila era la única que se oponía, no porque le pareciera que estaba mal, sino porque no le encontraba ningún sentido. No le parecía divertido caminar por Río Piedras de noche porque le recordaba algo que ella quería sacar de su mente, pero si los demás decían que sí, ella por supuesto que iría.

—A mí me da igual, y no es tan diferente de cuando entramos al

Jardín Botánico de noche, y esa fue idea mía. Yo lo que digo es que Río Piedras después de que oscurece es tierra de nadie, y ustedes lo saben —dijo Luna, con la esperanza de disuadir a sus amigos de la idea.

—Para eso soy el mayor. Ustedes saben que conmigo están seguros —interrumpió Alberto, con su confianza habitual. Además, creo que podríamos divertirnos de otra forma —dijo, mientras sacaba un pote de pintura en aerosol del bulto.

Desde muy pequeño, Alberto se había quedado solo con su madre y sentía que tenía que protegerla. Una tarde su padre entró por la ventana de la casa, tiró un poco de dinero en un bulto, algunas prendas de ropa y una foto de la familia, que sacó de prisa de un marco, y huyó por el patio trasero, donde se encontró a su hijo, que jugaba con la manguera. Lo menos que esperaba Manuel era encontrárselo en medio de la huida.

—Berti, cuida siempre a tu madre. Algún día entenderás mis razones. Te amo, hijo. —Fue lo último que le escuchó decir a su padre frente a frente. Desde ese día nadie más lo volvió a llamar Berti, menos el Juanca y los amigos de su padre, a quienes veía ocasionalmente.

Lo que supo después era que tenía que verlo cada domingo, a través de un cristal, en la institución de máxima seguridad 292 de Bayamón. Pero Alberto fingía que eso no le afectaba, que no era esta la razón de su personalidad sobreprotectora con los que amaba.

—¿De dónde sacaste eso? Tú siempre me sorprendes, Alberto. ¡No tienes idea del lío en que nos podemos meter! —dijo Luna, al señalar el pote de pintura roja.

—Yo nunca los he obligado a nada; no tienes que usar la pintura si no quieres. Pero díganme si no estaría cabrón ver el nombre de nuestro grupo en una pared de la escuela. Además, yo soy el mayor y deberían hacerme caso. —Y, con esta última frase, Alberto imitó una voz ronca, como si fuera un viejo curtido en años y vivencias.

—¿Vas a seguir diciendo que eres el mayor si solo nos llevas unos meses? El que hayas nacido el 6 de enero no te hace más grande que nosotros ni te hace nuestro rey. ¿No ves que tenemos la misma edad? Además, eres medio enano. Mira, ni siquiera me llega a los hombros —respondió Adrián, en tono de broma benévola, mientras le ponía el codo en la cabeza para demostrar que le sacaba, por lo menos, unas cuantas pulgadas de altura. Pero la realidad era que Adrián le tenía mucho respeto a Alberto y, en broma, le había puesto de apodo El Mago. Había algo osado y desafiante en él. Algo que admiraba y no se atrevía a imitar del todo. Era algo natural de la personalidad de Alberto, que, aunque no siempre tomaba las mejores decisiones, hacía que lo siguieran. Adrián era deportista; también, uno de los chicos más altos del salón, pero cumplía en diciembre, así que, según la ley de Alberto, era el menor del grupo.

—Yo, por si acaso, me llevo el bate que uso para las prácticas —propuso Adrián, quien creía haber escuchado un trazo de miedo en la voz de Luna ante la idea de cruzar Río Piedras de noche.

Los cuatro jóvenes cruzaron el puente peatonal de la avenida 65 de Infantería a las 11:55 de la noche. Camila usaba el celular para poner música y bailar sin inhibiciones, a la vez que movía su melena de rizos en el aire. Vestía un mahón corto azul claro, una camisa roja de manguillos, con un abrigo de capucha por encima, las tenis Vans, que no se quitaba nunca, y unas medias altas. Alberto, cubierto con una sudadera deportiva, dirigía el grupo sin saber muy bien por qué se le había ocurrido aquello, pero seguía pareciéndole una idea divertida. Adrián usaba un pantalón corto de jugar baloncesto y una t-shirt blanca. Le daba una mano a Luna y, en la otra, cargaba su bate de madera marca Overmont, mientras ella le susurraba cosas al oído. Luna, vestida con un traje de algodón amarillo con botones al frente, que dejaba sus hombros al descubierto, se aseguraba de tener en la cartera la libreta que llevaba siempre consigo. Pensaba que podría tener una noche especial con Adrián. Mirar la imagen de los cuatro amigos cruzar el puente era como hacerle una grieta al cristal de la noche. Ese pequeño surco en el vidrio a veces es solo eso, una fisura insignificante, pero otras veces esa fina zanja puede ser el principio del fin y el cristal puede estallar en cien pequeños pedazos imposibles de reconstruir. Ellos no lo sabían, pero ese instante en que cruzaron el puente rumbo a la noche, sería el fin de la vida como la habían conocido.

Alberto salió de la oficina de la directora Pérez García con su madre detrás, quien gritaba desquiciadamente.

—¡Ya yo no puedo más, escúchame lo que te digo, ya yo no puedo más contigo! Deja que se lo cuente a Javier. Cuando te gradúes, si es que lo haces, te voy a mandar con tu tío pa' Estados Unidos, para que allá en el Bronx te hagas un hombre, pa' que veas si el gas pela.

—Dile lo que quieras a Javier, él no es pai mío —respondió Alberto, dolido porque tenía una relación tirante con su padrastro, aunque adoraba a su hermanita, Sofía, que era producto del matrimonio entre su madre y Javier. Desde que el muchacho era adolescente había tenido varias peleas con su padrastro porque este le recriminaba que era un irresponsable, y que era hora de ser un hombre y aportar en la casa.

Gloria lo montó en el carro y tiró la puerta. Cuando Alberto miró de reojo hacia la escuela, vio que Luna entraba a la biblioteca con su madre; era su turno en el interrogatorio. A lo lejos se cruzaron las miradas, y él le guiño un ojo, como diciendo: "No hay nada que temer, yo no dije nada".

II

—¡Bienvenidas! Pueden sentarse donde gusten. — Había un evidente cambio de tono, mucho más amable, más condescendiente. — Debo decir, Luna, que me sorprende verte aquí. Conocemos de sobra cuáles son tus juntillas, pero siempre has sido una estudiante aplicada y participativa. Discúlpenos, Aurora, que la hayamos hecho venir a esta hora. Sabemos que es maestra y que esta reunión interrumpe sus labores, pero, cuando vimos a Luna en las fotos, sentimos que teníamos que citarla de inmediato. ¿Está al tanto de la situación? —La directora miraba a la madre de Luna con cara de compasión, tratándola como aliada en la situación desagradable que enfrentaban.

—Estoy al tanto de la imprudencia de mi hija y sus amigos de entrar a la escuela y, créanme, ya ella fue severamente castigada. Le dije que las malas influencias de su grupito de vecinos tenían que parar y que el tiempo que dure la suspensión no serán unas vacaciones, que no se crea que va a encontrarse con el noviecito ese que tiene. Ella tiene que velar por su futuro y su futuro está en los estudios. En cuanto a las fotos, ¿a qué se refiere?, ¿de qué fotos habla?

—No hablamos solo de una suspensión, Aurora. Podría tratarse de que la escuela lleve esto ante la ley. Tanto Luna como su grupo de amigos se tomaron fotos en la cancha, en los predios de la escuela, cuando entraron el pasado sábado. También se fotografiaron en los salones y en el techo del plantel, y las subieron a sus redes sociales. ¡Y lo peor es que vandalizaron la propiedad! Así nos enteramos de lo sucedido. Usted comprenderá que este acto puede incitar a que otros estudiantes imiten este comportamiento inaceptable, así que tenemos que darles un castigo que sirva de ejemplo para que a los demás ni se le pase por la cabeza hacerlo también −añadió la trabajadora social.

La madre de Luna le apretaba tan fuerte el brazo que ella tuvo que hacer fuerza para zafarse de sus palancas. Aurora se encontraba tan pálida como si fuera a desmayarse.

−¿Levantar cargos? ¿Vandalismo? Disculpe, directora, pero creo que hay un error, mi hija no pudo...

−Ya basta, mamá, suéltame. No soy una niña y acepto las consecuencias de mis actos. −Luego, se dirigió a la directora−: Señora Pérez, con todo respeto, a los que usted les llama "juntilla" son mis amigos desde que tengo memoria y no creo que esa sea la palabra más adecuada para referirse a ellos. Mi madre, la que los llama "vecinos" ahora, sabe muy bien que los cuatro casi nos criamos juntos. Reconozco que entrar a la escuela no fue la mejor decisión, pero a mí nadie me obligó a hacerlo, yo decidí venir. Soy una buena estudiante, pero eso no me hace santa. Hay veces en que uno quiere tener experiencias nuevas. No sé, crear recuerdos antes de graduarse. −Cuando terminó, Luna tenía un nudo en la garganta. Ella no era de meterse en problemas.

La directora y la trabajadora social siguieron hablando, esta vez dirigiéndose solo a Aurora, mientras Luna, que había aprendido a amar las palabras porque su madre era maestra de español, saboreaba en la mente algunas de las últimas frases que había dicho: "uno quiere tener experiencias nuevas... crear recuerdos...", y se remontó a la noche del sábado.

—Ahora pienso que quizá no sea tan buena idea, Adrián. No entiendo para qué hacemos esto. Río Piedras de noche parece una ciudad fantasma —le dijo Luna a su novio, cuando iban a mitad de camino.

Pasaron por la entrada de la Plaza del Mercado y vieron a muchos deambulantes dormir en las aceras frente a las tiendas, resguardados por sus techos, con unos carritos de compra que contenían sus pocas pertenencias.

—A veces no nos damos cuenta de lo que tenemos —dijo Luna, en voz baja, mientras pensaba en el miedo, el frío, la incomodidad, la soledad y el hambre que pasaban estas personas sin hogar, que eran tan comunes en Río Piedras, pero que se habían vuelto invisibles de tanto verlas.

Otras personas, que parecían adictos, tirados en las aceras como si fueran entes que ya no se pertenecen a sí mismos, los miraban pasar desde la distancia con la rareza de ver a cuatro jóvenes irrumpir en su noche de soledad y búsqueda. Los chicos caminaron frente al Colegio de La Milagrosa y admiraron un rato el centenario edificio, que ahora estaba abandonado. Se pararon instintivamente en el cruce de la calle Camelia Soto y el Paseo de Diego a mirar la estructura, sin imaginarse que esa había sido la zona cero, aquel 21 de noviembre de 1996, cuando una explosión de gas en la tienda Humberto Vidal causó terror y muerte justo en el punto donde se encontraban. Cuerpos desparramados por el piso, escombros, gritos, caos y una bruma blanca cubrió todo el pueblo de dolor y sufrimiento. Los bancos de la capilla del colegio se habían convertido en camillas improvisadas para los heridos y en ataúdes expuestos para los difuntos. Ese hecho dejaría una marca para siempre en los puertorriqueños y formaría parte de las muchas historias que rodeaban el mítico Río Piedras.

La noche estaba clara y tranquila, pero Luna sentía que no debía estar allí. A mitad de camino, agarró a Camila por el brazo y le hizo un gesto para que dejara la música alta, y así no las escucharan hablar.

—Cami, vámonos, no tenemos por qué hacer esto. ¿Y si nos cogen?

—¿Y virar solas, Luna? Eso sí sería una locura. Estos dos siempre nos han cuidado. ¡Mira que hemos hecho cosas bastante al garete juntos y tú nunca te has echado pa' atrás! ¿Qué es lo que te pasa?

—No lo sé, chica, es que tengo un mal presentimiento. De repente, me siento como si no pudiera moverme. —Luna siempre había estado muy conectada con su instinto, a lo que ella le llamaba sexto sentido, y, casi siempre, cuando no seguía esa corazonada, las cosas salían mal.

Para calmarla, Camila le echó el brazo por el hombro y le dio un caderazo al ritmo de la música que escuchaban.

—Es un poco raro, sí, pero piensa que estamos juntos y estas cosas que vivimos serán recuerdos que luego nos harán valorar más nuestra amistad. Así que pichea, nena, tú siempre tan responsable.

Cuando entraron a la escuela, tras brincar la verja de la calle Brumbaugh, se dirigieron al almacén del maestro de Educación Física, que siempre dejaba sin candado, y sacaron una bola de baloncesto.

—Vamos a jugar un dos pa' dos —propuso Adrián.

—Sí, pero vamos a hacer el juego más divertido —sugirió Camila—. Tenemos que darle a la bola con todo el cuerpo menos con las manos y conozco la canción perfecta para activarnos.

Buscó la canción que tenía en mente en su celular y todos, al unísono, comenzaron a jugar, mientras cantaban desgalillados un pegajoso estribillo que les era imposible de olvidar desde que lo escucharon por primera vez:

"¡Cabeza, rodilla, muslos y cadera! ¡Cabeza, rodilla, muslos y cadera!".

Rápidamente, las chicas se cansaron del juego y dejaron a los muchachos intentando pasarse la bola sin ton ni son, porque Camila había advertido que se inventaría un castigo si alguien la tocaba con las manos y ellos sabían que ella era capaz de cualquier cosa.

—Cami, siento que te pasa algo que no me quieres decir. No sé... Nos hemos alejado un poco. ¿Sabes que eres mi mejor amiga desde que éramos niñas? Fuiste la primera que me habló cuando me mudé al barrio...Me puedes decir lo que sea que te pase —le había dicho Luna, una vez se separaron del resto del grupo.

—Sí, nos hemos alejado tanto que estoy aquí al lado tuyo —respondió Camila, con tono despreocupado, mientras le hacía cosquillas a su amiga, pero lo cierto es que ella sentía igual. Eran los cuatro de siempre, Los ALCA, que ella misma había bautizado, solo que ya no lo eran desde que Adrián y Luna se habían hecho novios. Eso amenazaba con romper la unidad si algo pasaba entre ellos. Si se dejaban tendrían que escoger bandos, además estaba celosa por el tiempo que su amiga antes le dedicaba solo a ella. En el fondo temía que la excluyeran del grupo. Una vez se había atrevido a insinuarle su descontento a Luna y esa conversación no había salido bien.

—No sé qué le ves. ¡Pero si es el mismo que creció con nosotras, el que atrapaba los lagartijos y nos corría cuesta abajo para tirárnoslos en el pelo! ¿No recuerdas la vez que te caíste, te cortaste la rodilla y hubo que cogerte puntos? Ese día dijiste que lo odiarías por siempre...—Le había dicho Camila, para sustentar su argumento de por qué no estaba celosa del noviazgo de sus amigos, al contrario, le molestaba más bien.

—¡Como si nosotras no les hubiéramos hecho la vida imposible a ellos cuando éramos niñas! Nosotras nunca fuimos las víctimas, Camila —respondió Luna, mientras recordaba lo mucho que se divertían juntas al molestar a los varones del grupo. —¿O se te olvidó cuando les hacíamos galletas de regalo y les echábamos sal en vez de azúcar? ¿O cuando jugamos al escondite y nos fuimos a la marquesina de tu casa y los dejamos horas buscándonos por el barrio y fueron corriendo y llorando a donde sus papás porque pensaron que nos había pasado algo? ¿O cuando...? Además, muy pocas tienen la oportunidad de enamorarse de su mejor amigo. Deberías estar contenta por nosotros. —Y, con esa frase recriminatoria, Luna había zanjado la conversación.

—¡Camila, vamos a entrar al salón de Mrs. Centeno para ver si ya corrigió el examen de Matemáticas! —gritó Alberto, desde la cancha, porque ya estaba cansado de perder contra su amigo. Adrián jugaba pelota en el equipo del barrio, pero también estaba en el de baloncesto de la escuela, y ese estaba invicto, así que no era un juego muy parejo para él, que nunca había practicado ningún deporte, aunque esa noche se sentía con más energía que nunca.

—¡Sí, ya voy! —contestó rauda Camila, porque no estaba preparada para tener esa conversación de sus sentimientos con su amiga, ya lo había intentado una vez y no había salido como esperaba. No pensaba que fuera el momento de retomar un tema delicado para ambas.

Al mismo tiempo, Luna y Adrián se perdieron por los pasillos de la escuela. Había algo de dimensión desconocida en esa idea de entrar allí de noche. Ella era una lectora ávida e imaginar mundos paralelos y espacios abandonados despertaban su curiosidad y sacaban a la joven temeraria que vivía en ella. Se le ocurrió proponerle a su novio que subieran al techo a mirar las estrellas. Llevaba consigo el cuaderno que siempre cargaba para todas partes con poemas, apuntes, inquietudes y frases que le dedicaba a Adrián. Una vez estuvieron en el techo, al que subieron sin mucha dificultad, Luna le dijo a su novio—: Te voy a leer algo que te escribí. Sabes que me gustas mucho, que me gustabas desde que éramos niños.

—Pensé que me odiarías para siempre —respondió Adrián, en tono de broma, mientras la tomaba de las manos.

—A veces lo hago —dijo Luna, siguiéndole el juego, convencida de que no había ni un átomo del cuerpo de su novio que ella pudiera llegar a odiar nunca y, retomando el hilo de lo que quería leerle, con una mezcla de seriedad y coquetería, le dijo—: Voy a leértelo, pero no te rías. —Y leyó en voz alta una estrofa que decía—: "Quiero ser justo la luna que guíe a tus ojos de mar en las noches sin luz…". —Pero la timidez de mostrar sus sentimientos tan al descubierto no la dejó seguir leyendo —Me da cosa. Toma la libreta y mejor léelo tú mismo.

Adrián tomó el cuaderno y comenzó a leer detenidamente ante la mirada de ella. Para Luna, su novio era el más lindo del universo, sobre todo, porque tenía unos ojos que se confundían con el color del océano, a veces cristalinos como un amanecer y a veces oscuros como la noche. Esa mirada la hipnotizaba. A él le gustaban todos los deportes, pero, en especial, jugar beisbol; por eso, tenía ese color tostado que lo hacía parecer que siempre regresaba de un día en la playa, sin mencionar su espalda ancha y sus brazos fuertes que lo hacían parecer mayor. Cuando Adrián terminó de leer, no pudo evitar emocionarse; se sentía tan afortunado de poder ser él mismo con alguien, de tener un amor recíproco por primera vez.

—Contigo puedo ser yo mismo y no me da vergüenza. Tú me conoces tanto, por eso, contigo no puedo tener máscaras. Sabes que estoy loco por ti...

Luego, comenzó a besarla en la cara, en los labios, en los ojos, en el cuello. Para los demás, Luna era la más sensata del grupo; la que no se dejaba llevar por la corriente porque tenía criterio propio; la estudiosa y la que, probablemente, tendría un mejor futuro profesional de los cuatro. Lo que no sabían era que ella se había obsesionado con sentir. Primero comenzó con las palabras: quería poner en palabras la corriente de emociones y sensaciones que afloraban en ella. Cuando comprendió que ninguna palabra existente, que ningún adjetivo del diccionario era suficiente para describir esa fuerza primitiva que la dominaba, siguió con su cuerpo. Aprendió a controlar a la perfección cada uno de los interruptores que la encendían o la apagaban. Cuando su propio cuerpo no era lo bastante placentero, pasó a obsesionarse con su novio. Porque descubrir la sexualidad, a esa edad, era como tratar de ponerle freno a un tren descarrilado que va sin rumbo hacia el abismo con una fuerza arrolladora que alimentaba el deseo. En ese momento, ella se sentía viva, experimentaba un placer profundo y sentía que quería todo de Adrián. De él nada le era suficiente. Al estar acostados en el techo de la escuela, recorriéndose el uno al otro, Luna pensó en su padre. ¿Qué pensaría él de esto? Lo raro era que ella nunca lo había conocido, porque él abandonó a Aurora cuando Luna tenía un año y medio, así que lo había visto solo en fotos. Pero ¿por qué pensaba en él en ese momento en que se sentía tan plena y feliz, tan completa? Ella intentaba construir su identidad, pero sentía que le faltaba una pieza. Cuando tenía gestos o formas de pensar muy diferentes a su madre siempre se preguntaba: "¿Esto lo habré sacado del lado de mi padre?". En más de una ocasión, le escribió cartas reprochándole su ausencia, pero nunca se atrevió a enviarlas. Su madre las había criado solas, a ella y a su hermana, Celeste, y era una mujer fuerte que les había enseñado que la felicidad está en uno mismo, pero Luna no podía evitar sentir que le faltaba algo. Siempre intentaba llenar ese espacio con el amor de una pareja.

Cuando Luna salió de la biblioteca, miró al techo de la escuela y sintió cosquillas en el estómago. No había parado de pensar en su encuentro con Adrián esa noche. Las cosas pasaron hasta donde ella quiso que pasaran; esa noche los había unido más como pareja. Pensó que eran capaces de superar cualquier prueba juntos, aunque eso estaba por verse. Cuando salía del interrogatorio junto a su madre, se toparon de frente con la gran familia de Camila, quienes venían juntos a su turno para la reunión con la directora.

III

La mamá de Luna, sin ningún remordimiento, le espetó a Camila en la cara:

—Con que se estaba quedando en tu casa, ¿ah? Suerte ahí adentro. Les adelanto que estarán suspendidos por una semana, o eso le dijeron a mi hija, y cuida'o si esto no llega a los tribunales. —Pero se vio obligada a saludar, uno a uno, a todos los familiares de Camila porque, lo cierto, es que eran vecinos y amigos de muchos años, y sus hijas habían compartido desde que eran niñas cumpleaños, graduaciones, proyectos de la escuela, alegrías y penas. Luna y Camila se cruzaron las miradas. No hacía falta hablar para entender que estaban la una con la otra.

–Pasen, buenas tardes. No era necesario que vinieran todos, pero agradezco su interés por Camila. Por favor, Ramón, si me puede traer más sillas se lo voy a agradecer –le solicitó la directora al conserje, al ver ese contingente de gente que entraba en la biblioteca. –Como saben, Camila empezó con buen promedio, pero ha ido bajando las notas y, en general, parece más apática con los estudios. Recuerden que las calificaciones de décimo grado cuentan para la admisión a la universidad. Sabemos que sigue muy involucrada con el grupo de baile de la escuela, pero pensamos que tiene que enfocarse más en lo académico y, como comprenderán, el acto de entrar al plantel en horario restringido y el vandalismo, son un revés en su expediente.

–Disculpen, yo soy la señora Irigaray, la nueva trabajadora social. Llevamos todo el día en las reuniones por este incidente. Camila es la única estudiante que ha traído a toda su familia y debo decir que me impresiona para bien. ¿Me pueden decir el parentesco de cada uno con la alumna?

–Yo soy Alejando, el hermano mayor, bueno... mayor que ella, pero menor que mis otras dos hermanas; en realidad, somos cuatro hermanos –se adelantó a responder el hermano de Camila, quien cursaba el cuarto año y había sido diagnosticado con autismo de alto funcionamiento desde que tenía seis años. Él veía luces por su hermana, ella era su amiga, su confidente. Camila, con frecuencia, lo ayudaba a socializar con otros y, aunque era menor que él, muchas veces lo defendió ante personas que no veían lo especial que era. A pesar de que nadie le pidió que fuera, Alejandro no se hubiera perdido esa reunión. Le gustaba el papel del hermano mayor y pocas veces había podido ejercerlo.

—Saludos, señora Irigaray. ¡Qué pena que nos hayamos tenido que conocer en estas circunstancias! Mi nombre es Sandra, soy la madre de Camila. Él es mi esposo, Camilo, el padre. Ellos son mis papás, los abuelos de la nena, Lucermina y Perfecto. Tengo dos hijas más, una está ya casada y la otra vive fuera de casa, porque se hospeda por la Universidad y, bueno, ya conoció a Alejandro. Debo decir que me sorprendió el comportamiento de mi hija, pero más me preocupa su cambio de actitud ante la escuela. Ella sabe cuán importante es para nosotros que estudie.

De los cuatro amigos, Camila era la única que tenía a sus padres todavía juntos. Sus abuelos vivían en la parte de abajo de la casa y su familia se apoyaba en las buenas y en las malas. A veces le hubiese gustado no tenerlos siempre tan encima de sus asuntos, pero era algo que apreciaría con el pasar de los años. Las fiestas siempre se hacían en la marquesina de su casa.

—Camila, confiamos en ti, sabemos que eres...digamos...la más extrovertida. Tus amigos no han hablado mucho ni han dado muchos detalles. Esperamos que tú nos respondas por qué lo hicieron, qué los llevó a violar el reglamento al entrar en la escuela de noche, y hacer el grafiti en el estacionamiento. Necesitamos saber qué significa "Los ALCA", que pintaron en rojo en la pared. Recuerda que en sus redes sociales encontramos la mayor cantidad de fotos, hasta un live, de Facebook, de cuando entraron al salón de la maestra de matemáticas e incitaron a los estudiantes al preguntarles si querían saber qué nota habían sacado—.

—Camila, por Dios, ¿qué es eso de Los ALCA? —Toda su familia le hizo un gesto afirmativo para que hablara. Su madre subió la barbilla y abrió los ojos lo más grande que pudo, dejándole claro que no tenía otra opción.

—Señoras, no sé por qué se empeñan en preguntar cuál fue el motivo, como si se tratara de algo planeado. Los ALCA es una tontería de cuando éramos niños. —Pero no dio más detalles, porque el nombre del grupo no lo compartían con nadie, como si fuera una especie de sociedad secreta. —¿Y cómo saben del video si yo lo borré antes de publicarlo? Ustedes saben que a veces se nos ocurren cosas, las hacemos y ya. Creo que están exagerando. No hicimos nada más que entrar y, como no robamos nada... Si no hubiéramos subido las fotos a Facebook, y un chota no le hubiera venido con el cuento ni se hubieran enterado de que fuimos nosotros. Me pregunto quién habrá sido. Supongo que no me darán un nombre, ¿o sí?

La respuesta irrespetuosa y poco arrepentida causó un revuelo en los cinco familiares de Camila que se encontraban apiñados en la biblioteca. Todos comenzaron a hablar a la vez. Unos le recriminaban su respuesta y otros la justificaban ante la directora. Unos pedían un castigo que la hiciera pagar las consecuencias y otros abogaban por uno más indulgente. Así era su familia: nunca se ponían de acuerdo.

Mientras la señora Irigaray intentaba apaciguar ese gallinero, Camila se remontó a lo que hacían esa noche. Estaban sentados en la acera de la calle Bolívar, hablando de mil temas a la vez y acababa de pasar un carro Honda Civic medio viejo —con tremendo equipo de música por la calle paralela a la de ellos— y ella había comenzado a bailar una coreografía que recordaba del Día de la Puertorriqueñidad del año pasado.

—La clave, además de moverte bien, es poner cara de que te estás disfrutando lo que haces. Así todos pensarán que bailas brutal. A mí me dan gracia esas personas que bailan sin hacer gestos. Yo no puedo evitarlo porque me lo vivo –había dicho Camila, sin dejar de bailar la salsa que sonaba–: "¡Preciosa serás sin bandera, sin lauros ni gloria...!". Luego, pasó un carro con un reguetón y ella se pegó al poste de la luz de la acera para hacer mejor sus movimientos mientras cantaba–: "¡Yo perreo sola!".

–Nena, suelta el poste que te vas a electrocutar o, peor aún, nos vas a dejar sin luz en toda la cuadra como te sigas moviendo así, y acuérdate que pal' huracán María nosotros fuimos un bolsillo. Le había dicho Adrián, con un tono de regaño divertido al ver los aspavientos de su amiga.

–Sí, ese es el problema, que tú te lo vives demasiado –dijo Alberto, entre risas.

Camila era muy ocurrente, muy espontánea y parecía siempre estar despreocupada.

Cuando cruzaban el puente de la avenida 65 de Infantería, ella también se había arrepentido de la idea, pero, como siempre, jugaba el papel de la atrevida, así que no dijo nada y siguió animando la travesía con música. Para Camila, su vida era un musical producido y actuado por ella. Mientras se adentraba en la oscuridad de la noche, no pudo evitar acordarse de aquella ocasión en que tuvo que regresar sola de la escuela porque salió tarde de los ensayos de baile. Iba a coger la guagua pisicorre en dirección a Carolina en el Terminal de Guaguas Públicas de Río Piedras, porque esa hacía solo dos paradas y ya la dejaba en la avenida. De ahí a Buen Consejo eran solo unos pasos. Caía la tarde, pero todavía era de día, cuando un hombre comenzó a seguirla. Ella sacó un espejo para fingir que se iba a arreglar el pelo y comprobó que el desconocido –alto, de tez blanca y robusto– le seguía los pasos sin disimulo. Camila guardó el espejo y cruzó la calle para despistarlo y el hombre también cruzó la calle para intimidarla. Ella se movió entre los negocios cerrados del Paseo de Diego, doblando por los caminos para tratar de perderlo de vista, pero él seguía sus pasos. El desconocido no disimulaba, quería que supiera que iba por ella. Camila apretó el paso, casi corrió cuando él comenzó a pitarle.

—¡Oye, chulita, mírame, no tengas miedo! ¡Yo creo que nos conocemos de algún lado! ¿Quieres que te acompañe a tu casa? ¿Eres de aquí, de la escuela superior? ¡Qué bien te queda ese uniforme! —decía mientras hacía gestos obscenos con las manos.

A Camila el corazón le latía tan fuerte que sentía que se le salía del pecho. Ella nunca había creído que un piropo era algo divertido o agradable ni siquiera cuando venía de los jóvenes de su misma edad. Siempre que un hombre le gritaba algo por la calle, ella se sentía expuesta y se preguntaba: "¿Por qué lo hacen?". Mientras pensaba en esto, sacó su celular del bolsillo trasero de su mahón y fingió hacer una llamada. La mano le temblaba tanto que no hubiera podido marcar ningún número de todas formas. Además, llamara a quien llamara, no llegarían tan rápido como para librarla del hombre que la seguía. Creyó haberlo perdido de vista cuando dobló por la calle Arzuaga, pero se lo encontró justo en la esquina. El hombre arremetió contra ella y la empujó con su cuerpo contra las puertas corredizas de una tienda cerrada. —¡Suéltame, cabrón! ¡Ayuda, por favor, que alguien me ayude! —gritó Camila, antes de que su atacante le tapara la boca con la mano. No era el momento para lecciones, pero no pudo evitar recordar una leyenda de la mitología griega que estudiaron en clase y sintió como si Medusa la hubiera mirado directo a los ojos y se hubiera convertido en piedra. Su cuerpo estaba rígido, completamente tenso, mientras el hombre le introducía la mano por dentro de la camisa y apretaba sus pechos. El aliento del agresor en su cuello le causaba náuseas. —Así me gusta, mami, que te estés quietecita... —Quiso pedir ayuda, pero no podía fijar la vista en nada en particular porque tenía los ojos anegados de lágrimas. Dejándose llevar por su instinto de supervivencia, golpeó al hombre en la entrepierna con su rodilla izquierda y, en ese brevísimo segundo en que el desconocido aflojó la presión que ejercía contra su cuerpo, logró liberarse y correr despavorida hasta la estación del Tren Urbano, que estaba frente a la iglesia Nuestra Señora del Pilar. En ese trayecto, que tomó menos de un minuto, pero que se le hizo eterno, no paró de voltearse para ver si el hombre la seguía. Cuando llegó a la estación, movida por la adrenalina, se dirigió a la mujer que estaba en el escritorio del área de información y le hizo un gesto casi imperceptible con la cabeza. El hombre se mantenía a distancia, pero también había entrado allí y fingía sacar una tarjeta para abordar. La desconocida de la recepción, al ver su aspecto, entendió de inmediato y actuó como si la conociera de toda la vida.

—Oye, mija. ¡Cómo te retrasaste! Te estaba esperando. ¡Le voy a avisar al de seguridad que llegaste! —Esto último lo dijo casi a gritos y, efectivamente, llamó al encargado de seguridad de la estación, que se encontraba en la parte subterránea. Cuando el guardia se reunió con ellas, el hombre había desaparecido; y Camila, sin parar de temblar, le dio un abrazo a la encargada y empezó a llorar.

—Te lo agradezco tanto. Tremendo susto que pasé. Si no fuera por ti, no sé...No sé qué me hubiera hecho. Por cierto, me llamo Camila.

—Hiciste muy bien en venir a mí. Tenemos que cuidarnos las unas a las otras. Yo tengo una hija adolescente y siempre le digo que esté atenta, que guarde el dichoso celular, que no esté con audífonos y que, a la menor amenaza, corra. Ve al baño, Camila, échate agua en la cara y cálmate un poco mientras yo llamo a la Policía.

—No, a la Policía no, a mis padres —respondió porque, de solo pensar que le tendría que contar a alguien más lo que acababa de vivir, se llenaba de vergüenza y rabia.

En el baño de empleados, Camila no reconoció a la mujer que el reflejo del espejo le mostraba, pues tenía un aspecto deplorable. Llevaba el lipstick regado por la fuerza con la que el hombre le había tapado la boca para que no gritara. Un tirante del brasier le colgaba por debajo de la manga de la camisa del uniforme. Sus lágrimas habían creado surcos en su maquillaje y la melena de rizos, que siempre se recogía en una dona improvisada cuando iba a bailar, estaba completamente deshecha, como ella.

Ahora cruzaba de noche el mismo lugar donde había sido atacada; no estaba sola esta vez y eso cambiaba las cosas. Camila creyó que no le había dado tanta importancia a lo sucedido, pero cada vez que pasaba por la estación del tren o caminaba por la calle Georgetti, cerca de Nuestra Señora del Pilar, volvía a sentir pavor. Ella no quería darle el poder a ese hombre de hacerla vivir con miedo, pero ese suceso la había marcado. No quería imaginarse si hubiera llegado a violarla, o peor, a matarla. Los demás no lo sabían, pero Camila había comenzado a robar las pastillas para la ansiedad de su abuela. Lloraba en las noches, repasaba una y otra vez lo sucedido, y no podía lidiar con ese absurdo sentimiento de culpa. Y si yo hubiera... Es que quizá yo provoqué... A lo mejor yo pude haber...No tenía sentido que la víctima se sintiera culpable, pero Camila no había hablado de eso con nadie, así que no sabía cómo enfrentarlo y sanarlo. Quizá el caminar por esas mismas calles, de noche y con sus amigos, la ayudaría a superarlo de una vez y por todas.

—Hola a todos mis followers. ¡No van a creer dónde nos encontramos! Les voy a dar una pista —lanzó como si fuera un acertijo. —Venimos de lunes a viernes y no se supone que estemos aquí esta noche. —Camila sabía cómo ser sugerente y despertar la curiosidad de los demás en las redes sociales. Comenzó a hacer un vídeo en vivo para anunciarles a los amigos de su página de Facebook —en su mayoría eran de la escuela—, que estaba a punto de revelarles las notas del examen de Matemáticas, ya que la señora Centeno los había corregido y los tenía en el armario de la parte trasera del salón.

—Camila, ¿estás loca? ¡Apaga eso! Si no se lo contamos a nadie, esto se quedará entre nosotros, pero lo anuncias como si fuera un programa de retos. ¿Tienes que estar siempre llamando la atención? —le recriminó Alberto, quien sabía que ese vídeo en vivo podría ponerlos en evidencia.

Camila no recordaba mucho más de esa noche, pues para ella tampoco fue algo del otro mundo. En su momento, le había perdido el rastro a Luna y Adrián, y se había vuelto a sentir dolida porque sus amigos la dejaban fuera del vínculo que habían creado. El único provecho que le sacó a esta experiencia fue haber enfrentado su miedo. Si su padre, Camilo, se hubiera enterado, era capaz de golpear a cada extraño que se pareciera al que la había agredido. Era un hombre de pocas palabras, pero haría lo que fuera por sus hijas y, todavía más, por la menor. Ella era su adoración. De regreso a casa, esa madrugada del sábado, comprendió que era hora de contarle a alguien lo que le había pasado y comenzó con la persona en la que más confiaba, Luna. Ella sabría qué hacer.

Cuando salieron de la biblioteca, Camila miró la cancha que quedaba en el medio de la escuela y no pudo disimular una pequeña risa sarcástica. "Tanto alboroto por una tontería", pensó. Se dirigía al estacionamiento con su familión detrás, cuando chocó de frente con Adrián, que venía con sus abuelos a la reunión. Él sería el último en ser interrogado. Ella le dio un abrazo. A pesar de ser el novio de Luna y de las incomodidades que esto le causaba, en el fondo, lo quería muchísimo. Los cuatro se habían querido desde siempre.

—Gracias —le dijo Camila a su amigo y se fue, con su familia detrás, como si fueran una especie de Hidra de Lerna. Al final, todas las familias tienen un poco de hidras; todas son un monstruo de muchas cabezas dispuesto a devorarse a cualquiera que amenace su núcleo. En ese momento, Adrián no entendió por qué su amiga le daba las gracias.

IV

Adrián sería el último de los cuatro amigos en ser interrogado. La directora y la trabajadora social sabían que tendrían que ser mucho más fuertes con él si querían sacarle alguna respuesta. Los tres anteriores habían sido bastante parcos en sus declaraciones. Entonces, decidieron utilizar una táctica muy gastada por los policías y los agentes de las series de televisión: decirle que sus amigos lo habían inculpado.

—Disculpe, directora, el padre de Adrián no pudo venir; es cartero y usted sabe que ellos no pueden faltar nunca —dijo en tono conciliador Awilda, la abuela de Adrián, que había ido acompañada de su esposo, al que le decían Coki.

Para Adrián, su padre era su héroe y, aún más, desde que su madre los abandonó, porque tener un hijo no estaba dentro de sus planes para cumplir sus sueños de ser actriz. Omar trabajaba en el correo desde hacía más de quince años —y como los carteros parece que tienen un juramento de guerra y salen a trabajar llueva, truene o relampaguee—, no pudo asistir, pero había enviado el refuerzo, los abuelos. Adrián veía en su abuela, Awilda, la figura materna que le faltaba. Ella era líder comunitaria en Buen Consejo, catequista desde que era adolescente, y tenía una mezcla de firmeza y amor que eran la combinación perfecta para su vida.

—Gracias por venir. Con ustedes terminamos un día largo de reuniones para tratar de resolver de la mejor forma un acto inaceptable como el que cometieron estos jóvenes —comentó, esta vez, la señora Irigaray.

—¿Y por qué no nos reunieron a los cuatro a la vez? Hubieran terminado antes —la interrumpió Adrián.

—Mire, qué bueno que menciona a los demás, porque debo decirle que no puede confiar tanto en esos que llama amigos. ¿Qué respondería si le digo que los tres lo acusaron a usted de incitarlos a entrar a la escuela y de llevar la pintura en aerosol para hacer el grafiti? Incluso, Camila mencionó que fue idea suya entrar al salón de la maestra Centeno, para ver si podía alterar el examen de Matemáticas. Según su expediente, es la clase en que su desempeño es más deficiente. Como sabrá, estamos a semanas del campeonato y usted se puede quedar fuera del equipo por esta falta.

—Si me quedo fuera del equipo, ustedes serán los que no ganarán el campeonato —respondió Adrián, en tono pedante. De la acusación de sus amigos no dijo nada aún, porque no la creía; aunque, por un momento, se le pasó por la mente preguntarse por qué Camila le había dado las gracias al salir. ¿Sería porque presumió que él se echaría la culpa a nombre de todos?

—De hecho, gracias a los muchos seguidores que tiene en su cuenta de Instagram y a su popularidad como deportista estrella de esta escuela, supimos de las fotos que subió con su novia, Luna, en el techo de este plantel. No, no mencionó que estaban en la escuela, pero por una esquina se ve parte de la Torre de la Universidad de Puerto Rico, y fue muy fácil vincularlos a ustedes con el vídeo en vivo que realizaron Camila y Alberto.

Esta táctica quizá funcionaría con simples compañeros de clase; con conocidos del equipo con los que no siempre tenía afinidad; o con vecinos a los que saludaba de lejos en el barrio, pero que no podía llamar amigos. Obviamente, la trabajadora social no conocía el lazo que unía a estos cuatro jóvenes. Adrián sabía que sus amigos no serían capaces de delatarlo y, mucho menos, culparlo. Él había estado en deportes toda su vida y sabía muy bien el significado de la palabra equipo. En ese momento, recordó cuando su padre, Omar, le leía el libro de los Tres mosqueteros antes de acostarse, y él siempre repetía después del beso de las buenas noches:

—Papá, "todos para uno y uno para todos". —Ya no era un niño, pero aún creía en esa frase.

Le molestaba mucho que hubieran utilizado esa táctica justo con él. ¿Pensarían que era el eslabón más débil de los cuatro? ¿Que era fácil engañarlo? ¿Que, si le decían que los demás lo habían traicionado, él comenzaría a hablar y a despotricar contra todos? Adrián era fiel a los equipos que la vida le había permitido ir formando: el equipo de su pequeña familia, que lo componían su padre y sus abuelos; el de deportes tanto en la escuela como en el barrio; el que formaba con su novia; y el que más valoraba, el de sus amigos. Se paró de la silla en la improvisada corte de la biblioteca y gritó con rabia:

—¡Oiga, señora, estoy seguro de que ni Alberto ni Camila y, mucho menos, Luna hubieran sido capaces de chotearme! Me importa un carajo lo que dice porque se lo está inventando. –Ellos no venderían lo que hemos creado entre los cuatro, así que cojan sus tácticas baratas y hagan lo que les dé la gana con ellas porque yo no voy a ser el pendejo que me las crea. –Luego recogió su bulto y dijo–: Denme el mismo castigo que a los demás y acabemos con esto. Abuela y abuelo, nos vamos. –Y salió de la biblioteca dando un portazo.

En el carro, Awilda lo único que dijo fue–: Me desilusionaste. –Y, aunque Adrián no lo demostró en ese momento, esas palabras le dolieron profundamente.

–La desilusión es lo peor, porque es una traición hacia alguien que creyó en ti. –Era lo que le decía Awilda desde que tenía memoria.

–Si ellos quieren respeto, que nos respeten primero. – Se atrevió a responderle.

–¿Tú oyes lo que estás diciendo? ¿O es que ustedes todavía no entienden la gravedad de lo que hicieron? ¿Qué les pasa a estos jóvenes de ahora, exigiendo respeto, a cuenta de qué? El respeto se gana, ¿oíste?, y ustedes fueron los primeros que no siguieron las reglas al hacer una tontería irresponsable, porque, además de entrar a la escuela y pintar las paredes, se les ocurrió subir las fotos. ¡Por Dios! ¿Qué tienen ustedes en la cabeza? La vida te va a enseñar de la peor forma, Adrián, que uno se hace responsable de sus actos. ¿Y tu padre? ¿No has pensado en tu padre? Él se mata trabajando por ti, para que no te falte nada, y así tú le repagas. El respeto se gana, ¿oíste?

Eran comunes los discursos de su abuela y, últimamente, los daba con más frecuencia, pero en parte tenía razón: él exigía respeto y nunca le pasó por la mente pedir perdón; de hecho, ninguno de los cuatro lo hizo. Su padre era su punto débil; pensar que esto les traería desavenencias le causó un nudo en el estómago. En eso pensaba cuando recostó la cabeza en el cristal del carro y se remontó a esa noche del fin de semana.

—Espérenme, voy a ir a buscar mi bate. —Recuerda que les dijo antes de correr al garaje de la casa, donde guardaba parte de su equipo de entrenamiento.

Brincó la verja de su casa para no tener que abrir el portón y que el ruido alertara a su padre y a su perra bóxer, Safi, que, aunque tenía un aspecto tierno —con los ojos grandes como canicas y el hocico chato—, era una fiera en defensa de la casa: ladraría de seguro.

—No sé por qué brincas la verja; el pai tuyo no te impediría salir con tus amigos —le había dicho Alberto, quien, en el fondo, siempre pensaba que Adrián era afortunado de tener una relación tan cercana con su padre. Era verdad que su madre solo lo veía en diciembre y, convenientemente, mataba dos pájaros de un tiro, porque le daba el regalo de Navidad y de cumpleaños juntos y pasaba unas semanas con él, pero, de todas formas, Alberto hubiera dado lo que fuera por poder tener una conversación normal con su papá sin un cristal de por medio.

—Sí, ya sé que papi me dejaría, pero no quiero tener que explicar para qué usaría el bate.

No sabía por qué lo hacía, pues nunca fue un joven violento pese a lo alto y musculoso que era. La violencia era un lenguaje que usaba Alberto con más naturalidad. Sin embargo, ahí estaba él, con su novia de una mano y con un bate de madera, como defensa, en la otra, por si acaso. Quizá esa imagen absurda de sí mismo pudo haberle advertido que esta aventura había sido una pésima idea. Cuando regresaban de la cancha a sus respectivas casas, a las tres de la madrugada, no se atrevió a decirlo, pero compartía lo que todos pensaban: "¿Para qué diablos hicimos esto?"

Al menos, él y Luna nunca se habían sentido más cercanos.

—Déjame ver qué escribes. ¿Son cosas para mí?

—No todo gira en torno a ti, Adrián. También escribo mis metas, mis sueños, mis miedos, mis traumas... —Se había sincerado Luna.

Adrián sabía que leer los escritos de su novia era algo más íntimo que verla desnuda, porque con ellos desvestía su alma; por eso, cuando ella le dejó leer sus páginas esa noche en el techo de la escuela, sintió que la amaba más que nunca. ¡Qué mucho le hubiera servido tener el dominio del lenguaje que tenía ella para poder decirle lo que sentía! Recordó que lo único que le dijo fue—: Estoy loco por ti. —Y se le quedaron tantas palabras atrapadas en la garganta. Él ya había tenido novias, pero nunca se había sentido tan conectado con ellas como con Luna. —Eres la única para mí; yo daría mi vida entera para que fueras feliz. — Pudo haberle dicho esto, pero ya la estaba besando y no era momento de charlas. El pelo largo de Luna le caía sobre la cara como una manta, mientras él sentía el pulso acelerado de su pecho y se embelesaba con su mirada anhelante. Nunca la había visto así, y le sorprendió su iniciativa. Era ella la que dirigía sus manos. Era ella la que frotaba su cuerpo contra el suyo. Era ella la que le decía que no parara, que sí, que todo estaba bien, que todo se sentía muy bien, ante cada pregunta que él le hacía, como pidiendo permiso para continuar. En un momento, notó a su novia compungida; algo había roto la magia. No sabía en qué pensaba, pero era obvio que ya no tenía la mente en ellos. Paró de acariciarla y solo se quedó abrazándola, mientras ella se perdía en su mar de pensamientos. Luna no se dio cuenta, porque él la abrazaba por la espalda y no podían verse las caras, pero esa noche Adrián lloró por el miedo de perderla.

Al salir de la escuela esa madrugada, los cuatro estaban en silencio, cada uno absorto en sus pensamientos. Lo que les importaba ahora era buscar la mejor opción para cortar camino y regresar pronto a sus casas. Justo en la intersección de la calle Brumbaugh con la Robles, se pararon a pensar cuál de las rutas era la opción más rápida. Con las espaldas pegadas entre sí, cada uno señalaba una dirección posible. Nada les pareció particular en esa calle que habían transitado tantas veces: ni la Funeraria Escardille, con su edificio de franjas rojas y blancas como si llevara un pijama puesto, ni la tarja que había en ese cruce, en honor a los cuatro mártires nacionalistas de la Masacre de Río Piedras, que ocurrió en ese punto el 24 de octubre de 1935.

El tiempo había borrado el esplendor de un pueblo que estuvo lleno de teatros, cines, salones de baile, comercios y centrales azucareras. Era difícil imaginar que podían estar caminando por encima de las vías de un tren que conectaba toda la isla y que tenía allí una de sus principales estaciones, como si la locomotora se hubiera despedido de Río Piedras, dejando en el andén el rastro del progreso. De alguna forma, la ciudad estaba rodeada por una densa niebla de muerte y violencia. Sus calles, a uno y otro extremo, eran las arterias que llevaban la sangre de los inocentes desde el corazón de un pueblo al que le quedaba poco oxígeno.

Cuando llegaron, los abuelos zarandearon a Adrián para que despertara; se había quedado en una duermevela en el carro. Se desperezó, pues debía pensar en las explicaciones que le daría a su padre, Omar, cuando regresara del trabajo. Ya en su cuarto, sacó el celular y vio que en el grupo de Whatsapp de sus amigos, "Los ALCA", estaba escrito el veredicto del juicio: suspendidos por una semana y horas extras de labor comunitaria al salir de clases, en el grupo del profesor Rodríguez. "¡De lo que nos libramos! Pudo haber sido mucho peor"; "Creo que, de todas formas, vamos a tener que pagar una multa, les dijeron a mis padres"; "Váyanse preparando para pintar el parking..." y muchos otros comentarios acompañados de emojis, GIFs y reacciones diversas. Adrián puso el teléfono en la mesa de noche y no contestó nada. No sabían quién era aquel tal profesor Rodríguez, y ninguno tenía idea de cuán relevante para sus vidas sería estar en su clase, a la cual los maestros le llamaban el "Grupo de los difíciles".

   —Sé que han pasado meses, pero les juro que no sé por qué lo hice. Era como si alguien me hubiera obligado a decirles que fuéramos esa noche a la escuela. De verdad, espero que me perdonen. Todos pagamos por mis estupideces. Ahora podríamos estar haciendo cualquier otra cosa que no fuera esta jodía excursión que no nos importa. —Se había disculpado Alberto, esa tarde del 31 de octubre, recriminándose por las consecuencias del error que arrastraban. Lo dijo mientras cruzaban el puente Henry Klumb, tras el profesor Rodríguez, de camino a una excursión extracurricular a la Torre de la Universidad de Puerto Rico.

   En menos de una hora, el allanamiento a la escuela sería la menor de sus preocupaciones, porque los elegidos estaban a punto de involucrarse en un robo que pondría a prueba todo lo que habían pensado que era real hasta ese momento de sus vidas. Los cuatro amigos atravesaron el puente, uno al lado del otro, en una línea horizontal. Esa era una buena metáfora para describir lo que vendría... Como la línea invisible que divide lo real de lo imaginario.

CAPÍTULO 3

EL PROFESOR

—Bienvenidos, los nuevos y los reincidentes, siéntanse como en su casa. —Fue el curioso saludo que les dio el excéntrico profesor Rodríguez, mientras pasaba lista y se percataba de las caras nuevas de Camila, Luna, Adrián y Alberto, en su primer día en el "Grupo de los difíciles".

Más que la semana de suspensión, en la que los amigos se las ingeniaron para verse pese al castigo de sus padres, lo que más les molestó fue la reclusión por tiempo indefinido en el grupo del profesor Rodríguez, para hacer labor comunitaria. La primera tarea, era de esperarse, fue pintar la pared del estacionamiento de los maestros y, de paso, las rayas amarillas que dividen los espacios entre carros. Acordaron boicotear al profesor para que los dieran por incorregibles y los libraran de las labores en horario extendido. Ya sea porque les impusieran otro castigo o, incluso, que los expulsaran de la escuela, cualquier cosa era mejor que eso y, a su vez, sabían que esos trabajos manuales eran mejor que la correccional.

—¡Ustedes cuatro, de pie! Compartan con el resto de nosotros la razón por la cual nos honran con su presencia. —Fue la orden que les dio el profesor a los amigos, con un tono de gentileza exagerado, y añadió—: Aquí tenemos de todo: robo, vandalismo, agresión, amenaza con arma blanca, consumo de drogas, y la lista sigue. Otra cosa no, pero sí tenemos variedad. —Y, mientras Rodríguez mencionaba faltas al azar, el murmullo creía en el salón cada vez que alguno de los estudiantes se daba por aludido.

El profesor era un hombre alto, de tez trigueña y espejuelos anchos de pasta, que enmarcaban unos ojos oscuros y expresivos. De primera instancia, era difícil adivinar su edad, pero debía estar en algún punto entre los cuarenta y los cincuenta años. Vestía camisas de botones de manga larga almidonadas, que arremangaba por debajo del codo, siempre metidas por dentro del pantalón. Un bolígrafo rojo adornaba el bolsillo de su camisa, como si siempre estuviera listo para corregir un examen, y un maletín de cuero de un estilo tradicional, que daba señales de mucho uso, completaba su indumentaria. No confiaba en las nuevas tecnologías, se apoyaba de libros y apuntes para dar su clase de historia y, para el período en horario extendido, solo usaba sus vivencias como guía. Era un hombre reservado, algo tímido, "de hablar poco y bueno", como le habían enseñado las monjas en el hogar de ancianos donde creció.

Su disposición a hacerse cargo del grupo de los estudiantes problemáticos en las tardes había venido como caída del cielo para la directora, que nunca encontraba maestros voluntarios para esa tarea. "Nos basta con tenerlos que aguantar en clase", era lo que todos pensaban, pero ninguno se atrevía a decir en voz alta.

—Si me hago cargo del grupo...al que me enteré de que le llaman el "Grupo de los difíciles", nombre cuestionable y poco respetuoso, será a mi forma y bajo mis términos —le había estipulado Rodríguez a la directora Pérez, cuando aceptó ser el tutor de los descarriados.

—No me preocupan sus métodos, profesor, después de que estos jóvenes aprendan de sus errores. Esta es la última oportunidad antes de tomar otras medidas más severas. La escuela pudo haberles radicado cargos y no lo hizo. En mi escuela la disciplina es...

—¡De eso me encargo yo! —Rodríguez zanjó la conversación y salió de la oficina de la directora, con un brillo peculiar en los ojos.

De eso hacía ya más de un año y nadie más le había preguntado sobre cómo iba el progreso de su tarea de dirigir al "Grupo de los difíciles". Los demás maestros estaban felices de que ya no fuera problema de ellos, sino de alguien más que ni daba ni pedía explicaciones.

—Pensé que sabía por qué nos habían puesto en su grupo. Tenía mejores referencias de ti —respondió a la pregunta Alberto, con el tono desafiante y burlón de quien cree que se las sabe todas.

—Me alegra muchísimo que tenga buenas referencias mías; de hecho, me halaga. Totalmente diferentes a las que tengo de ustedes cuatro. Agradezcan que yo no las creo. Prefiero darles el beneficio de la duda y la oportunidad de presentarse, conocerlos y, de ahí en adelante, es que suelo dar mis referencias —respondió el profesor, con la mirada fija en Alberto, quien terminó desviando la suya al suelo. Estaban preparados para un regaño, pero no para esa respuesta. Su plan de hacerle la vida imposible quedó anulado. En la expresión de Alberto se notaba que Rodríguez se había ganado su respeto y, aunque no lo admitieran, pasó lo mismo con Camila, Luna y Adrián. Pasaron varias semanas desyerbando los alrededores del plantel escolar, pintando las aceras, limpiando las pizarras, salón por salón, y pasándole manguera de presión a la cancha.

—Si el pai' mío me viera así, diría que soy su sueño hecho realidad. Pensaría que le cambiaron al hijo —decía Adrián hastiado, la manguera en mano, al recordar las veces en que ni siquiera ayudaba a su padre a pasar el trimmer en el patio.

—A mí lo que más me jode es limpiar las pizarras. Uno no puede ni respirar. En serio, yo pensaba que de eso se encargaba alguien más —dijo Luna, quien tenía polvo blanco hasta en el pelo.

—Bebé, si alguien más lo hiciera no estarían tan asquerosas y tú no tuvieras un trapo en la mano —le respondió Adrián pasándole un paño mojado por la cara enojada, pues a ella no le hacía gracia el comentario. Odiaba que la trataran como a una tonta.

Mientras limpiaban y recogían, ya hartos del trabajo, el profesor Rodríguez trabajaba a su lado, igual o más que ellos, y los recompensaba con pizza o con donas, que llevaba desde su casa. Las conversaciones eran escuetas entre él y los alumnos durante esas primeras semanas, aunque era evidente que buscaba acercarse a los cuatro amigos. En una ocasión en que cortaban grama bajo el sol y nada más se escuchaban las quejas de los estudiantes, que estaban a punto de irse a la huelga, el los sorprendió al poner, en la bocina inalámbrica, una canción que nunca habían escuchado: una viejera que seguramente tenía más años que todos ellos juntos y que les pareció charrísima. "Esta es mi escuela, y yo la quiero y la defiendo. Esta es mi escuela, aquí yo estudio y me divierto. Lucho por ella porque ella es parte de mi vida y quiero verla siempre limpia y atractiva...". La parte en que la canción decía "siempre limpia y atractiva", el profesor la cantó desgalillado. Como la cancha daba a la calle, fue un espectáculo, para los que pasaban por la acera, ver a más de una veintena de estudiantes malhumorados, trabajando bajo el sol, con esa canción de melodía alegre y optimista de fondo. El profesor fue quien rompió a reírse a carcajadas ante un grupo de estudiantes que, primero, se sintieron ofendidos y tiraron a un lado los machetes y las bolsas de basura y, luego, comprendieron lo ridículo del cuadro que formaban y se unieron a sus risas hasta que terminaron limpiándose las lágrimas de la cara. Se había abierto una puerta; el profesor Rodríguez quería ganarse su confianza. Había llegado el momento de comenzar con lo verdaderamente importante: enseñarles de la vida si enseñar a vivir era posible.

–Les anuncio, para alegría de todos, que terminamos con las tareas de mantenimiento de todo el semestre...

–¡Coño, profe, no me diga que todo este trabajo pudimos haberlo dividido, al menos, en cinco meses! —gritó Yudiel, otro más del "Grupo de los difíciles".

–Agradezcan haber terminado, porque ahora empieza lo bueno...

Se encontraban en uno de los salones de la segunda planta, con todas las ventanas abiertas, las pizarras recién limpias y sin el alboroto de una escuela llena de alumnos y empleados. Podía decirse que se respiraba verdadera paz.

—Por hoy hemos terminado, disfruten su fin de semana y traten de aprovechar la vida. Las personas piensan que la vida es corta, pero la verdad es que se hace muy larga cuando se toman malas decisiones. La semana que viene quiero que me traigan su árbol genealógico. Luego, quiero que me cuenten su historia familiar, su pasado, cualquier cosa que los defina y los haga sentir especiales. Saber de dónde venimos nos indica hacia dónde carajo nos dirigimos –les encomendó el profesor Rodríguez ignorando la mala palabra. Para él, las palabras eran buenas o malas solo en el contexto en que se usaban. Eran solo palabras y las usaba a su antojo, con total libertad.

–Perdón, profe, pero creo que estoy lo bastante grandecita como para ponerme a dibujar arbolitos con los nombres de mis ancestros –interrumpió Camila, quien, en el fondo, hubiera preferido seguir desyerbando y pintando aceras. Su familia era lo suficientemente grande como para que esta asignación le resultara un martirio.

—Ya que lo mencionas, Camila, los iba a dejar salir temprano hoy, aprovechando que es viernes, pero creo que deben escuchar mi historia para entender cuán importante es saber de dónde venimos. Así que todos vuelvan a sentarse.

Una estampida de jóvenes, que ya salían por la puerta, como si se tratara de caballos en el hipódromo, se voltearon hacia Camila con ganas de matarla. Más de uno le hizo una amenaza con las manos. Ella se encogió en su pupitre y supo que esa tarde no sería la más popular del salón.

<<La última noche del año 1977 llovía a cántaros en Puerta de Tierra. Yo estaba descalzo y mi ropa blanca de algodón, ya enchumbada, no hacía nada para protegerme del frío. Tenía cinco años, pero la desnutrición me hacía aparentar menos edad. No llevaba ninguna pertenencia, solo me tenía a mí mismo y una nota que me habían pegado a la camisa con un alfiler. Cuando toqué a la puerta del asilo Nuestra Señora de la Providencia, temblaba de hambre, frío y terror. Una monja entrada en años me abrió la puerta y, según me contaría años después, al observarme, creyó ver a un ángel. Dos pesadas tablas de madera me dieron la bienvenida al Paraíso. De frente, un imponente mural, con una pintura en extremo realista, presentaba a una mujer con un niño y una corona de estrellas, a cada lado había unos seres alados. No supe en ese momento que era la Virgen María ni que las figuras que la acompañaban se llamaban ángeles, o quién era el niño que llevaba en su regazo, pero esa imagen me dio paz. La monja me condujo de la mano hasta un baño enorme con baldosas de colores azules, amarillas y blancas, que yo, acostumbrado a la pobreza, no me podía haber imaginado ni en sueños. Me llenó la bañera con agua caliente y me fue desvistiendo con un cariño que jamás había sentido. Pegada a la manga de mi camisa se mantenía la nota, que estaba completamente mojada. La monja solo

pudo leer: "Este niño es hijo de Ángel Rodríguez y Petrona León. El padre es electricista y la madre es costurera. Les ruegan que lo acojan, pues no pueden...". Lo demás estaba borroso e ilegible. La monja había leído la nota en voz alta y supe que nunca había escuchado esos dos nombres. Aquellos no eran mis padres, pero pensé que era mejor callar. Ella tenía manos de seda y enjabonaba mi pequeño cuerpo con tanta dulzura que, por momentos, me quedaba dormido. "Sabía que eras mi angelito. Desde ahora estarás a salvo. Este será tu hogar y yo seré tu madre". Sor Micaela Baquies, que pertenecía a la congregación de las Hermanas de los Ancianos Desamparados, pasó a ser mi madre, mi maestra y mi protectora. Yo no era anciano, pero definitivamente estaba desamparado. Sor Micaela me atendía como si se hubiera preparado toda la vida para mi llegada. Luego supe que siempre quiso tener un hijo, pero su padre la había internado en el noviciado cuando apenas tenía quince años, en su natal Zaragoza, en España. Su fe la llevó a creer que yo estaba destinado para ella; por eso, no hizo preguntas y se lo agradecí mucho, aunque yo, en realidad, no estaba destinado a nadie.

Poco a poco, fui considerando ese enorme asilo mi hogar. Ahí debía estar. Yo era un niño que crecía rodeado de amor y atenciones. Fui la novedad para los ancianos, que veían en mí al nieto o al hijo que no los visitaba nunca. El enorme edificio tenía cuatro pisos, un patio interior, una gran capilla con vitrales coloridos, una hermosa fuente, rodeada por un pequeño jardín, y un sinfín de pasadizos por los que me perdía, mientras pensaba en lo agradecido que estaba de estar vivo. Todas las noches mi nueva madre me hacía la señal de la cruz en latín, "In nómine Patris, et Fílii, et Spíritus Sancti. Amen". Y me tarareaba una jota famosa en su pueblo hasta que me quedaba dormido: "La Virgen del Pilar dice que no quiere ser francesa, que quiere ser capitana de la tropa aragonesa...". Todavía recuerdo su amor incondicional, su aroma a colonia de rosas y su dulce forma de corregirme. Murió hace veinte años. Desde entonces, estoy más solo que nunca. Mientras crecía me encantaba dibujar y estudiar la historia. Quería conocer el origen de las cosas. A veces los ancianos del asilo hacían fila para que yo los entrevistara sobre sus vidas. Me contaban de su pasado en la guerra, de sus hijos ya adultos, de los pueblos de la isla de donde habían emigrado a la capital, del trabajo de la caña y de sus costumbres de campo. Disfrutaba como nunca esos momentos. Mi madre, Micaela, me dejaba sentarme en el escritorio de la madre superiora de la congregación y me colocaba un cojín en la enorme butaca para que pudiera llegar a la mesa. Y ahí, con mis pies colgando y una libreta de apuntes, escuchando las historias de todos mis abuelos adoptivos del asilo, supe que quería ser historiador. Una noche, cuando tenía quince años, mi madre vino a mi cuarto a realizar su ritual inamovible, pero esta vez no lo hizo. Me miró por largo rato y, cuando rompió el silencio, tenía lágrimas en los ojos.

—Mi niño, mi Ángel, sabes que nunca te he cuestionado nada porque creo que eres mi regalo del cielo, pero ¿cómo te digo esto? Tú siempre has tenido tanta curiosidad por la historia y el pasado de otros, pero parece no importarte tanto los tuyos. Para tu cumpleaños número dieciséis quería regalarte tu acta de nacimiento y la de tus padres biológicos; sería mi regalo para el primer archivo de un futuro historiador. Fui al Registro Demográfico y pedí información de tus padres. En efecto, existe una Petrona León y un Ángel Rodríguez, que se casaron en Guaynabo en el año 1962, pero ese matrimonio no registró a ningún hijo. De tu certificado de nacimiento no hay rastro. Seguí la pista con algunos amigos doctores y accedí al historial médico de los que creía eran tus padres. Ambos eran estériles: él, por una lesión sufrida en la guerra, y ella, por una anomalía de nacimiento. Entendí, entonces, que no podrían haber sido tus padres biológicos. Pero se me hacía imposible creerlo y continué mi búsqueda hasta que pude dar con su dirección y fui a visitarlos. No sabían de ti ni de lo que yo les hablaba. Me trataron como una monja vieja y desquiciada. Nunca había tenido tantas incógnitas. No había registro de tu nacimiento, a menos, que te hayan inscrito con otro nombre y otros padres. Algunas personas roban niños en los hospitales y los inscriben como suyos. Si tus padres no son Petrona y Ángel, ¿por qué me has permitido que hagamos una oración cada noche por ellos? ¿Por qué no me has desmentido? ¿Por qué no me has dicho jamás qué fue lo te pasó aquella noche de Despedida de Año en que tocaste esta puerta?

A veces las mentiras son más creíbles que lo que realmente sucedió.

—Entonces, si no tengo un pasado, ¿quién soy? —pregunté, al borde del abismo de una crisis de identidad.

—Eres hijo de Dios y eso me basta —respondió aquella buena mujer, cuya fe era capaz de mover montañas.

Había temido ese momento, pero fue una catarsis. Comencé a llorar sin parar y no podía articular una oración con sentido. Solo repetía: "Mamita, lo siento". Tenía cuerpo de hombre, era alto y espigado y, aun así, sor Micaela me arrulló en sus brazos y volví a ser el niño de cinco años al que nadie quería y que abandonaron frente a un asilo. Nunca me hizo otra pregunta al respecto y una vez más se lo agradecí. Luego de ese evento, cada noche un hombre joven visitaba a sor Micaela y se encerraba con ella en su pequeño cuarto del ala este. Yo lo veía entrar a las doce menos cuarto y salir pasadas las dos de la madrugada. Robé la lista de visitantes de la entrada y supe que era de apellido Arriví. En la casilla donde debía colocar el motivo de la visita (ver a un familiar, hacer una reparación, ofrecer algún servicio a los residentes, etcétera), el tal Arriví siempre marcaba, 'otro'. A su vez, mi madre se había vuelto taciturna y distraída; la veía entrar en el confesionario de nuestro párroco con mucha más frecuencia que antes. Confiaba en ella, pero llegué a pensar lo peor...

En la mañana de mi cumpleaños número dieciséis, recibí un sobre bajo mi puerta. Contenía un acta de nacimiento, un número de seguro social y una carta que decía: "Mi amado Angelito, Dios nos creó del polvo, y solo Él es principio y fin. Eso me ha convencido para hacer lo que he hecho. No importa de dónde vienes ni quiénes hayan sido tus padres. Nunca jugaría a ser Dios, pero hoy quiero regalarte un pasado. Además, pronto irás a la universidad y estos papeles serán tu puerta de entrada. Siempre serás mi mayor regalo, Ángel Rodríguez. Te ama, Mamá".

Ella me puso el apellido de quien creyó por años que era mi padre, pero yo hubiera preferido que me inscribiera con su apellido, pues, al final, ella fue la única familia que tuve. Desde entonces, firmo mis documentos como Ángel Rodríguez de Baquies. Ahí comprendí lo que hacía mi santa madre cada noche con el hombre desconocido: coordinar la falsificación de mis documentos de identidad. Nunca le había dado tanto valor a quién era. Jamás pensé que no saber mi origen sería un obstáculo para alcanzar mis metas. Como dije, el asilo era como un castillo y también fue mi burbuja. Sor Micaela me daba clases particulares y nunca tuve necesidad de salir de sus paredes, pues dentro de ellas lo tenía todo. Ahora se me planteaba la posibilidad de ir a la universidad y eso sería como aprender a vivir de nuevo. Tomé exámenes adelantados y me matriculé en la Universidad de Puerto Rico ese semestre. Estudiaría Historia.>>

—¿Y qué hay de su familia? —quiso saber Camila.

—Ya les dije que no tengo, que Sor Micaela, mi madre, murió.

—No, profe, me refiero a la familia que uno forma, la que uno escoge. Esposa...hijos... Nadie está solo en el mundo —insistió Camila, profundamente conmovida por el relato.

Sonrojado, como si fuera un niño que ve acercarse a la niña que le gusta, Rodríguez respondió:

—Tengo una novia, sí...pero...no está conmigo. Es decir, sí estamos juntos, pero ella vive en otro país. —Y, algo turbado, les contó de su amor por María Silvia.

<<Nos conocimos en París hace más años de los que puedo recordar. Podría decirse que nos presentó un amigo cercano. Yo estaba en una fiesta y, curiosamente, ella tomaba una siesta en un rincón del salón que estaba bellamente decorado con palmeras y plantas tropicales. Me sentía como en Puerto Rico. Luego, María Silvia me contaría que esas plantas también le evocaban a su Cuba natal.

—Por eso, me eran tan parecidas a las nuestras —le dije—: Yo también soy del Caribe; puertorriqueño, para ser preciso.

Y, como si fuera una explosión nuclear que arrastra todo lo que encuentra a su paso, me tiré de cabeza, sin medir consecuencias, al amor por María Silvia. En ese momento, ella estaba casada, pero me correspondía en los sentimientos. Partí de la Ciudad del Amor con el corazón roto una semana después de conocerla. Habían pasado varios años de nuestro primer encuentro, cuando recibí una carta suya: "Mi esposo ha muerto. Tranquilo, no lo he matado yo... Fue la edad, los achaques, en fin, todo se acaba. Regreso a La Habana; ya nada me ata a esta ciudad. Desde mi tierra estaremos mucho más cerca. Vivo solo para nuestro reencuentro. Aquí te esperaré cada día sin falta: calle Trocadero, entre Zulueta y Monserrate, La Habana, Cuba".>>

—¡Dígame que fue a buscarla al día siguiente de recibir la carta! ¡Díganos que siguen juntos! —rogó Luna impaciente, para quien la historia del profesor Rodríguez, era mucho más interesante que cualquier libro que hubiera leído.

<<Tramité una visa y compré un pasaje en lo que transcurrieron cuatro horas. Así que aterricé en La Habana, prácticamente, antes de que se cumplieran veinticuatro horas de haber recibido la carta. Tan absorto estaba en su respuesta, embriagado con la esperanza que a veces nos quita la razón, que no me fijé que la carta tenía fecha de tres meses atrás. El servicio postal entre ambas islas era precario. Aun así, esperaba que estuviera en la misma dirección. Cuando llegué al punto acordado, la busqué por todas partes. Corrí por las calles en medio de un calor sofocante y le pregunté a cuanta persona me pasaba por al frente si sabía algo de ella. Estaba perdiendo la cabeza. Mi espíritu era como un globo que se infla hasta el límite de su capacidad y lo explota su propio aire. Completamente abatido, caminé sin rumbo y, agotado, me senté en un banco del Parque Central. A mi espalda, una estatua de José Martí señalaba hacia el horizonte y una jauría de hombres discutía sobre béisbol entre risas y gritos: cada uno defendía el dominio de su equipo en esa interminable riña entre los Industriales de La Habana y las Avispas de Santiago. Era difícil imaginar, por el tono de sus voces al unísono, si se acuchillarían o se abrazarían al final. Mientras estuve allí, solo hubo abrazos. Estaba en un país extranjero, no había reservado ninguna habitación de hotel y no tenía ningún contacto que no fuera María Silvia, si es que se llamaba así. Fue, entonces, cuando un hombre de alborotado cabello rizo, con una larga barba descuidada, una nariz tan fina como un alfiler y con aires de realeza, aunque vestía ropa sucia y vieja, me tocó el hombro. Mis ojos estaban llorosos y apenas le presté atención a su peculiar aspecto. Me regaló un girasol y un papel con un poema. Luego, me dijo:

—Yo trabajé ahí —Y me señaló el hermoso Hotel Telégrafo, que estaba a nuestra espalda y ocupaba toda una cuadra.

Yo no estaba para empatizar con locos. Pensé: "Para loco yo", aunque no lo dije por respeto. Además, ese hombre tenía pinta de no haber trabajado un día en su vida.

—Señor, ¿quién es? ¿Qué quiere? —pregunté molesto, mientras buscaba en mis bolsillos unos cuantos pesos cubanos para darle y sacármelo de encima, pero el hombre no los aceptó y, para mi fastidio, siguió hablando: "Mi nombre es José María López Lledín, aunque muchos me conocen como "El caballero de París".

Debo admitir que el andrajoso hombre tenía modales exquisitos de persona educada; exudaba conocimiento en la mirada. Aunque eso llamaba la atención en un mendigo, lo que hizo que realmente me volteara a mirarlo fue que dijera "París". Era algo que me unía a mi amada.

—No desfallezca, usted, mi apreciado camarada de Puerto Rico. Con beneplácito, le anuncio que su amada lo espera. Sepa que las cubanas siempre cumplen su promesa: para lo bueno y para lo malo...—respondió el mendigo, que, por su porte y lenguaje rimbombante, parecía que regresaba de tomar el té en algún hotel de lujo.

Iba a riposтar que no era cierto, porque fui al punto de encuentro y María Silvia no me esperaba. Iba a decirle que no estaba para bromas, que no se aprovechara de mi dolor...cuando la vi. Hasta el sol de hoy, estoy convencido de que ese sí era un caballero y que corrió a alertar a María Silvia, que, por unos minutos, se movió del punto donde me había esperado por tres meses y, por eso, no había dado con ella. Luego, lo vi alejarse con rumbo a la calle Obispo, con su figura esbelta y disonante, ofreciendo reverencias a los que lo saludaban, como un Quijote que va dejando a su paso rastros de locura y de nobleza. Al caballero le debo no haberme embarcado de regreso a mi isla con la certeza de que no era amado. Cuando la abracé y la besé, fue como si sintiéramos cada célula, cada materia de la que estábamos hechos. No me importó mi pasado ni de dónde venía, para mí solo era importante hacia dónde me dirigía desde ese punto en adelante. Si el amor de sor Micaela fue mi pasado, María Silvia era mi futuro. Les cuento esto, no para que me compadezcan, sino para que entiendan que el pasado no depende de nosotros, pero lo que hagamos con las cartas que nos tocan es totalmente decisión nuestra.>>

Lo que pasó a continuación pudo haber instituido un récord Guinness en la historia de los "grupos difíciles" de todas las escuelas del mundo. Al unísono, un grupo de más de veinticinco estudiantes, que se tambaleaban en un puente entre la expulsión o la correccional de menores, se levantó de su asiento para abrazar al profesor Rodríguez. Más de uno tenía lágrimas en los ojos.

—Ahora nosotros somos su familia, profe. —Fue lo que dijo Alberto y esta vez sí lo miró a los ojos.

CAPÍTULO 4

LA TORRE

Caía la tarde en Río Piedras ese 31 de octubre, cuando el profesor encabezaba la excursión hacia la Universidad de Puerto Rico, seguido por los veinticinco estudiantes del "Grupo de los difíciles". De lejos, parecía un flautista de Hamelín moderno.

A un lado y al otro de los atónitos estudiantes que, en su mayoría, era la primera vez que visitaban la Universidad, pasaban decenas de universitarios en su carrera hacia algún salón o en su ruta a encontrarse con alguien; siempre en movimiento, siempre mirando hacia adelante. El profesor Rodríguez observó a sus alumnos de soslayo y pudo verse reflejado en ellos: tan jóvenes, tan indefensos, tan capaces, aunque no lo supieran aún. Tenía, más o menos, su edad cuando ingresó a la Universidad de Puerto Rico y, aunque para ese entonces no sabía que el campus contaba con doscientas ochenta y ocho cuerdas de terreno, esa mañana, cuando la guagua pública lo dejó frente al portón principal, se sintió diminuto e insignificante. Cargaba sus libros en un bulto de cuero vintage, que le había regalado don Agustín Iturregui, uno de los ancianos del asilo con quien tenía una relación más cercana. Siempre sospechó que había algo más que una amistad entre su madre, Micaela, y don Agustín, pero nunca tuvo pruebas. Aun así, le gustaba jugar a la fantasía de que era el hijo de ambos. Ser el hijo de una monja y un abogado retirado era, sin dudas, un parentesco poco usual. Ese maletín, a su vez, se lo había regalado su padre, Enrique Iturregui, a don Guisti, como le decían en el asilo Nuestra Señora de la Providencia, luego de encargárselo a unos artesanos de Alicante. Su padre era originario de esa región de España, aunque se embarcó rumbo Puerto Rico cuando tenía veintidós y vivió en la isla más de sesenta años hasta el día de su muerte. Cuando le preguntaban de dónde era, Enrique siempre contestaba "alicantino, borracho y fino". y, en realidad, era las tres cosas.

—No puedo aceptarlo don Guisti; sé cuánto cariño le tiene a este maletín. Es el único recuerdo que le queda del Alicante de su padre.

—¿Y dónde piensas llevar tus libros? ¿En una bolsa? Acéptalo, Angelito, no sabes lo contento que se va a poner Mediterráneo de saber que regresa a las aulas.

—¿Quién es Mediterráneo?

—Ven, te lo presento. —Don Agustín señaló el bulto a modo de broma. El anciano no solo había sido abogado, sino también profesor, y ese bulto, al que había bautizado con el nombre de Mediterráneo, fue su fiel acompañante durante sus largos años de docencia—. Además, no tengo a quien dejárselo y estoy repartiendo mi herencia en vida —dijo con la certeza que dan los años, y añadió—: Lo clásico no pasa de moda, Angelito... Un historiador, como tú, sabe a lo que me refiero. —Había que reconocer que era un bulto de muy buena calidad; podría decirse que un lujo en sus días de estudiante. Años después, incluso tras la muerte de don Guisti, Mediterráneo acompañaba al profesor Rodríguez a los salones de clases.

Rodríguez recordó ese primer día con tanta nitidez, que se vio a sí mismo caminar hacia el edificio de Estudios Generales —con la camisa de botones azul cielo que su madre Micaela le había planchado para la ocasión—, haciendo lo que no haría ni el prepa más inexperto: usar un mapa para ubicarse dentro del campus. Al salir de su primera clase de Humanidades ya era otro; estaba irremediablemente marcado. Había experimentado ese fuego que quema las entrañas al comprender que la Universidad puede depositar en cada persona el conocimiento del mundo. Era un 801... y lo sería siempre.

—¡Profe, míster, señor Rodríguez, oyeeeee! —insistió Camila, al tiempo que dio una palmada al aire para que despertara de su aturdimiento—. Llevamos como diez minutos parados en el mismo sitio, y tú sigues en un viaje. Los estudiantes estaban acostumbrados a esos momentos de aparente desconexión del profesor con el mundo, pero hoy no era solo añoranza lo que demostraba, también se notaba bastante nervioso.

En ese instante, pasó una universitaria que parecía discutir con alguien por el celular porque gritaba—: ¡Si te dije que no, es no, y que te quede claro...! —La conversación era lo de menos; ella fue como la ola de un tsunami que arrasa con todo a su paso, tal fue el efecto que causó. Los estudiantes se fijaron en su falda de mahón cortísima, cuyo largo parecía haberlo definido el capricho de una tijera; su camisa crema, que dejaba al descubierto sus hombros, su ombligo y algo más; sus tenis, que alguna vez fueron blancas; su pelo suelto ondulado, que le llegaba justo a la cintura, adornado con una diadema con orejas felinas por las celebraciones del día de Halloween y la forma en que apoyaba los libros en su cadera. Era como un espejismo. Su figura de mujer, demasiado joven para ser mayor de edad y demasiado desarrollada para ser una adolescente, eran una obra de arte que dejaba una estela a su paso. Su apariencia resuelta, acompañada de movimientos gráciles que le hacían justicia a su diadema gatuna, su madurez incipiente y sus ademanes de adulta, hicieron que Luna le preguntara a Camila—:

¿Crees que este efecto lo causa la Universidad? ¿Cómo es que ella puede verse de esa forma si apenas debe tener como dieciocho? Nos debe llevar muy pocos años. —Hubo algo en la esencia de esa desconocida que caló hondo en Luna—. ¿Algún día me sentiré tan jeva como ella? —reflexionó.

Por su parte, Camila, al verla pensó: "No puedo esperar a tener su edad para hacer lo que me dé la gana", mientras esbozaba su mueca acostumbrada, una sonrisa de medio lado, que era tres puntos suspensivos entre la burla y el anhelo. Sin embargo, en los hombres del grupo causó otro efecto. —Por una como esa, me saco yo un doctorado —le dijo bajito Alberto a Adrián, y este afirmó con disimulo ante la mirada inquisidora de Luna. —¿Un doctorado, tú? Me gustaría estar vivo para verlo. A Adrián le gustaban las mujeres bonitas, no había más que ver las facciones delicadas de Luna, tan bien proporcionada que parecía un dibujo a lápiz que se deshace en detalles de luces y sombras. Sin embargo, esa universitaria, más que gustarle, lo intimidó. "No puedo imaginar qué le estará reclamando la persona con quien pelea para que ella le grite un no dos veces. Si una muchacha así me dijera que no, yo no me atrevería a insistir", pensó.

Sin darse cuenta, los estudiantes caminaban como si fueran un cardumen de peces tan juntos e impresionables que casi chocaban entre ellos. No solo los delataba su uniforme de escuela superior, que ese día podía considerarse un disfraz si no fuera por las caras de pasme que tenían al saberse intimidados ante un océano universitario desconocido. El profesor Rodríguez sonrió con ternura al ver que todo el aparente sarcasmo y los aires de transgresores de la ley y el orden que mostraba el "Grupo de los difíciles" en la escuela, había desaparecido por completo. Emprendió la marcha seguido por una masa compacta de alumnos que casi se pisaban los talones unos a otros, como si una línea invisible los obligara a mantenerse dentro de ese perímetro, como si separarse del grupo los hiciera caer por un abismo.

—Sientan cómo se respira historia. Somos privilegiados; este recorrido por la Torre no lo ha hecho casi nadie.

Y, para provocarlos aún más, Rodríguez añadió:

—Subir a la Torre está prohibido.

Esa última palabra fue el click para despertar el interés y aumentar la adrenalina del grupo.

—¿Por qué el profe nos traería a hacer algo prohibido? —Camila le guiñó un ojo a Luna, quien miró de forma cómplice a Adrián y este le dio un codazo a Alberto, quien dijo bajito:

Ya me está gustando la cosa.

Organizar la excursión la noche de Halloween no había sido al azar, ya que el Museo de Historia, Antropología y Arte, que quedaba a pasos de la Torre, celebraría la actividad Museo Encantado, donde los personajes de los cuadros y las momias embalsamadas de las salas de exhibición cobraban vida a través del personal del museo, que se disfrazaba de taínos, esclavos, colonizadores o libertadores, y era algo inusual que podrían aprovechar para ver al salir del recorrido.

Al llegar frente al punto de encuentro, instintivamente todos miraron hacia arriba en el intento vano de que su vista alcanzara los ciento setenta y tres pies de altura de esa majestuosa edificación. El profesor abrazó con efusión a quien sería el guía, que ya los esperaba y, luego de hacerle un saludo militar, lo presentó como—: El ingeniero Ríos, el tipo que más sabe de la Torre. Por eso, es un privilegio que él nos dé el recorrido. Tienen suerte de que sea mi pana y que su profe tenga buenos contactos. −El saludo militar se debía a que Ríos estaba vestido como Cadete de la República, con su boina y camisa negras y con el prendedor de la cruz potenzada que se veía demasiado real para ser un simple disfraz.

−¿Cómo te trata la vida, Angelito? ¿Y tú de qué estás vestido? −preguntó el ingeniero mientras tomaba el bolígrafo que Rodríguez siempre llevaba en el bolsillo de su camisa.

−Tú sabes que a mí las pintas de profesor no me las quita nadie. La vida dices, la vida a mí siempre me ha tratado bien, no me quejo −respondió, con la camaradería de los amigos que se saben el pasado y los secretos del otro.

−¿Estos son tus muchachos? Tenemos un grupo de lo más variopinto −añadió el ingeniero Ríos, luego del breve escrutinio al que acababa de someterlos e intercambió una mirada con el profesor, que ya le había hablado del trasfondo de sus alumnos del horario extendido.

−Lo dices y no lo sabes, Ríos; ellos me están matando poco a poco −exageró Rodríguez, con un gesto de pasar trabajo, mientras se agarraba la espalda, imitando la escultura del Atlas Farnesio, que carga con el mundo sobre sus hombros, arrancándoles risas a los estudiantes. Más de uno dijo:

−No te hagas, profe; tú sabes que nos quieres.

−Gracias por venir, muchachos, como dijo Rodríguez, con quien me une una amistad de años y luchas, yo soy el ingeniero Ríos y los voy a guiar en este recorrido por las entrañas de la Torre. Nos encontramos frente al edificio Ramón Baldorioty de Castro, donde se ubica el emblema de la educación pública de este país. −Con esta frase el ingeniero comenzaba siempre su recorrido. Él era egresado del recinto de Mayagüez y, una vez entró en la Universidad no había podido desligarse de ella, como les ha pasado a muchos. −Como pueden apreciar, la Torre cuenta con una arquitectura maravillosa, que es una fusión de elementos desde la tradición de nuestras dos metrópolis, España y Estados Unidos. En la base de estas cuatro columnas −señaló los inmensos puntales adornados minuciosamente con animales, candelabros, figuras humanas y guirnaldas de hojas de muchos colores, que se encontraban a cada lado de la puerta de madera negra, que era la entrada principal a la Torre desde una vista frontal −podemos apreciar los emblemas de las principales escuelas que tenía la Universidad en sus orígenes. El color violeta representa la Escuela de Derecho, el rojo la Escuela de Educación.

−De ahí se graduó mi mamá; ella es maestra de español −saltó Luna, con un orgullo que la sorprendió hasta a ella, pues últimamente no se llevaba tan bien con su madre.

−Es usted muy afortunada de tener una madre maestra de nuestra lengua, porque el español…

−¿Afortunada? Las pelas que me daba divididas en sílabas cuando me enseñaba a leer no me parecieron una fortuna; entre sílaba y chancletazo, sílaba y chancletazo, yo solo rezaba para que viniera un diptongo…

El profesor y el ingeniero empezaron a reírse de buena gana ante la ocurrencia de Luna, pero los demás no entendieron el chiste.

−Agradéceles a las pelas saber lo que es un diptongo −dijo el profesor.

—A nuestra derecha —siguió Ríos— tenemos el amarillo, que representa la Escuela de Artes y Ciencias, y, por último, vemos el verde, que representa la Escuela de Farmacia. Ahora fíjense en esos tres escudos que resaltan a relieve sobre la puerta de entrada. Pues bien, ellos son una oda a la educación y al tiempo. A la izquierda, apreciamos el escudo de la Universidad de San Marcos del Perú, fundada en 1551.

—¡¿Que se fundó cuándo?! —gritó Victoria, otra de las estudiantes del "Grupo de los difíciles". —Mi bisabuelo se murió sin saber leer ni escribir, el pobrecito, aunque sí sabía de números. ¿Y tú me vas a decir que desde los mil quinientos yo no sé cuánto ya había universidades en América Latina?

—Tiene toda la razón... ¿Me dice su nombre?

—Victoria Isabel Núñez.

—Pues, Victoria Isabel Núñez... sin madre...

—García, ingeniero, García es mi segundo apellido.

—Como les decía, Victoria Isabel Núñez García tiene toda la razón en su observación. En nuestro país, la educación no era una prioridad; era un privilegio de pocos. Contábamos con una economía agrícola. La mayoría de los puertorriqueños eran jornaleros en plantaciones de caña o de café, y las mujeres parían, planchaban, limpiaban las casas de los hacendados, cosían, zurcían, lavaban en el río y se las ingeniaban para poder darles, al menos, una comida al día a las muchas bocas que tenían que alimentar. La educación no era una prioridad cuando el día a día se reducía a trabajar y sobrevivir. Por eso, incluso hasta mediados de los cincuenta, hubo mucho analfabetismo en la isla. Aún hoy lo tenemos. Todavía hoy, la educación se trata como un privilegio y no como un derecho de todos –se lamentó. –Por eso, es tan importante el acceso a la universidad pública. – Antes de embarcarse como una carretilla en su tema preferido, recordó que el motivo del recorrido era otro y, por eso, se recondujo. –La razón por la que aparece en nuestra Torre el escudo de la Universidad Nacional de Perú es porque es la más antigua de las Américas. A la derecha, vemos el escudo de la Universidad de Harvard, que fue fundada en 1636, siendo la más antigua de Estados Unidos, y en el centro vemos el escudo de nuestra Universidad –fundada en 1903–, baluarte de esta isla que espera emular la tradición histórica de esas dos universidades. Creo que ya he hablado mucho. Veamos. ¿Cuántos de ustedes han pensado a qué universidad les gustaría ir? preguntó esperando una respuesta más entusiasta.

Solo Luna levantó la mano. Su madre, Aurora, se había graduado de ese mismo recinto y su hermana mayor, Celeste, estudiaba enfermería en una universidad privada. Aunque Luna aún no tenía claro qué quería estudiar, sabía que, de seguro, iría a la universidad al terminar la escuela.

–A Harvard, de seguro, no será –respondió Adrián, con ironía, pues nunca se había planteado la posibilidad de ir a la universidad porque no creía que tuviera la capacidad. Tampoco consideraba que fuera demasiado necesario; en su caso, quería ser un beisbolista profesional.

–¿Tú sabes a quiénes les estás hablando? –interrumpió Alberto, en apoyo al argumento de Adrián y ante la cara atónita del ingeniero. –Nosotros somos de los que no van a la universidad. Mírenos así de vario-pin-tos. Nadie cree que entremos; nadie apuesta a que podamos y a nosotros, la verdad, no nos merece la pena tanto esfuerzo. Pregúntele al profesor cómo le dicen a nuestro grupo; pregúntele por qué estamos hoy en esta excursión en un horario fuera de clase; pregúntele qué hicimos y, luego, piense si va a hablarnos de universidades y estudios. Es mejor que cambie su discursito porque este no nos representa. –Esto último lo dijo con rabia. Hubiera querido que sus palabras no sonaran tan crudas. Le hubiera gustado tener una respuesta a la pregunta, pero había crecido escuchando que era un problemático, un malcria'o, que no era bueno en la escuela, y era más fácil ser lo que esperaban de él que demostrar lo contrario.

El profesor Rodríguez nunca había sentido una mezcla de compasión y desilusión tan grande. Su corazón se encogió de tristeza, al punto de causarle un dolor físico. Frente a él, bajo su tutela, estaba un grupo de adolescentes que se sentían excluidos porque los habían dejado afuera, que se sentían rechazados, porque el mundo los había tildado de excedentes, y que se sentían incapaces. En cambio, él veía mentes abiertas al asombro; veía la disposición de asumir errores y enmendarlos. Veía la valentía de Alberto, el talento de Camila, la perspicacia de Luna, el compañerismo de Adrián, la curiosidad de Victoria, el espíritu de competencia de Yudiel, la bondad de Joel... veía tantas cosas que ellos no podían notar de sí mismos. Él los veía.

–¿Quieren que les hable de un puertorriqueño pobre, negro, hijo bastardo de una criada y un oficial de aduanas del puerto de Ponce, que no reconoció a su hijo hasta que fue un adulto? ¿Un puertorriqueño que lo tuvo todo en su contra y, aun así, fue el mejor de su clase en Harvard?

–¿Ese hombre existe? –preguntó Luna, curiosa.

–Ese hombre fue Pedro Albizu Campos y llegó a llamársele el último libertador de América. Así que la próxima vez que piensen que ustedes no pueden hacer algo por lo que el mundo, la sociedad, el país, las circunstancias o la economía les diga, recuerden que ningún sacrificio es poco cuando se hace por uno mismo. Mírenme a mí, esta universidad me dio un propósito. Estudiar me dio una vocación, pues yo también tenía todo en contra. Si ustedes quieren ser verdaderamente rebeldes, edúquense, carajo, y no se quiten antes de intentarlo. No hay nada peor que compadecerse de uno mismo.

Se hizo un silencio tan incómodo que esa última frase se quedó retumbando en el aire, como un eco cautivo que choca con las paredes de la memoria. Algo le pasaba al profesor Rodríguez. Estaba irritable, ansioso. Aunque simulaba haber dado otra de sus acostumbradas lecciones de vida, que siempre vinculaba con algún personaje histórico, esto lo había cogido demasiado personal, demasiado a pecho.

—Bueno, vamos a lo que vinimos. Síganme para revelarles el misterio de la Torre. —El ingeniero Ríos se sintió culpable por haber generado esa reacción inesperada con su pregunta, pero no sabía qué añadir, así que continuó hablando como si no hubiera pasado nada. — La Torre de la Universidad es como un vigía, un guardián dispuesto a defendernos de las injusticias. Se puede ver desde casi todos los puntos de la ciudad, ayudándonos a ubicarnos. Por muchos años, se consideró la construcción más alta de la isla.

Uno a uno, los chicos subieron por una escalera de cemento que bordeaba un mural de apariencia apocalíptica, dedicado a las artes y las ciencias. La imagen de un neandertal, que parecía estar recibiendo la luz del conocimiento, sobresalía en la pintura desde lo alto. Elementos futurísticos se combinaban con lo primitivo, en colores predominantemente azul y ocre, para evocar un recorrido por la evolución del ser humano. Las bromas entre los estudiantes no se hicieron esperar.

—Joel, ¿ese eres tú? —preguntó a coro un grupito que le tenían una burla constante porque era demasiado grande, torpe y barbudo para su edad. De hecho, su torpeza fue lo que lo llevó a ser parte de esta excursión, porque, cuando se unió a la tropa de los grafiteros aficionados de la escuela, en vez de comprar pintura en aerosol, llevó en su mochila la lata de pintura que encontró en su casa. Al tirar el bulto al piso a la hora del almuerzo, la lata se abrió y se derramó a través de la tela, delatándolo incluso antes de cometer cualquier fechoría. Dotes de delincuente Joel no tenía; sin embargo, compensaba su poca destreza académica con una mente ocurrente y una nobleza poco común para alguien de su tamaño. —¿Yo? No creo. Pensé que era el abuelo tuyo... —respondió Joel bateando el chiste, porque sabía que, en el fondo, la broma no tenía malas intenciones y nunca se había sentido más acogido y aceptado que en el "Grupo de los difíciles". Ellos eran como una familia, se peleaban y se hacían bromas entre ellos, pero, ante los de afuera, eran una barrera infranqueable.

Las bromas se acabaron casi de súbito cuando el ingeniero los llevó hasta un portón cerrado a cal y canto por cadenas gruesas y mohosas. Hasta ese punto podía haber subido cualquiera; lo prohibido comenzaba a revelarse a partir de ese lugar en adelante.

—Rodríguez, haga los honores —dijo el ingeniero y le entregó la llave.

El candado antiguo chirrió, quejándose por la intromisión de los estudiantes. Ya casi estaban en las entrañas del vigía y la atmósfera había cambiado por completo. La luz que atravesaba los vitrales era un poema en sí mismo. La cúpula pintada a mano y los balaustres de madera tallada les hicieron admirar cada detalle de la estructura. Ese primer candado les dio la bienvenida al segundo piso. Los estudiantes comentaban entre ellos sobre todo lo que veían y, además, tomaban fotos sin parar con sus celulares.

—Por dentro parece la torre de un castillo de las series que veo en Netflix.

—Mira cómo se ve todo Río Piedras desde aquí.

—Estamos bastante alto. Me da miedo mirar hacia abajo.

—Esa pintura dorada del techo parece de oro.

—¿A quién se le ocurre escribir las paredes de un monumento? — Fue el comentario poco convencional de Joel, el aprendiz de grafitero, al ver que alguien había escrito con marcador negro, "Ana contigo hasta la muerte 2005" en una de sus columnas y pensó que era un error garrafal vandalizar un espacio tan lindo.

El segundo candado daba a una puerta que se abría hacia un espacio tan estrecho que le causaría claustrofobia a cualquiera.

—Tienen que pisar con cuidado; la madera es muy vieja y los escalones son estrechos —dijo el ingeniero Ríos, cuando comenzaron el ascenso.

¡Cuántas cosas habrán pasado aquí! ¡Cuánto tiene que contarnos la Torre! —pensó Luna, fascinada por lo que veía.

Durante el ascenso por una estrecha escalera en espiral, pintada de negro, el ambiente se sentía frío y misterioso; incluso, el bullicio usual de un grupo de veinticinco jóvenes se convirtió en un murmullo, un susurro de voces entre ellos [1]. No tenían el control de lo que sucedería, pues estaban a merced del guía y, dadas las circunstancias del día que celebraban, muchos se pusieron a murmurar posibles escenas escalofriantes, porque a todos les gusta jugar con la adrenalina, el morbo de sentir miedo.

−¿Y si nos traen aquí para torturarnos?

−¿Te imaginas que nos quedemos encerrados en la Torre? ¿Que al ingeniero se le caiga la llave y, como aquí hay poca señal, no podamos llamar a nadie? Además, oscurece y nos quedaríamos aquí encerrados toda la noche −dijo alguien del grupo que, sin dudas, tenía una mente muy creativa.

Todavía podían leerse claramente en el interior frases trazadas a la ligera con marcador que algunos huelguistas de todos los tiempos habían dejado para dejar su marca en la historia: "La educación es un derecho, no un privilegio" −huelga 1981-82; "Si no nos dejan soñar, no los dejaremos dormir" −huelga 2010; sin embargo, la que realmente marcó a Luna, y la frase que sí apuntó en su libreta, fue la que leía "Antonia, los pueblos no perdonan" −huelga 1970. Tenía que averiguar quién era Antonia. ¿Qué era lo que no podían perdonar los pueblos? Planeaba preguntárselo al profesor Rodríguez en su momento.

−Se terminó de construir la Torre en 1939. Los arquitectos fueron el puertorriqueño Rafael Carmoega y el norteamericano William Schimmelpfennin, quien estuvo a cargo del diseño. Todas las piezas se trajeron en barco desde Nueva York e Inglaterra...

---

1. Referencia sobre la descripción del interior de La Torre. Recuperada de: http://www.uprrp.edu/2016/04/la-torre-upr-el-faro-de-puerto-rico/

–Ingeniero ¿y esa silla que hace aquí? –interrumpió Adrián.

Una silla de plástico se encontraba en el medio de la estancia, creando un efecto superpuesto y siniestro en un lugar que tenía una apariencia inalcanzable.

–Ahí se sienta el ente que vigila la Torre. Ustedes saben que todos los lugares históricos conservan espíritus errantes de quienes los visitaron... –respondió él, con tono lúgubre. Los estudiantes no reaccionaron a la broma; se quedaron esperando a que Ríos lo desmintiera, pero no lo hizo, consciente del efecto que causaba en ellos, y siguió con su explicación–: Esa silla tiene historia...Podría bajarla, pero no he querido hacerlo. Me recuerda que hay que defender lo que se ama. Ya no recuerdo en cuál de las huelgas la trajeron aquí. Algunos dicen que los estudiantes tomaron la Torre. Yo pienso que subieron porque ella es su aliada y, desde aquí, se puede ver todo el panorama, y así formular una mejor estrategia.

A Adrián le asustaba lo de los entes porque creía en esas cosas. De hecho, ya había tenido una que otra experiencia paranormal, pero le sorprendió, aún más, el relato del ingeniero, quien parecía narrar los hechos de una guerra. Torres tomadas, estrategias, aliados, sonaban como un vocabulario bélico, pero no se atrevió a volver a preguntar. Después el profesor podría aclarar sus dudas, aunque igual que pasó con Luna, no fue Rodríguez quien les trajo las respuestas. No sabían en qué piso se encontraban, pero habían subido bastante. Mirar hacia abajo les daba vértigo. A medida que ascendían, la brisa se sentía más fuerte y las edificaciones se veían cada vez más pequeñas.

–Parece un viaje en el tiempo –le decía Camila a Luna.

—Como si estuviéramos en una catedral o un campanario...

El ingeniero hablaba, mientras el profesor Rodríguez miraba constantemente su reloj. Los estudiantes tocaban todo a su alrededor con asombro. Los cuatro amigos apenas escuchaban lo que decía el guía. Había una sensación sombría que los rodeaba. Para el último tramo, tuvieron que subir de cinco en cinco porque no cabían todos en la cima. Estaban en la parte más rudimentaria de la Torre. Una escalera de madera rústica y sin barandales les daba la bienvenida a la cúspide. "Joel, cuidado con la cabeza", dijo alguien del grupo, porque el pobre estaba tan encorvado para poder subir que su cuerpo formaba una letra C. Pilotes de madera y tabiques de cemento reforzaban el techo de la estructura. Al llegar a la cima, la vista de toda la ciudad era impresionante. La imagen desde adentro de la Torre era como un juego tridimensional, pues había cuatro relojes que señalaban en dirección a cada punto cardinal con sus números romanos.

—De frente, podemos apreciar una hermosa vista de la ciudad de Río Piedras y parte del edificio Plaza Universitaria. A nuestra izquierda, vemos el antiguo telescopio del edificio Agustín Stahl, nombrado así en honor a ese naturalista y científico puertorriqueño que desarrolló una cepa de caña sumamente resistente a las plagas. A la derecha, vemos parte de nuestra biblioteca, que lleva el nombre de ese catedrático, bibliotecólogo, periodista, ensayista, filósofo y unas cuantas cosas más, José M. Lázaro, fundada en 1953, que alberga alrededor de 205 mil ejemplares. Aunque, sin dudas, mi vista favorita está a nuestra espalda. —Todos se voltearon y, al instante, coincidieron con el ingeniero: era la imagen más hermosa que habían apreciado desde lo alto. —Ese es nuestro majestuoso teatro, que lleva el nombre del precursor de la dramaturgia y la literatura nacional, Alejandro Tapia y Rivera; nuestra aula magna, que se construyó el mismo año que la Torre.

Una hilera de palmas reales, tan altas como el edificio mismo, daban la bienvenida al teatro de la Universidad. Desde lo alto parecía una postal. Por sus elegantes escaleras frontales desfilaron graduados, actores, bailarines, músicos internacionales, espectadores, huelguistas, asambleístas, prepas y estudiantes experimentados, profesores, decanos, empleados y el puertorriqueño promedio. Era un lugar entrañable que conmovía a cualquiera que se sentara en una de sus dos mil butacas.

La intensa luz que atravesaba el cristal de los relojes al caer la tarde hacía parecer que había llamas dentro del espacio. Atrás habían dejado una compleja maquinaria de poleas y engranajes, que tenían un tamaño impresionante, haciéndolos sentir que estaban dentro de la perfecta composición de un reloj suizo. Eran los tubos y martillos del carillón[2], el responsable de la música cada cuarto de hora y las campanadas en cada hora en punto, que podían escuchar todos los universitarios que corrían tarde a algún salón de clases y los transeúntes de Río Piedras, que aprovechaban para poner su reloj en hora. El ingeniero dejó lo mejor para el final.

—La melodía es la misma que se escucha desde el Big Ben de Londres, pero, en su momento, tocaba música tradicional de la época —decía el ingeniero, refiriéndose a la maquinaria que observaban. —Imaginen qué música se escucharía ahora: un reguetón, ¡seguro! ...Por suerte, no es así —comentó, intentando hacer un chiste, ante el murmullo de los estudiantes, quienes probablemente imaginaban qué canción les gustaría escuchar desde el carillón.

---

2. Conjunto de campanas de una torre o un reloj que produce un sonido armónico.

A las siete en punto, un ruido ensordecedor hizo vibrar los escalones de madera y todos, instintivamente, se tiraron al suelo, pues pensaban que se trataba de un temblor de tierra; todos menos Luna, Camila, Adrián y Alberto.

–¡Ajá, se hizo magia! –gritó el profesor Rodríguez, cuando el carillón comenzó a sonar sus campanadas para anunciar la hora –aunque se mantuvo mirando fijamente a los cuatro amigos que parecieron no inmutarse.

–Esta es la voz de la Torre —dijo, complacido, el ingeniero.

–¡Esto se hizo para escucharse desde afuera, profe! –se oyó gritar a uno del grupo.

Al ingeniero Ríos no le afectó; estaba acostumbrado. Lo raro era que Camila, Alberto, Luna y Adrián no escuchaban el ruido. Para ellos, el tiempo se detuvo y solo podían sentir el rítmico martilleo de sus corazones; era igual a sumergirse dentro de sí mismos, como cuando se nada bajo el agua, que se escucha un profundo eco. El corazón, en estado normal, produce entre sesenta a cien latidos por minuto, pero el de estos jóvenes iba desbocado, como si acabaran de terminar una carrera. Instintivamente, todos se pusieron la mano en el pecho y unos a otros se dijeron: "Lo sentiste". Fue tan extraño que no podían ponerlo en palabras, como si ellos se hubieran convertido en la Torre y el carillón estuviera dentro de ellos.

–¿Qué carajo acaba de pasar? –preguntó Alberto, con la mirada desorbitada.

–¿Por qué se tapan los oídos si yo no escuché nada? –respondió

Camila, igual de sorprendida.

—¿Ustedes tampoco lo escucharon? Pensé que yo era el único —se sumó Adrián.

—¿Pero por qué no escuchamos el carillón y sí nos escuchamos a nosotros? —dijo Luna, pensativa.

—Algo acaba de pasar y no sé qué fue, pero les digo que no es normal; no creo que exista la sordera momentánea —añadió Alberto, mientras se tocaba el pecho. —Creo que me falta el aire.

—Es que...se sintió como una explosión por dentro —dijo Luna, asustada.

—Como si nos hubiéramos tragado las ondas sonoras —dijo Camila, la amante de la música.

—¡Profe! —gritó Adrián, mientras le hacía señas con las manos para que se acercara a ellos—: ¿Tú sí escuchaste el carillón? —Hubo algo turbio en la mirada del profesor; un reflejo cruel que nunca habían visto en él.

—Todos sentimos al carillón de formas diferentes —respondió, con ambigüedad, Rodríguez.

—No joda, profe, esto es sencillo. Es tan fácil como un sí o no; lo escuchó o no, porque nosotros, no...

—Míster —lo llamó otro del grupo, y el profesor se fue sin darles una respuesta convincente, dejando a Alberto con la palabra en la boca, cosa que no había hecho nunca porque, en realidad, todos notaban su predilección por él. Lo alentaba siempre a que desarrollara sus argumentos, a que buscara respuestas y cuestionara las cosas. Alberto empezaba a verlo como una figura paterna y esa reacción suya lo había dejado molesto y confundido.

Por reflejo, los cuatro se dieron las manos; se tenían unos a otros, como se habían tenido siempre. Ninguno dijo nada más, pero ellos se conocían y sabían las reacciones de los otros cuando estaban ansiosos o asustados. Camila tenía una sonrisa congelada, un rictus nervioso que hacía que le temblara el labio inferior. Adrián pestañeaba sin parar, usaba lentes de contacto con aumento porque los espejuelos le interferían en las prácticas, y siempre que algo le incomodaba sentía resequedad en los ojos y pestañeaba para lubricar la pupila. Luna no dejaba de peinarse su larga cabellera, se había hecho y deshecho una trenza más de diez veces. Alberto carraspeó una y otra vez intentando encontrar la voz para darle ánimo a sus amigos. No lo dijeron, pero los cuatro sintieron que, a partir de ese punto, ya nada sería igual.

El recorrido llegaba a su fin. Los cuatro amigos se quedaron al final del grupo absortos y pensativos. Al ser los últimos en salir, antes de poner el candado del primer piso, Camila y Luna miraron hacia atrás y, aunque no sabían muy bien por qué, ambas lloraron. A su vez, Alberto y Adrián sentían una pena tan grande como si se estuvieran despidiendo de un familiar al que no verían en años. Por la mente de Alberto pasó una visión muy realista de él con veintitantos años sentado en la silla de plástico mirando hacia Río Piedras. Los cuatro se mantenían como hipnotizados, parados con solemnidad frente al portón cerrado, hasta que el profesor Rodríguez los llamó para la foto de grupo y, al ver el estado de conmoción en que se encontraban, les dijo: "La Torre tiene su magia, ¿verdad". Alberto le iba a refutar, pero no tuvo fuerzas ni argumentos, así que se tragó sus reclamos. Pasó demasiado cerca del profesor, con toda la intención de empujarlo con el hombro. –No sé qué tramas, pero no me gusta. Yo confiaba en ti –quiso reclamarle, pero las palabras nunca llegaron a formarse más allá de sus pensamientos.

V

Se tomaron la foto de grupo en una estructura de plástico nueva que decía "Yo Amo la IUPI", para documentar la visita. El profesor Rodríguez se despidió del ingeniero Ríos, llevándose consigo a los estudiantes que no habían firmado el permiso para quedarse en la actividad del museo. A Luna, su madre no la había autorizado porque no podía ir a buscarla a la Universidad al anochecer, pero los abuelos de Adrián se pusieron a la disposición de llevarla de regreso a casa y todos terminaron montándose con Coky y Awilda, porque el abuelo de Adrián tenía una minivan en la que solía carretear a los amigos. Después de todo eran vecinos de calle, y así, sin mucho problema, los cuatro consiguieron la autorización para quedarse.

Al salir, ya había anochecido. Alberto y Camila se dirigieron al museo, tras el rastro de las luces y la música. Adrián y Luna, que siempre buscaban una excusa para quedarse solos, prefirieron caminar por los predios de la Universidad antes de ir para allá. Ninguno de los cuatro volvió a mencionar lo que acababan de experimentar. Ya tendrían tiempo de hablarlo.

–Si es lo que quieren, pues nos llaman y nos encontramos todos en el museo. Aunque no creo que debamos separarnos luego de lo que acaba de pasar –dijo Camila, molesta.

−¡Se portan bien! −gritó Alberto desde la calle de enfrente. −No hagan nada que yo no haría −comentó, al tiempo que le pasaba una mano por la cintura a Camila y la atraía hacia su cuerpo para imitar a sus amigos enamorados. −De verdad, cuídense −añadió en un tono más serio.

−¿Te imaginas a estos dos juntos? −le preguntó Luna a su novio desde la acera de enfrente mientras se alejaban.

Ambos se miraron en silencio por unos segundos, sopesando si pudieran imaginarse una relación que no fuera de amistad entre Alberto y Camila, y llegaron a la misma conclusión.

−¡Noooooooooo, por supuesto que no!

Mientras tanto, camino al museo, Alberto aún no soltaba la cintura de Camila y le hacía la misma pregunta medio en broma y medio en serio:

−¿Te imaginas si nosotros dos...?

−Ya lo intentamos. ¿Te acuerdas?

−Sí, pero esa vez...

−Esa vez quedó en el pasado y prometimos que no se lo diríamos a nadie.

−Pero ¿no te gustó? Yo sentí que entre los dos...

−Me gustó, Alberto, me gustó y ese fue el problema. Ya sabes cómo me pongo cuando termino con alguien y contigo no quiero terminar nunca, así que agradece que te amo como amigo porque así me tendrás en tu vida siempre.

–Eso es suficiente para mí –dijo Alberto y le dio un beso en la mejilla que rozó la comisura de su boca.

Camila sonrió y le devolvió el beso.

–Pero no te ilusiones –le susurró antes de abrazarlo–: Es nuestro secreto.

Luna y Adrián ya se perdían rumbo a ninguna parte por los predios de la Universidad. Todavía pesaba entre ellos la pregunta del posible enamoramiento de sus amigos. Ella se sintió culpable porque lo primero que pensó fue que no podía imaginarlos juntos y, luego, se dio cuenta de por qué Camila le reclamaba más tiempo; de porqué su amiga se sentía irritable desde que tenía una relación con Adrián. No eran celos como creía; era miedo. Miedo de romper el grupo, miedo de que si pasaba algo ya no serían cuatro de nuevo.

–¿A dónde vamos? ¿A dónde me llevas? Creo que debemos tener cuidado, Adrián. No debemos jugar con fuego; esta noche las cosas se sienten muy raras.

—A un lugar donde podamos estar solos. ¿No confías en tu novio? –Y le puso esa mirada de súplica que acompañaba a unos ojos claros de largas pestañas a los que Luna no podía o no quería resistirse.

Pasaron frente a la Biblioteca José M. Lázaro y en la esquina doblaron a la izquierda en una calle en penumbra entre el edificio de la biblioteca y la conocida Casa del Rector, donde aprovecharon para darse algunos besos tiernos. Iban de la mano, quizá pensando en ser adultos y caminar por esos mismos lugares juntos, como universitarios; quizá pensando que su amor y su amistad superaría cualquier prueba, ajenos a los cambios de la vida, como jóvenes que solo buscan la emoción de vivir el momento. En la arboleda frente a los merenderos de la facultad de Ciencias Sociales, que a esa hora estaba desierta, se sentaron en los bancos, recostados uno del otro. Adrián acariciaba el largo pelo de Luna y ella solo se dejaba querer. Ambos pensaban en que el mundo era mejor cuando estaban el uno con el otro. Todo tenía más luz, más color, más música, más diversión, más sensaciones, más vida. Poco a poco fueron despejando el miedo de sus mentes y se concentraron solo en ellos, en el ahora.

–¿Qué te gusta de mí, Adrián? –preguntó Luna, con su afán de conocerlo todo aún en los momentos más íntimos.

–Todo. –fue la rápida respuesta de Adrián, que era más dado a la acción que a las palabras.

–No me digas que todo por salir del paso; sabes que no me gustan esas respuestas.

–Me gusta tu pelo –y le dio un beso en la cabeza–. Me gustan tus ojitos achinados y la forma en que me miras –y besó sus ojos–. Me gusta la forma graciosa en que tu nariz se arruga cuando te ríes –y le acarició el tabique–. Me encanta el sabor de tu boca –y la besó, sin prisa, en un beso suave, húmedo y delicioso, de esos que a Luna le quitaban todas las preguntas de la cabeza–. Y me gusta tu cuello –dijo mientras fue bajando las manos en una caricia que la llenaba de cosquillas y placer. Adrián seguía bajando, pues estaba dispuesto a recorrer cada parte del cuerpo de su novia y demostrarle que, en realidad, le gustaba todo de ella. Cuando estaba desabotonando su camisa, de repente, un ruido similar al crujido de hojas los hizo ponerse en alerta; se voltearon, pero no vieron a nadie. Sus encuentros eran así, siempre los interrumpía algo o alguien, como si una fuerza mayor impidiera que consumaran su amor. Los pasos se sentían cada vez más cerca, pero no podían identificar de dónde provenían. Una sensación de cosquilleo en la nuca y un escalofrío les bajaba por la columna vertebral, lo que hizo que se pusieran de pie en alerta.

–¿Quién está ahí?

–No es gracioso. Viste Adrián, por eso, no debimos venir solos. Yo quiero regresar con Cami y Alberto. Mi mamá me mata si se entera de que nos separamos de los demás. Te dije que nada pinta bien esta noche.

–No fue nada, a lo mejor fue un gato callejero...–respondió él, aunque no estaba nada convencido.

Esta vez al ruido de pisadas se le sumó un chiflido, una melodía siniestra que parecía tener la intención de llenarlos de miedo. Adrián trató de mantener el control por Luna, que estaba aterrada, pero no pudo evitar repasar en su mente cómo acababan las películas de misterio cuando un desconocido jugaba al gato y al ratón con unos jóvenes desprevenidos.

Corrieron de regreso por la misma calle angosta y oscura que bordea la biblioteca, mirando en todas direcciones, hasta que se detuvieron súbitamente, porque se fijaron en que la Casa del Rector, que hace unos minutos parecía estar desierta y abandonada, ahora tenía luces encendidas y salía música de su interior. De unos carros que parecían antiguos se bajaban mujeres con peinados en bucles y con vestidos largos y acampanados.

—¿Ves? De esa fiesta tiene que venir el ruido —dijo Adrián tratando de darle sentido a algo que no lo tenía.

—Pero, horita, cuando pasamos, no había nada aquí; no había nadie. Tú mismo viste que el lugar estaba abandonado. Además, esos carros viejos y esa ropa... Adrián, ¿qué pasa?

Adrián coincidía con su novia en que ese lugar estaba muerto hacía solo unos minutos. Era muy extraño que no hubiera ni un alma cuando pasaron y que ahora fuera un lugar lleno de vida y esplendor, pero no le dijo nada a Luna para no acrecentar su miedo. Solo apretó su mano y la haló, dispuesto a salir de allí como fuera. Las explicaciones podrían buscarlas cuando estuvieran fuera de peligro. Justo en el punto ciego, al doblar la esquina para retomar el camino hacia el museo, le salió al encuentro un hombre atípico. Era alto, vestía un frac poco usual —demasiado formal— como si fuera a un baile de salón. Llevaba un sombrero de medio lado, una pipa, unos zapatos lustrosos y un enorme rollo de tela para completar su disonante aspecto de retrato en sepia. El instinto los hizo gritar. Adrián sacó su celular para pedir ayuda mientras Luna corría hacia un poste de llamado de emergencia, de los muchos que habían distribuidos por la Universidad, pero este hombre les cerró el paso y les entregó una nota antes de seguir su camino.

—Llevo prisa, ya me esperan en el teatro —dijo él, con una voz gutural, mientras miraba su reloj de bolsillo. Siguió su camino silbando una melodía que a los novios no le recordaba a ninguna canción que hubieran escuchado nunca.

—Adrián, ¿te fijaste en...? ¿Viste sus...sus...ojos? Estaban vacíos, muertos. —Luna no podía articular una frase completa, pero estaba segura de lo que había visto en ese desconocido.

Adrián se apresuró a leer la nota, que estaba cuidadosamente enro-
llada con cinta. Las letras habían sido escritas con un estilo exagerado de
caligrafía y las únicas palabras ahí expuestas eran Los veo en *El Velorio*.

—¿En el velorio de quién? ¿El tuyo? ¿Quién carajo es? ¡Oiga! No
nos amenace —dijo, con voz temblorosa, Adrián. El hilo de voz que logró escapar de su garganta no llegó a alcanzar al hombre, quien ya se
había perdido de vista.

—Debe ser uno de los personajes disfrazados del museo. ¿No
crees? Hoy es Halloween, y a la gente le gusta meter miedo —dijo
Luna, reflexiva ante lo inexplicable y aterrador de todo lo que les estaba sucediendo esa noche.

Una niebla espesa rodeaba el campus dándole una atmósfera lúgubre. La temperatura no era usual para una isla del Caribe y menos
un cielo totalmente oscuro, sin estrellas, sin luna.

—Adrián, ¿ves la luz que envuelve a la Torre? Creo que no estaba así cuando salimos. Se ve tan...tan hermosa. —Luna no añadió nada
más; solo miraba el halo que envolvía la estructura y sentía una atrac-
ción instintiva hacia ella. Parecía una mariposa con fototaxia.

Adrián vio el éxtasis de su novia, quien se dirigía a la luz sin ninguna explicación, y se apresuró a cargarla en brazos y colocarla de espaldas al reflejo atrayente. Luna regresó en sí ante la insistencia de su
novio: "Quédate conmigo, por favor, reacciona". Intentaron llamar a
Camila y a Alberto, pero no tenían señal en el teléfono; solo un mensaje de WhatsApp, en su chat grupal, que decía lo mismo: "Los veo en
El Velorio". Vieron un teléfono público frente a la biblioteca y pensaron esperanzados que quizá esa reliquia les podría salvar la vida,

pero, al llegar, notaron que el teléfono colgaba de la base y no tenía tono. Tampoco tenían monedas para echarle en caso de que funcionara. Tenían la intención de huir por el portón que daba a la avenida Juan Ponce de León, cuando un ruido de tambores, que venía desde dentro del museo, comenzó a atraerlos y subieron las escalinatas hasta la sala de arte.

−¿Dónde está todo el mundo?

−¿Quién toca? −Se dijeron uno al otro sin soltarse las manos.

Al llegar a la única puerta de cristal que tenía luz en su interior, intentaron entrar, pero un hombre robusto vestido de guardia de seguridad les cortó el paso.

−¡Déjenos entrar, por favor, no sabemos qué pasa; perdimos a nuestros amigos! −decían, al unísono, mientras golpeaban la puerta con los puños.

La única respuesta que recibieron fue:

−¿Tienen la nota?

Sin entender lo que sucedía, ambos dijeron que sí y la sacaron a manera de prueba.

−Pasen, los otros dos ya los esperan.

Al entrar en la sala del museo, vieron que estaba vacía; no había cuadros ni esculturas ni piezas de arte. Cuando dieron algunos pasos más, notaron que solo había una pintura de tamaño impresionante, que coronaba el final de la sala, y Camila y Alberto estaban sentados en el piso frente al cuadro. Estos no reaccionaron al ver a sus amigos; parecían estar en un trance.

—¡Qué alivio que estén aquí! ¡Qué bueno que están bien! —exclamó Luna al ver a Camila.

—No creo que estén bien —respondió Adrián, al notar el estado en el que se encontraban.

Todos mostraban la nota que habían recibido, como si fuera un boleto de entrada. A sus espaldas escucharon el click de la cerradura de la puerta principal. Acto seguido, oyeron al guardia de seguridad decir por el walkie talkie:

—Estamos completos. —En respuesta, una voz muy familiar respondió—: Si están los cuatro, que empiece el juego. Cambio y fuera.

—No puede ser. Adrián, ¿esa era la voz de...? —intentó preguntar Luna, incrédula.

El guardia la interrumpió, antes de que pudiera confirmar su sospecha, y les dio una orden tajante—: Tendrán que ayudarme a robar la pintura.

Capítulo 5

EL GUARDIÁN

—¿Soy yo o esa era la voz del profesor Rodríguez? ¿Cómo que ayudarte a robar la pintura? ¿Cuál pintura? ¿Esta? —preguntó Luna, al borde del nerviosismo, mientras señalaba, incrédula, el enorme cuadro a su espalda, que era la única pieza que había a la vista—. Pero ¿qué es lo que pasa esta noche? ¿Todos se han vuelto locos o qué?

—¿Qué carajo les hiciste a nuestros amigos? ¿Por qué no reaccionan? —gritó Adrián, zarandeando a Camila para que diera señales de vida.

Luna también comenzó a darle palmadas en la cara y en la espalda a Alberto, para que entrara en razón—. Dime algo, Alberto, por favor, di algo. ¿Qué te pasa? ¿Qué les hicieron? ¿Esto es una broma? ¿Hay una cámara oculta? ¡Ya, por favor, ya paren! —Luna lloraba y suplicaba para que pararan lo que ella creía que era una broma de Halloween demasiado elaborada.

El guardia de seguridad del museo los miraba impasible. En su rostro viejo se reflejaba un gesto ambiguo: podría ser disfrute, podría ser arrepentimiento, podría ser cobardía.

—Ya lo irán entendiendo todo a su tiempo. Solo esperen y confíen. Ustedes son los elegidos...

Adrián no era impulsivo; no solía tomar la iniciativa en las cosas; ese era Alberto. Su papel, en el cuarteto que formaban, casi siempre era de seguidor y refuerzo. Fuera del deporte, donde se destacaba, sentía que Alberto lo superaba en todo; por eso, soñaba con tener la oportunidad para demostrar las agallas que, en realidad, tenía. Si no era este el momento, no lo sería nunca. Su novia lloraba mientras intentaba una y otra vez hacer que sus amigos reaccionaran. Alberto y Camila se habían convertido en estatuas vivientes, con la mirada cristalizada y las pupilas dilatadas, como, si antes de caer en ese trance, hubieran visto algo aterrador e inexplicable.

Un hombre viejo, vestido o disfrazado como guardia de seguridad, los mantenía encerrados en esa sala y no tenían idea de cuáles eran sus verdaderas intenciones. −Ustedes son los elegidos −había dicho. −¿Los elegidos para qué?

De repente, Adrián estalló de furia. Corrió hacia el guardia y, tomándolo desprevenido, lo tiró al suelo. Luna dudó un instante antes de pensar qué hacer, pero mientras su novio apretaba por el cuello a su oponente, ella intentaba buscar las llaves de la puerta de entrada entre los bolsillos del uniforme.

−¡No las encuentro, Adrián! ¡No sé dónde están sus llaves! ¿Qué hacemos?

El hombre se retorcía en el piso. Cualquier intento de soltarse de los brazos del deportista fracasaba porque este lo superaba en juventud, fuerza, estrategia y un elemento, con el que el guardia de seguridad no contaba, el miedo.

−Coño, Luna, avanza. Vamos, sigue buscando. −Adrián aún oprimía el cuello del guardia y temblaba por la presión que ejercía contra su tráquea.

−¡Déjalo! ¡Adrián, suéltalo, que lo vas a matar! −le gritaba Luna mientras intentaba empujarlo antes de que cometiera una locura.

—Yo no quiero hacer esto. No me obligues a hacer esto. Necesito que cooperes y nos dejes salir de aquí y que paren lo que sea que le están haciendo a mis amigos. —amenazó Adrián al guardia.

El guardia asintió con las últimas fuerzas que le quedaban. Si hubieran pasado unos segundo más, se habría desmayado. Se incorporó tambaleante y fingió dirigirse a la puerta de entrada para abrirles, pero Luna y Adrián pecaron de crédulos y celebraron antes de tiempo. Con una maestría sacada de las películas de artes marciales de los ochenta, el viejo guardia desenfundó de su cintura el walkie talkie, lo lanzó al aire y lo atrapó con la otra mano para gritar—: ¡Hay que comenzar ya!

De nuevo esa sensación extraña; ese galope del corazón acelerado era lo único que sentían. Una vez más estaban paralizados en una dimensión desconocida. Adrián y Luna comenzaron a sentirse aturdidos, atrapados en sus propios cuerpos, comprimidos dentro de una camisa de fuerza invisible. Los novios quisieron darse la mano, pero no eran capaces de moverse, estaban pegados al suelo, sentados en el piso del museo. Apenas podían mover los ojos y, en ellos, se reflejaba el miedo, igual que les había pasado a Camila y a Alberto. El museo entero se transformó en una instalación del cuadro. Ocho ojos fijos presenciaban, por primera vez, una escena en otra dimensión. Ocho manos crispadas que no lograban encontrar un atajo para unirse. Ocho piernas rígidas, tan tiesas como si fueran la pata de palo de un corsario de la tripulación del temido Miguel Enríquez. Los amigos no sabían que las campanadas del carrillón de las siete en punto, que ellos no escucharon, pero sí sintieron, habían abierto la puerta a la dimensión de lo imaginario, sin ellos pedirlo, sin ellos quererlo. Un alboroto rítmico inundó la sala. Músicos afinaban instrumentos, animales correteaban de un lado a otro y las personas se pasaban tragos de ron y comida. De repente, los personajes del cuadro ahora celebraban su velorio en el museo, alrededor de los cuatro amigos petrificados. Tres golpes largos seguidos de dos cortos, ese era el ritmo que se repetía una y otra vez. El guardia de seguridad sabía que el efecto paralizante del sonido rítmico de los tambores no duraría mucho en la mente de los jóvenes, así que comenzó a contarles qué hacían allí, por qué ellos eran los elegidos y qué pasaría en las próximas horas o quizá en la eternidad, todo dependería de ellos.

<<El día en que decidí que tenía que renunciar a mi trabajo, también fue el día en que supe que iba a quedarme. Mi prima Carmita me había conseguido este trabajo como guardia de seguridad en el Museo de la Universidad de Puerto Rico, a través de unos amigos que tenía aquí, porque decía que no podía seguir de vago en casa de Tití Chana, cuando ya era un hombre de dieciocho años. Vivíamos apreta'os: mi mamá, mi hermano pequeño y yo en casa de mi tía, quien, además, tenía un marido, un padre enfermo, que era mi abuelo, y tres hijos, entre ellos, mi prima Carmita, que era mi confidente y mi mejor amiga. Por eso, no faltaban ocasiones para que mi tía nos tirara la puya, recordándonos que sobrábamos en este apartamento de dos cuartos, que habían convertido en tres, al improvisar una división con una cortina de pascuas que antes había sido un mantel y antes que mantel había sido una sábana. Vivíamos nueve personas en ese apartamento de la calle Robles, muy cerca de la Plaza del Mercado de Río Piedras, desde que mi padre, Gilberto, había sido obligado a enlistarse en las Fuerzas Armadas de los Estados Unidos para pelear en la guerra de Vietnam. No habíamos vuelto a saber de él hasta que recibimos la visita del notificador del Ejército. Desde entonces, nos arropó un eterno luto. Recuerdo ese día, especialmente nublado y ventoso del mes de septiembre, cuando tres hombres, dos uniformados y un civil, se bajaron de un carro oficial

que estacionaron frente a la casa que mis padres tenían alquilada en el barrio Tras Talleres de Santurce. En la puerta del carro estaba el símbolo de un águila y las palabras "United States Army". Cada uno se quitó su gorra cuando Teresita, mi madre, abrió la puerta, mientras todavía se secaba las manos en el delantal y un olor a sofrito inundaba la cocina.

–Buenas tardes, señora. Por órdenes del secretario de la defensa, vengo a notificarle la muerte del soldado Gilberto Nieves –comenzó a decir, pero hizo una pausa al ver que dos niños, mi hermano y yo, asomábamos las cabezas por el pasillo–: —su esposo... a manos de las fuerzas enemigas del Viet Cong, en Vietnam, hace dos días. Lamentamos su pérdida, señora. Murió como un héroe, al servicio de la patria.

–¡Al servicio de, ¿cuál patria?! –Fue lo que mi madre pudo gritar, antes de tirarse al piso.

El capellán, que también venía con uniforme, trató de socorrer a mi madre, entre oraciones y palabras de consuelo practicadas en tantas otras escenas como esta. Nunca había visto a mi madre perder el control ni empujar a un hombre ni gritarle que se fuera de nuestra casa. Ella, quien no dejaba que nadie saliera por la puerta sin antes haberle ofrecido, por lo menos, una tacita de café. El único civil que acompañaba a los militares, que se identificó como representante del Mortuary Affairs, le intentó explicar los beneficios económicos que nos correspondían por el seguro militar de mi padre.

–¿Ustedes creen que le pueden poner precio a la vida de mi esposo? ¡Fuera de mi casa!

Mi hermano y yo salimos de nuestro escondite y nos agarramos a la falda de mi mamá y comenzamos a llorar los tres. El civil y el mili-

EL GUARDIÁN|107

tar no paraban de repetir frases hechas y nos hablaban de beneficios económicos y de bienestar, como si crecer sin un padre tuviera algún tipo de beneficio. Debíamos representar una imagen de desamparo tan grande que, hasta el capellán, curado de espanto, salió de la casa con los ojos enrojecidos.

A la semana siguiente, nos mudamos con mi tía. Mi mamá mantuvo en secreto el dinero que recibió por la muerte de mi papá en una cuenta bancaria, que abrió para mí y para mi hermano menor, y de la que nos enteramos el día de su funeral. Ella nunca gastó ni un centavo de ese dinero. Había dicho que prefería pasar hambre que llevarse a la boca algo comprado con la vida del que fue su único amor. Sin embargo, tenía claro que los hijos de Gilberto no teníamos la culpa y, por eso, nos abrió una cuenta para que pudiéramos acceder a esos fondos, solo cuando ella ya no respirara.

Mamá siempre me decía que me había salvado por un pelo, porque pudieron haberme enlistado a mí en una guerra que duró tantos años, pero yo no tenía la edad suficiente, para ese entonces. Por desgracia, mi padre todavía era un hombre joven y fuerte y podía serles útil en el frente. Y, al final, les fue útil, como carne de cañón, igual que tantos otros puertorriqueños desde que se aprobó la Ley Jones, en 1917. La misma que nos otorgó la ciudadanía americana para poder llevarnos a la guerra en contra de nuestra voluntad.

Esa mañana, del 4 de marzo de 1970, empezaba a trabajar directamente en el museo. Las pasadas dos semanas había estado en adiestramientos para ejercer el puesto. Me pareció todo tan aburrido y monótono que pensé que cumpliría con ese día, para completar las horas de la quincena, y renunciaría a la mañana siguiente, asegurando así el primer pago, que planeaba darle completo a mi madre.

Mi turno en el museo comenzaba a las tres de la tarde, pero recibí un recado en la carnicería de los Massanet, en la Plaza del Mercado, a donde iba sin falta en las mañanas a buscar el encargo de la carne fresca y recién cortada que don Jaime le separaba a mi tía para la comida del día.

—Goyito, vino a decir el jefe, que tiene cara de tranca'o, que te reportes más temprano hoy al trabajo. Dice que el ambiente está súper tenso por allá y que necesitan a todos los guardias. Que lo veas a las doce en punto en el portón de la avenida Barbosa, y que vayas con tu uniforme".

—¿Eso te dijo? ¿Qué querrá ahora? Pero si yo cruzo el puente de la Gándara y caigo en el museo en dos minutos.

—Yo no sé más na', muchacho, pero parecía una orden.

Le agradecí que me pasara el mensaje, pero no entendí por qué me necesitaban con tanta urgencia. En los adiestramientos me habían enseñado que mis funciones eran velar los cuadros y esculturas de la sección de arte del museo y asegurar que los estudiantes, profesores y visitantes firmaran el libro de visitas. —Esta es tu principal arma —me indicaron con solemnidad, cuando me mostraron cómo debían firmar en el libro. Llegué a pie, sudado y molesto, al portón de la avenida Barbosa a las doce en punto. Un impresionante carro Chevrolet Camaro negro, modelo del sesenta y nueve, me esperaba en la acera y un desconocido con gafas de aviador me hizo señas para que subiera. En mi familia nadie tenía carro; además, era la primera vez que veía uno como ese. Dentro me esperaban mi jefe, dos pobres guardias de seguridad, tan asustados como yo, y un hombre que se presentó como el comandante Mercado.

–¿Se puede saber qué pasa? –pregunté al subirme al asiento trasero.

Si el comandante hubiera sabido que muy pronto lo matarían, probablemente, hubiera demostrado más desprecio y odio en su voz, o habría escupido más al gritar sus órdenes.

–Esto es extraoficial, pero el gobernador autorizó nuestra entrada. La Fuerza de Choque les dará una sorpresa en la tarde. A ver si se les quitan las ganas de protestar a esos revolucionarios de mierda. ¡Que dicen que vienen a estudiar!, pues que estudien, coño, y no sigan jodiendo con lo mismo del ROTC [3].

Acto seguido, sacó con parsimonia una caja de cartón de debajo de su asiento y nos la lanzó al asiento trasero, donde estábamos los tres petrificados. Cayó sobre las piernas de Julián, que estaba en el medio, pero no nos atrevimos a movernos para saber qué tenía adentro.

–¡Que la abran, carajo!

Uno a uno, fuimos sacamos los tres objetos duros y alargados que estaban envueltos en pañuelos de tela.

–Estaremos armados hasta los dientes, a ver si alguno de los revoltosos esos se atreve a gritar una consigna más. Parece que en la casa nunca les dieron un buen correazo. Ahora me toca a mí enseñarles a respetar a la autoridad –gritaba Mercado, mientras masticaba las pa-

---

3. Programa de Ciencias Militares en la Universidad de Puerto Rico, establecido en 1919 y conocido como el Cuerpo de Entrenamiento de Oficiales de la Reserva (ROTC por sus siglas en inglés). Sólo brindaban servicios a 260 de los 24 mil estudiantes matriculados en esa fecha en que se hace la referencia histórica.

labras como si las saboreara. Tenía el cuello enrojecido por la rabia y, por mi mente, pasó la pregunta que no hice–: ¿Qué le habrán hecho los estudiantes a este hombre para que quiera matarlos? ¿Y qué tengo que ver yo con todo esto?

No hacía falta abrir el pañuelo para saber que cubría una pistola. Nunca había tenido una en las manos ni había visto una en la vida real. Y, definitivamente, este era un mal día para tantas experiencias primerizas. Cuando la vi, se me revolvió el estómago. El color negro cromado de la corredera, junto al color negro mate de la culata, me hicieron imaginarme el cuerpo de los escarabajos que jugaba a atrapar con mi hermano, Carlos, en el patio que teníamos en la casita de Santurce.

—Es una Colt M1911, calibre cuarenta y cinco, lo mejor de lo mejor. ¡Qué belleza! Una finura, ¿no creen? Es una pistola precisa, clásica y súper segura.

—¿Segura? —Esta vez sí se me escapó la pregunta de la boca, porque me parecía una contradicción escuchar la referencia a un arma junto con la palabra seguridad. —Yo pensé que mi mejor arma era el libro de firmas —dije, consciente de mi ironía.

El comandante desenfundó su arma y la colocó en mi frente con una velocidad pasmosa. —Tenemos a un payaso en el grupo, ¡a ver si te da gracia este chiste! —me gritó.

Yo cerré los ojos esperando la detonación que nunca llegó.

—No vales la pena infeliz; además, no quiero que tu sangre me ensucie los asientos del carro.

El comandante Mercado hablaba de las armas como si se tratara de una mujer, con adjetivos de belleza, precisión y finura. Tener un arma en la mano con el cañón en dirección a un ser humano que suplicaba por su vida, lo excitaba. Ese día comprobé que siempre que un hombre con uniforme e ínfulas de poder había llegado a mi vida, era para traer malas noticias. Eran los ángeles de la muerte y yo no estaba dispuesto a entregarles mi alma por las buenas.

Mi jefe quiso apaciguar los ánimos y le rogó al comandante: "Déjelo, ¿no ve que es nuevo? Cuente con nosotros capitán. ¡Y, ustedes, a trabajar que para eso se les paga!", nos ordenó. Yo pensé decirle que a mí nadie me había pagado un centavo todavía. Además, a mí nunca me explicaron que me pagarían por dispararles a estudiantes. Su reacción de lamebotas o, como diríamos en mi barrio, de enñangota'o, me dio vergüenza ajena. Mercado no era capitán y no tenía por qué darnos órdenes a unos guardias de universidad, cuya función era defender el campus, las instalaciones y a los estudiantes, nunca lo contrario.

—No quiero que les tiemble el pulso. Hoy limpiamos la Universidad. —Fue lo último que le escuché decir a Mercado, mientras nos bajábamos de la parte trasera del Chrevrolet—: ¡Y de esto ni una palabra a nadie!

Yo que pensaba renunciar porque creía que el trabajo sería aburrido. ¡No las había pegado en lo más mínimo! En un mismo día había pasado de ver y montarme en un carro por primera vez, a ver y cargar un arma por primera vez. El frío contacto del metal contra mi cuerpo, cuando puse la Colt en la parte trasera de mi pantalón y me saqué la camisa del uniforme por fuera para disimular, me hizo sentir como un imbécil, un títere sin opción a quien le daban instrucciones, pero no explicaciones, igual que a mi pobre padre.

Cuando mi jefe se separó de mí, rumbo a su oficina, me dijo con una mueca de orgullo: "Contamos con ustedes...".

—Pero yo no creo que pueda... Es que yo nunca he... No entiendo por qué...

—Déjate de pendejaces, Gregorio. La Universidad te necesita.

De camino a mi puesto en el museo, me topé con otros guardias de seguridad tan incómodos como yo. Algunos me asentían con la cabeza y otros me desviaban la mirada. Todos sabíamos la sorpresa que les tenían preparada a los estudiantes en la tarde y nos sentíamos como unos cobardes y unos traidores. Un poco más adelante, un grupo de mujeres marchaba en círculos al grito de consignas—: ¡Si los Yankees no se van, los sacamos a patás! —en contra la guerra de Vietnam. —¡Yankee, go home!¡Fuego, fuego, los yankees quieren fuego! —apoyando la salida del ROTC del Recinto y en contra del servicio militar obligatorio.

Como Mercado nos había obligado a entrar por el portón de atrás, el de la Facultad de Estudios Generales, para hacernos parte de su absurda conspiración, prácticamente tuve que cruzar un campo de batalla desde el portón de la Barbosa hasta el portón de la Ponce de León. Al pasar frente al edificio del ROTC, que era como un pequeño fuerte con dos torres y un anexo de madera, vi a estudiantes del programa militar, con sus uniformes color caqui, pertrechados en el techo con rifles falsos de madera que usaban para sus entrenamientos y desfiles. De la parte de abajo del pequeño fuerte salía humo. Me quedé un rato merodeando en el área hasta que un fuego cruzado de piedras disolvió el mitin.

Estudiantes corrían y gritaban cargando pancartas, palos y piedras. De sus voces jóvenes, cargadas de esperanza y, quizá, inocencia, salían consignas por una universidad pública, por la independencia de Puerto Rico, por la salida de los militares del recinto, por el fin de la guerra de Vietnam y por el discriminatorio proceso de obligar a las minorías raciales y a los más pobres para que fueran al frente. Miembros de la FUPI[4], la JIU[5] y otros grupos estudiantiles cargaban con banderas puertorriqueñas con el triángulo azul celeste, en abierto desafío, porque hubo un tiempo en que llevar una bandera de Puerto Rico era sinónimo de ser nacionalista y eso podía ser motivo de expulsión o reclusión en la Cárcel de La Princesa.

En más de una ocasión me pregunté: "¿Qué hago aquí? ¿Qué rayos está pasando?" A mí nunca me interesó la política. Vivía una existencia al margen, marcada por la pena de haber perdido a mi padre. Pero ni eso hizo que yo tuviera una conciencia social más allá de una rabia personal, una tristeza que sufría en solitario.

Cuando llegué, por fin, al museo, tuve que probar con tres llaves antes de encontrar la que abría la puerta del ala de arte, que era la que me correspondía vigilar. La cerré tras de mí y un silencio apacible parecía apagar por completo las voces y los ruidos del exterior. Entonces lo vi: era el cuadro más impresionante que había visto jamás. Tenía movimiento, tenía ruido, tenía vida. Me dibujó en el rostro un gesto de asombro perpetuo. Era como si el momento de paz hubiera durado solo unos segundos porque, cuando vi la pintura, volví a sentir que estaba en el exterior, en la protesta, en el campus, entre los estudiantes y sus reclamos.

Yo no sabía nada de arte. De hecho, mi única referencia era un cuadro de la Última Cena laminado, que mi tía tenía en un lugar importante

4. Federación Universitaria Pro-Independencia.
5. Juventud Independentista Universitaria.

de la cocina desde donde todo el que entrara pudiera verlo. Ese era el único objeto decorativo del apartamento de la calle Robles. Ese cuadro y una lámina enmarcada del Divino Niño Jesús, que tenía las pupilas y los iris muy negros y los globos oculares pintados de azul. Cuando le pregunté a mi tía si el Divino Niño estaba ciego me dio una bofetada y me dijo que el ojo se le había puesto azul de tanto mirar al cielo. Desde entonces, no me gustó el arte.

Era evidente que ese cuadro presentaba un baquiné. Había ido a uno que otro cuando era muy pequeño, y siempre me preguntaba por qué la gente no lloraba la muerte de un niño, a quien le quedaba toda la vida por delante. En mi inocencia, el baquiné era una fiesta que disfrutaba. Había música, bebida, comida y otros niños para jugar. Corría hasta cansarme y, en la madrugada, cuando era hora del entierro, las mujeres acompañaban a la madre para darle el último adiós a ese angelito. —Por eso, no se puede llorar Gregorio, porque se le mojan las alas y no puede subir al cielo —me había dicho mi madre y a mí me pareció lo más lógico del mundo.

Yo sabía lo que era un baquiné, pero había algo más que no podía explicar en ese cuadro. Tantos elementos, tanto alboroto, tanto desorden en una pintura. Me acerqué con sigilo a la placa bajo el marco: "Francisco Oller 1893. *El Velorio*. Donación del Autor", decía. No sé cuánto tiempo pasó mientras observaba cada detalle de la pintura, lo suficientemente cerca para ver hasta las fibras de la tela del lienzo y lo suficientemente a distancia para no rozar su superficie. Me alejaba para verlo en perspectiva; me acercaba para apreciar los detalles; me colocaba a la izquierda para ver sus dimensiones, y a la derecha para apreciar su profundidad. Era algo sorprendente.

De repente, escuché puños en el cristal de la puerta del museo y me asomé. Eran estudiantes que querían entrar; algunos estaban heridos. Sangraban sus cabezas, sus brazos, sus piernas. Yo actué como un autómata —ya lo dije antes— como un cobarde. Abrí la puerta, saqué mi arma y les apunté. Todos, hasta los que estaban heridos, levantaron las manos. Tenía el dedo índice en el gatillo y temía disparar, no porque estuviera convencido de hacerlo, más bien, por lo contrario, me temblaba tanto la mano que me aterraba que el disparo fuera un movimiento involuntario. No quería matar a nadie, pero tampoco podía dejarlos entrar en el museo. Esa había sido la orden tajante, así que hablé desde lo único que conocía: "Yo sé cómo se sienten. Yo perdí a mi padre en la dichosa guerra esa, pero eso no me hizo salir a incendiar edificios...".

—Yo no he perdido a nadie en Vietnam —dijo una mujer muy joven, de ojos color avellana, que llevaba flores en su pelo castaño.

Muchos otros estudiantes se sumaron a ella sin bajar las manos porque yo seguía apuntándoles.

—Nosotros tampoco hemos perdido a nadie en la guerra.

Casi suplicante, les dije—: Entonces, ¿por qué forman tanto alboroto? ¿Por qué tanta revuelta si ustedes no han perdido a nadie?

—No tiene que morirse un familiar nuestro para sentir el dolor de la injusticia y la rabia por la pérdida de otros. Si la tristeza se comparte, la lucha nos pertenece a todos. La furia es de todos. El fin es de todos. Eso se llama solidaridad. A eso se le conoce como amor. Todos esos sentimientos juntos terminan convirtiéndose en un ideal. Nosotros no tenemos que ir a morir por un país que no es el nuestro y tú deberías entenderlo si te arrebataron a alguien que amas. —Había dicho, en un susurro, la mujer de los ojos de avellana, con las manos aún en alto y una herida que sangraba en la mano izquierda.

No supe con exactitud en qué momento había bajado el arma. Estaba cegado por las lágrimas desde que me dijeron que no habían perdido a nadie en la guerra y, aun así, tenían la fuerza para salir a luchar por lo que creían. Fue la primera vez que lloré mi dolor con otros; la primera vez que entendí que la guerra no era algo que se sufre a puerta cerrada, tras una cortina de pascuas cuando todos dormían y se apagaban las luces. Fue la primera vez que me sentía parte de algo más grande, como si todos ellos hubieran perdido a mi padre o como si yo fuera un universitario que sale a luchar por lo que cree que es justo. Abrí la puerta de par en par y los dejé pasar a todos.

Eran las seis y cuarto de la tarde[6] cuando escuchamos que había entrado la Fuerza de Choque. Desde el museo se escuchaban disparos y detonaciones de bombas molotov, mezclados con los gritos de los estudiantes: "¡Abusadores! ¡Asesinos! ¡La Universidad es nuestra!". Les dije que se sentaran en el piso pegados a la pared del inmenso cuadro. Desde ninguna de las dos puertas podía verse esa pared, así que estaban en un punto ciego. Me asomé afuera justo cuando un uniformado de la Fuerza de Choque, vestido de negro, con su chaleco antibalas y sus botas altas, le daba macanazos en el piso a un joven que se encontraba en posición fetal, tapándose la cabeza. Por un segundo, el guardia me miró y me asintió, reconociendo que yo era de su bando. Yo no le devolví el saludo y corrí a cerrar las puertas del museo con los estudiantes dentro.

---

6. Referencia sobre los hechos ocurridos el día del asesinato de Antonia Martínez Lagares. Recuperada del Ep.132 del Podcast de Radio Independencia: "A 50 años del asesinato de Antonia Martínez Lagares". Los moderadores, el Lic. Andrés González Berdecía y la Lic. Adriana Gutiérrez Colón, entrevistan al exjuez Hiram Sánchez Martínez, autor del libro Antonia: Tu nombre es una historia (2019).

—No es seguro que salgan; entraron los antimotines. Lo que hay afuera es una carnicería.

—Pero afuera están nuestros compañeros —dijo un estudiante de Humanidades, que tenía los cristales de sus espejuelos rotos, pero, los usaba de todas formas.

A medida que aumentaba el ruido fuera de la sala, crecía la inquietud de mis protegidos dentro del museo, así que decidí dejar salir a los que quisieran. Entre ellos estaba la mujer de ojos avellana. Antes de irse, la agarré del brazo y ella me miró sorprendida, con esos ojos que fulminaban.

—Toma, la vas a necesitar —le susurré, mientras me sacaba la Colt del pantalón y se la entregaba.

—Tú no eres como ellos —me dijo al oído y me plantó un beso en la frente—: Aquí hay algo que late —añadió, poniéndome la mano en el pecho. Luego, revisó que el arma estuviera cargada y corrió hacia la salida, seguida de varios estudiantes hasta perderse en la multitud.

Ya entrada la noche no quedaba nadie dentro del museo. En cambio, habían dejado rastros en el piso: flores, charcos de sangre, pancartas, piedras, banderas y pedazos de tela, que sirvieron como torniquete. Entonces, volví a mirar el cuadro desde lejos y comprendí que los despojos que dejaron atrás los estudiantes eran una extensión de la pintura. Eran una muestra del desorden que nos persigue a todos.

Afuera los disparos se sentían cada vez más fuertes. Decidí salir. La persecución a los estudiantes se había extendido a las calles de Río Piedras, más allá de los portones de la Universidad. La avenida Juan

Ponce de León era un caos. Estudiantes gritaban —muchos de ellos heridos— y eran socorridos por compañeros. Los policías rodeaban la Universidad, en un intento por despejarla. Repartían macanazos y disparaban de frente a los que corrían despavoridos dejando una estela de fogonazos. Yo me quité la camisa del uniforme y me quedé con la camisilla blanca, que siempre usaba debajo, igual que mi padre, igual que mi abuelo.

Me hice uno de la multitud y, como empujado por una marea que marcaba la dirección de mis pasos, me encontré frente al hospedaje University Guesthouse, ubicado en el número 1012 de la Ponce de León, en los altos de la Librería Norberto. Allí unos guardias pateaban y golpeaban sin piedad a un muchacho mientras, a su alrededor, algunos compañeros intentaban arrastrarlo por los pies para liberarlo de sus atacantes. Desde los balcones del segundo piso del hospedaje, estudiantes indignados por la saña con que golpeaban al joven, comenzaron a gritar—: ¡Suéltenlo, asesinos!

Fue, entonces, cuando un oficial sacó su arma y, sin encomendarse a nadie, disparó directo hacia el balcón de donde provenían las voces. Yo estaba muy cerca y me tiré al piso del susto porque la detonación se escuchó como una explosión. Un absoluto silencio le siguió al disparo. Hubo un momento en que todo se detuvo. Miré a la calle y había algo de poesía en esa escena, que yo miraba como en cámara lenta: hombres gordos y grandes, armados hasta los dientes, como había dicho el comandante Mercado, golpeaban a jóvenes que se expresaban por lo que creían; una Universidad, que era la casa de estudios que defendían como a un fuerte; y una Torre, que miraba a lo lejos lo que sucedía, sangrante de pena por su posición vertical, que hacía que todo lo que sentía descendiera. Vi la represión, los golpes, el intento de callar las voces de antes —las de ahora y las que vendrán— la rebeldía de los estudiantes, la sumisión de los opresores, los gritos, la rabia, la ira, el amor de tantos ojos jóvenes que se habían atrevido a dar su propia vida por un bien común. Mis reflexiones fueron interrumpidas por un grito desgarrador:

—¡Ayudaaaaaaaa, le dieron a Antonia! ¡Le dieron a Celestino! ¡Llamen a una ambulancia! ¡Cobardes asesinos! ¡Les dispararon! ¡Los mataron!

Los policías ni se inmutaron, pues seguían órdenes. Escuché que uno dijo: "¡Cojan escuela! ¡Bueno que les pase!", –sin una gota de arrepentimiento. Al tiempo que bajaban del segundo piso del hospedaje los cuerpos ensangrentados de Antonia Martínez Lagares y Celestino Santiago Díaz, seguían los gritos que pedían ayuda. –¡Auxilio, por favor, que alguien los lleve al hospital! –les suplicaban a los uniformados, que repetían con indiferencia que ese no era su problema.

Cuando bajaron los cuerpos y una multitud llena de furia arremetía contra la Policía, yo me paré muy cerca de la puerta para ayudar a mover a los heridos. La mano de Antonia, fría e inerte, rozó la mía. En el instante en que su delicada mano tocó la mía, sentí una añoranza que no me pertenecía. Imaginé los libros que habían tocado esas manos; los sueños que esas manos habían imaginado al escribir en sus libretas de estudiante; las cabezas curiosas que esas manos acariciarían cuando fuera la maestra de español en quien iba a convertirse. Inventé un recuerdo para esas manos. Las sentí cortar el viento en su travesía por la costa desde Arecibo a San Juan, para estudiar en la Universidad de Puerto Rico. Mientras me remontaba a unos recuerdos ajenos, la boca me supo a sal, a sangre, y tuve que escupir y gritar porque esas manos ya no eran de su madre, esas manos ya no eran de su padre, esas manos ya no eran de su hermana o de su hermano. En cambio, esas manos ahora eran mías, eran de los estudiantes, eran de la Universidad, eran de la Torre, eran de un país.

Celestino sobrevivió, pero Antonia murió en el Hospital Auxilio Mutuo de Río Piedras, porque la bala atravesó el hueso occipital izquierdo de su cabeza. Después de ese día, ella estaría más viva que nunca. Ese día lloré por Antonia, lloré por Celestino, lloré por la mujer de ojos de avellana, lloré por los estudiantes que albergué en el museo, lloré −acompañado de otros− por mi padre, lloré por una isla que no entendía por qué otros querían dominar y mancillar. A la vez que lloraba vino a mi mente el cuadro y corrí de nuevo hacia el museo. Esa tarde había aprendido tantas cosas. Una lección importante que me dejó ese día fue que romper las reglas que te imponen, cuando no tienen sentido, está bien; es casi un deber no seguirlas, así que también rompí la regla del baquiné y lloré sin consuelo frente al cuadro. Llegué a mi apartamento lleno de sangre, suciedad y angustia. Era un despojo y mi madre ahogó su asombro al verme.

−Goyito, escuchamos disparos muy cerca. Pensé que no volvería a verte. Si pasaba un minuto más y tú no entrabas por esa puerta, me iba a volver loca. Menos mal que habías dicho que ibas a dejar ese trabajo hoy mismo.

−Sí, lo dije, Teresa. −Nunca llamaba a mi madre por su nombre, a menos que fuera algo muy serio−: Sin embargo, decidí que tengo que quedarme.

Dos meses después de ese 4 de marzo, aún trabajaba en el museo cuando me pidieron cuentas por el arma, dije que la había perdido en la revuelta. Llevaba esos mismos meses investigando sobre el cuadro de Oller porque pensé que se lo debía a los estudiantes que visitaran el museo. Al luto por mi padre, se le sumó el luto por Antonia, que compartíamos todos. Educarme sobre el cuadro, sobre el arte, era una forma de distraerme y de devolverle algo a esos estudiantes, que eran tan jóvenes como yo, pero que, a diferencia de mí, tenían aspiraciones profesionales y metas claras. Si iba a ser un guardia de seguridad de la Universidad, quería ser lo mejor que pudiera. Con eso en mente, revisé y leí todos los libros y archivos disponibles que encontré sobre El Velorio en la biblioteca Lázaro. Justamente, leía una fotocopia sobre los viajes de Oller por Europa, cuando entraron a remover el cuadro de la sala.

—Lo siento, pero a mí nadie me avisó que lo removerían. Debo consultar antes de permitir que lo saquen.

En la oficina administrativa me dijeron que debían restaurarlo porque la humedad y los años en que no estuvo expuesto habían opacado los colores. Yo veía los colores perfectamente brillantes, pero yo no era un experto en arte, así que no dije nada.

Los ayudé a bajarlo de la pared. Éramos cuatro hombres y, aun así, el marco de madera pesaba un quintal, y hacíamos esfuerzos para que no se nos cayera. Yo lo cargaba desde el borde inferior de la extrema izquierda, muy cerca de donde Oller había pintado a unos niños desplomados sobre unas sillas dando gritos, y, tan pronto lo apoyamos en el piso, noté que entre el lienzo y el marco sobresalía la punta de un papel. Lo cogí sin pensarlo y lo guardé en mi bolsillo. Fue fácil ocultarlo porque estaba doblado en un diminuto triángulo, que me recordó la forma en que habían doblado la bandera americana que le entregaron a mi madre cuando enterramos la caja sellada de papá en el Cementerio Nacional de Bayamón.

Esperé a que salieran con el cuadro, a que no quedara nadie en el museo. Esperé hasta terminar mi turno ya entrada la noche y, en medio de una sala de arte vacía, desenvolví el triángulo y, para mi sorpresa, contenía una larga carta, con una letra cursiva muy elaborada, que hablaba sobre las tribulaciones de un pintor, sus sueños, sus estudios, sus miedos y terminaba con esta oración incriminatoria: "Sigo guardando mi secreto y ruego que nunca me vea obligado a tener que revelarlo". ¿Qué secreto? ¿Había matado a alguien? Fue lo primero que me vino a la mente. Aunque nadie parecía ser el autor de esa carta tan perturbadora, porque no estaba firmada, sí aparecía un año, 1893. No fue difícil imaginar quién era el atribulado pintor, Oller. No sabía por qué había tomado la carta, pero ahora me sentía cómplice de algo. Maldije el momento en que mi vida había cambiado tan drásticamente. De ser un joven triste y aburrido, con pocas aspiraciones y demasiado tiempo libre, ahora parece que me perseguían las conspiraciones elaboradas.

Esa noche, mientras caminaba de regreso al apartamento de la calle Robles, pasé frente a la Torre y escuché un silbido que me alertó. Me giré, pero no vi a nadie. Sin embargo, escuchaba la melodía clara, cercana, siniestra. Yo caminaba por la acera y sentía que la melodía provenía desde dentro del largo pasillo con arcos del edificio bajo la Torre.

—Soy guardia de esta Universidad. ¿Quién está ahí? —Era la primera vez que decía mi puesto en voz alta.

Una voz ronca me respondió—: Creo que tienes algo que me pertenece.

—¿Quién eres? ¿Qué quieres? Yo no he cogido nada de nadie.

Entonces, la silueta de un hombre se dejó ver. Desde la acera, lo vi en medio de uno de los arcos. Una figura humana, vestida de negro, que parecía un espectro. Desde esa distancia parecía tener los ojos huecos. En ese momento, me hubiera gustado haberme quedado con el arma porque no tenía con qué defenderme más allá del bolígrafo, que siempre llevaba de repuesto por si se le acababa la tinta al que dejaban sobre el libro de firmas del museo.

—Te advierto, estoy armado —mentí.

—Dudo que puedas matarme —respondió el ente.

Algo me decía que no era real, que no era humano; que ese ser que me hablaba no pertenecía a esta realidad. El hombre se acercó a mí con una velocidad animal, como si flotara en vez de caminar. Cuando lo tuve de frente reconocí quién era: su nariz aguileña, sus labios finos, que apenas sobresalían de su bigote y barba, su elegante sombrero y esos ojos, unos ojos profundos ni redondos ni rasgados, un punto medio entre la proporción perfecta para su cara de artista. Había visto muchas fotografías suyas en la biblioteca, había leído artículos de su vida y de sus obras. Pero no era posible que fuera él, a menos que...

—Sé lo que piensas. Permíteme presentarme. Soy Francisco Oller y Cestero, ya ves que me gusta merodear por los lugares que amo. — Me extendió una mano que no estreché.

—No es posible que seas Oller...porque tú estás muerto. No hay forma de que seas tú, porque eso significaría que...

—Ay, Gregorio, qué apegado estás a las cosas de este mundo. Estar o no estar, ser o no ser, como diría Shakespeare, vivir o morir, todo es relativo en el arte, amigo mío.

—¿Cómo sabe quién soy? Déjese de rodeos, señor, y dígame de una vez quién es y qué quiere de mí.

—Ya te dije quién soy y no necesito mostrarte pruebas, pero si insistes, puedo recitar de memoria la carta que tienes en el bolsillo, que me pertenece. Tenemos un dilema, mi amigo...

—Yo no soy su amigo y todavía no me convence nada de lo que sale de su boca.

—Verás, he cometido algunos errores de los que me arrepiento profundamente. Algo sabrás por la carta que leíste. ¿Sabes que leer cartas ajenas es una violación a la intimidad? Pues tu curiosidad mi amigo, perdón, Gregorio, te metió en este asunto conmigo. Yo no quería tener testigos ni cómplices ni ayudantes ni conspiradores ni nada, porque esa carta era un secreto, hasta que llegaste tú y, ya ves, aquí estamos.

—Pues debió haberla escondido mejor. Aun no entiendo ni una palabra. Déjese de rodeos. Mire que se me hace tarde y ya he tenido suficiente de sus locuras.

—¿Por qué será que pensamos que es una locura todo lo que no entendemos?

—¿Puede dejar de responder mis preguntas con más preguntas y hablarme claro de una vez?

—Todo a su tiempo, Gregorio. ¡Qué prisas tienen los seres vivos! Por el momento, solo debes entender esto: mi cuadro no lo removieron para restaurarlo, sino porque necesitaba estar a solas con mi creación.

—¡Lo sabía! —Después de todo, mi conocimiento de arte no estaba tan mal.

—Digamos que tenía unos asuntos pendientes y todavía guardo mis contactos en la Universidad. Cuando regresen el cuadro a la sala, haré que tú seas su guardián. A cambio te ofrezco la inmortalidad. Vivirás a tu antojo, cruzando el puente entre la dimensión de lo real y la dimensión de lo imaginario, y, créeme, ningún ser vivo lo ha hecho antes. Te pido que trabajes para mí.

—Ya trabajo para la Universidad de Puerto Rico.

—Por eso mismo, eres perfecto para este puesto.

—¿Y qué se supone que haga? —Pregunté solo porque me intrigaba el nivel de locura de este señor.

—He visto cómo te has interesado por El Velorio, ya eso es un buen comienzo. En la biblioteca, siempre has creído ver una sombra, una persona que sale con sigilo, la espalda del mismo hombre moviéndose con prisa entre los anaqueles de libros. Siempre he sido yo. Te he estado observando. He notado la forma en que planeas devolverle algo a esta Universidad. Según he notado estos meses, vas del trabajo a tu apartamento, de tu apartamento a hacer los mandados a la Plaza del Mercado, y hay poco más que decir de ti, como si se repitiera el mismo día una y otra vez. Tu vida es como una raya, matemáticamente hablando eres parte de una línea, de algo más grande que tú, que te dio vida. Eres parte de una línea que te antecede y que seguirá después de tu partida, pero tú solo eres una raya. Toda raya tiene un punto final y va infinitamente en una sola dirección. En eso se resume la existencia de los vivos. Yo te ofrezco la posibilidad de ser una espiral.

—Rayas, espirales, pero ¿de qué disparates me está hablando?

—Presta atención y mantén la mente abierta. Una línea horizontal tiene una sola dimensión porque solo tiene longitud. Así nos
han querido hacer creer que es la vida de los seres vivos. Ahora, pon-
gamos de ejemplo la Espiral de Arquímedes. A diferencia de la raya,
la espiral es una línea curva generada por un punto que se va alejando progresivamente del centro sobre un eje de coordenadas y sigue
girando alrededor de él. A diferencia de la línea que tiene una sola
dimensión, la espiral es bidimensional porque tiene longitud y an-
cho, y ahí es donde se crea el misterio del plano de lo imaginario. Hay
todo un mundo que no está atado a la vida o a la muerte, a lo real o lo
ficticio, al principio o al fin, sino que sigue girando y girando, y esas
ondas van creando su propia dimensión, igual que un espiral. Todo
eso ocurre alrededor del mundo terrenal que conoces. Es ahí donde
yo me encuentro. Desde que comenzamos a crear el impresionismo algo me inquietaba; creábamos algo nuevo, algo que no era real,
sino el resultado de nuestras mentes subjetivas. Cuando miras de
lejos una pintura impresionista puedes apreciar hermosos paisajes,
pero mientras te vas acercando todo pierde su forma, todo pierde
el sentido. De cerca solo puedes ver trazos, pinceladas, color y luz,
formas indeterminadas donde antes creías haber visto un lago, un
árbol, una hoja, un inmenso cielo. Entonces, algo me daba cosquillas en la nuca; una sensación de que nada tiene un significado definido, sino que somos nosotros quienes definimos las cosas según
nuestras experiencias. Fui adentrándome en esos pensamientos, en
esas reflexiones, que antes me agobiaban, como pudiste leer en mi
carta, cuando hablaba con las gárgolas de Notre Dame en París. Si
no hubiera roto las reglas al salirme de la raya que me tocaba vivir,
para dar el salto a la espiral y a esta otra forma de vida que te pro-
pongo, estaría perdido para siempre. Sé que es mucho para digerir,
Gregorio. En resumen, te ofrezco un mundo paralelo, el mundo de
lo imaginario, la dimensión impresionista que está al margen de las

mentes, y que gravita sobre la vida lineal y simple, con principio y fin, que nos han dicho que nos toca a todos. Sé que puede ser aterrador, al principio, porque pondrá en duda todo lo que conoces como tu realidad, pero si estás abierto de mente, te ofrecerá un sinfín de oportunidades. Tantas como las vueltas de tu espiral te lo permitan —y, luego, se permitió añadir un chiste metafísico— hay quienes morirían por esta oportunidad; nunca mejor dicho.

Yo no entendía ni una palabra, solo veía espirales en un fondo blanco y negro, como si fuera una tabla de hipnosis. Una parte de mi mente se resistía, la otra estaba deseosa de abrirse a lo desconocido, a lo improbable. Quizá este era mi propósito y mi oportunidad de pertenecer a algo más grande. ¿La Universidad era mi espiral? En realidad, así me sentía desde la muerte de mi padre, arrastrado por una espiral de sucesos que no podía controlar y que a menudo no entendía. Oller y yo hicimos un trato ese día. No hizo falta firmar nada. —Los hombres de palabra nos damos la mano y con eso basta —me dijo y me tendió la mano, por segunda vez, en esa noche, solo que, en esta ocasión, no la rechacé. —Bienvenido a la dimensión de lo imaginario, mi amigo. —añadió y se marchó rumbo al teatro. —Pronto sabrás más de mí. >>

Poco a poco fueron recuperando la sensación de movimiento, sus ojos parpadearon repetidamente y la voz les llegó a la garganta. El ritmo repetitivo de los toques de tambor había cesado tan abruptamente como había comenzado. Ya no estaban los músicos, el gentío, el ambiente de fiesta ni el bohío. Todos habían regresado a la pintura donde pertenecían. Solo quedaba una sala de arte desolada, cuatro amigos desorientados y un Gregorio exhausto por la larga confesión, que fue más bien un desahogo.

VI

Un dolor de cabeza leve, un aura de aturdimiento y una sensación de no saber cuánto tiempo había pasado los fue devolviendo a la realidad. En un acto reflejo, comenzaron a abrir y cerrar las manos y a mover las extremidades entumecidas por el rato en que estuvieron sentados en la misma posición, escuchando a Gregorio sin poder reaccionar. Se tocaron unos a otros para sentirse, para reafirmar que eran ellos, los vivos, los reales y no un personaje del cuadro. Cuando superaron el estupor inicial, se fundieron en un abrazo entre sollozos y frases de aliento. –Estamos juntos...

Luna era quien más lloraba cuando se separaron del nudo de brazos y manos que los mantenía abrazados. Todos achacaron el incontrolable llanto, que emanaba de ella, a su naturaleza sensible. En realidad, no lloraba solo por miedo, porque no entendía lo que les pasaba esa noche, lloraba porque sentía tanta rabia por el relato del asesinato de Antonia, que apenas podía articular una palabra. Luna nunca había escuchado de esa tal Antonia; incluso, le sorprendía no haber tenido idea de que eso había ocurrido a pasos de su escuela, que las calles por las que había caminado en tantas ocasiones por Río Piedras le escondieran tantos secretos de la historia. Aurora, la madre de Luna, también había estudiado en la Facultad de Educación y pudo ser la maestra de español que Antonia quería ser. "Las cosas eran muy injustas", pensó. Sumida en sus reflexiones, comprendió la frase que habían escrito con marcador negro en las paredes de la Torre. Ahora entendía lo que los pueblos no perdonan, porque ella tampoco se creía capaz de hacerlo.

Alberto fue el primero en hablar, como siempre. La historia que acababan de escuchar, mientras estaban en una especie de coma había sido interesante, pero no podía evitar sentirse asustado y expectante ante lo que vendría a continuación.

—Todos pensamos, al principio, que esto era una broma, pero lo que vimos salir del cuadro y lo que acabamos de vivir se sintió muy real, tan real que no puedo creer que nos pase esto, y que no estemos en medio de una película de ciencia ficción. Hay una cosa que no acabo de entender... —En su voz había ironía, como si fuera una sola cosa la que no le encajaba con lo demás, como si en medio de la locura de los personajes fuera del cuadro y la fuerza que les impedía moverse tuviera solo una pregunta en vez de las mil interrogantes que asaltaban su cabeza: pinturas, espirales, dimensiones, huelgas, asesinatos... ¡Dinos de una vez qué es lo que tiene que ver esto con nosotros! ¿Qué es lo que espera que hagamos?

—¿Y el profesor Rodríguez? No olvidemos que él nos trajo hasta aquí, que por él estamos metidos en esto —añadió Luna, quien tenía que saber si el profesor, al que había comenzado a admirar, los había movido como piezas de ajedrez en un juego inescrupuloso, para que fueran parte de los personajes de un cuadro en una dimensión paralela, como si fuera una especie de recolector de almas.

—Sé que es difícil para ustedes, que es mucho que digerir —interrumpió Gregorio. —Yo también lo cuestioné, pensé que era un viejo loco y me asusté. Deben saber que ahora nos encontramos en la puerta a la espiral de la dimensión de lo imaginario. Quien les dio la nota a Luna y Adrián, diciéndoles que los esperaba en El Velorio, fue el mismo Oller... No contábamos con que dos del grupo merodearan por la Universidad. Se suponía que todo comenzara cuando los cuatro entraran juntos a la sala del museo. Por eso, Camila y Alberto ya estaban aquí. Lo que deben saber es que son los elegidos y eso es un privilegio. El pintor escoge unas fechas específicas para visitar la Universidad, donde trabajó como profesor. Así son los artistas, les gusta mantenerse actualizados. Por eso, el museo lleva años inventando actividades para justificar su presencia por los pasillos y las salas. El profesor Rodríguez es el vínculo de Oller con la realidad y los lleva preparando desde hace meses. Los ha ido midiendo según sus capacidades, los ha ido probando. Los elegidos deben ser audaces, valientes, temerarios; tener una hermandad como grupo, pero ser diferentes entre sí, porque sus experiencias de vida serán clave para superar las pruebas. ¡Qué mejor que unos jóvenes rebeldes, amigos de toda la vida! Podría decirse que se escogieron ustedes mismos. Ustedes se hacen llamar "LOS ALCA", ¿verdad?

—Y eso, ¿cómo lo sabes? Ese siempre fue un secreto del grupo… ¡Déjanos salir de aquí ya! —Camila perdía la paciencia. Poco le importaban las otras dimensiones, que la hubieran elegido para algo, o el cuadro mágico de donde salían personajes de la pintura. Ella era realista. Le interesaba la dimensión que conocía, la vida en la Tierra, vivir el presente con sus amigos; con eso, le bastaba, y ya estaba harta de escuchar cosas sin sentido, y de que un viejo guardia los retuviera en contra de su voluntad.

—Yo solo soy un peón en este juego. Si la Torre de la Universidad es la vigía, yo soy el guardián eterno de este cuadro; y, créanme, si confían en mí, les seré de mucha ayuda, pero tienen que seguir las reglas.

—¡Lo que nos faltaba! También hay reglas para este juego que no queremos jugar. —Se quejó Adrián, quien conocía y seguía las reglas del baloncesto o del béisbol, cuando entrenaba, pero no acababa de entender en qué clase de tablero se encontraban. Lo que sí tenía claro era que alguien estaba jugando con ellos o por ellos, pero que definitivamente no estaban allí porque querían.

—Escuchar las reglas les conviene, pues, de eso, depende que salgan con vida del cuadro. La primera regla es que aquí está prohibido llorar, porque no se llora en un baquiné. Además, su llanto pondrá en alerta a los personajes del cuadro, y así sabrán que ustedes vienen de afuera. Créanme, es mejor evitar que lo noten. Con ellos hagan tiempo. La segunda regla es que tienen que mantener contacto conmigo. Hay quienes necesitan escuchar lo que sucede. La tercera y última regla es que no deben perder tiempo; tienen que usar sus talentos y su astucia con rapidez. En la sala habrá un reloj de arena que marcará el tiempo que les queda dentro de *El Velorio* para resolver el elemento que está al revés dentro de la pintura. Solo podrán hacer esto cuando hayan superado su miedo. Cuando caiga el último grano, si no han vuelto, quedarán atrapados en esta dimensión y serán un personaje más de la pintura. Aunque Oller era un admirador de nuestra cultura, con esta obra, quiso hacer una crítica social a la celebración del baquiné. Por eso, puso elementos al revés en el cuadro, claves para que todos entendieran su crítica, y ahí entran ustedes, pues les toca resolverlos. —Como si leyera sus pensamientos, añadió—: No tienen opción. Si ni siquiera lo intentan, quedarán atrapados en el cuadro. Vivirán en la hacienda Santa Bárbara. Trabajarán para la familia Elzaburu y sus días serán iguales hasta la eternidad. Oller les ofrece ganarse su libertad al descubrir lo que está al revés en la pintura. Si logran descubrir las claves, habrán creado un puente entre lo real y lo imaginario, que podrán transitar cada vez que quieran, y le habrán devuelto esta obra de arte al país. Ahora mismo, este cuadro está reportado como robado en la dimensión de lo real. Yo soy el principal sospechoso y estoy siendo interrogado. Si no intentan descifrar el elemento que les toca a cada uno, diré que ustedes fueron mis cómplices. Les adelanto que, dado su historial, me creerán. Sería muy fácil probar que me ayudaron, tomando en cuenta toda la información que sé de ustedes y que el profesor Rodríguez amablemente me fue facilitando. —Cuando dijo esto último, sonrió con dicha, dejando ver todos sus dientes disparejos. Sabía que tocar ese botón del profesor Rodríguez era activar un dolor interno; era hurgar en un sentimiento de desesperanza y rabia. Porque sentirse traicionados por alguien en quien habían confiado, despertaba un coraje ante su propia ingenuidad. —Hay una clave para cada uno, pero tendrán que enfrentarse a sus peores miedos. Y lo más importante, los personajes del cuadro no son sus aliados. Si ustedes entran, ellos salen. Recuérdenlo.

A lo lejos se escucharon las campanadas del carillón, que marcaba una hora en punto. Los relojes de sus celulares se habían congelado en el momento en que entraron a la dimensión de lo imaginario, a la espiral de lo inexplicable; al mundo paralelo donde los pintores muertos podían conspirar para que descubrieran unas claves en su pintura; los guardias de seguridad podían encerrar a unos amigos en una sala de arte; y los maestros excéntricos, a los que les cogías cariño, podían traicionarte.

En una fracción de segundo, Camila ya no estaba entre ellos. En cambio, un reloj de arena ocupaba el centro de la sala en el piso frente al cuadro. Solo así, faltándoles una en el grupo, Alberto, Luna y Adrián aceptaron que no tenían opción y que esta prueba la tenían que superar juntos si querían sobrevivir la noche más alucinante de sus vidas.

Capítulo 6
CAMILA

Pasó tan rápido que apenas lo notaron. Hubiera sido imposible reaccionar a tiempo; agarrarla del brazo para que no desapareciera. Se giraron y Camila ya no estaba.

—¡Cami, noooooooooo! —alcanzaron a gritar.

—¿Qué sucederá si se acaba el tiempo y ella no ha regresado? —Las palabras brotaban de Luna, como un torrente casi ininteligible, pero Gregorio entendió, porque ya esperaba esa pregunta.

—Será un personaje más de la pintura —respondió, en un tono mecánico. No se desprendía ninguna emoción en su voz ni en sus gestos, como si fuera una máquina.

—Camila está en una dimensión imaginaria, un mundo paralelo, o lo que coño sea, pero en todos los juegos virtuales se tienen varias oportunidades. ¿Por qué aquí solo tiene una? —cuestionó Adrián.

Gregorio no pudo evitar reírse de ese argumento. —Esto no se trata de uno de esos jueguitos electrónicos de ahora que te ciegan al mundo real. Este es un juego de verdad; aquí, ganas o pierdes, sales en libertad o te quedas atrapado por siempre. Yo me puedo comunicar con ella, pero el salir o no del cuadro no depende de mí.

—¿Y por qué nosotros no podemos comunicarnos con ella? La conocemos mejor que nadie. Podríamos ayudarla mucho más que tú, que no has ayudado en nada desde que nos encerraste aquí —le increpó Alberto.

—Lo importante no es cuánto la conozcan ustedes; lo que importa es cuánto se conoce ella misma.

—¡Deja de hablar como si fueras un sensei! Ya estoy hasta aquí de las jodías lecciones y consejos de vida. No quiero que me sigan envolviendo en sus clasecitas. Por seguir a uno que hablaba como tú, terminamos aquí. —Alberto se sentía vacío. Él los quería a todos, pero con Camila tenía una conexión especial que avivaba la esperanza de que un día fuera más que su amiga, pero si ya no estaba, si no regresaba, creía que se iba a morir de angustia. —¡No me puedo quedar sin hacer nada! —gritó, dándole un puño a la pared. —Si no regresa, Rodríguez tendrá que darnos la cara. Es que si no regresa yo no sé...no sabría...

Adrián le puso la mano en la espalda y Luna se acercó y lo tomó del brazo. —Va a regresar. Hello, es nuestra Camila...Ella va a lograrlo —añadió Adrián, en un gesto de empatía, que era también una oración y una súplica; de esas frases que se dicen no solo para consolar a otros, sino para escucharlas en voz alta y, de esa forma, convencernos de que será así.

Camila había viajado a través de las cuerdas de la espiral, traspasando la línea unidimensional que define la vida de los mortales. Podía verlo todo desde arriba, como si flotara sobre el museo. A veces observaba el panorama desde abajo, como si ella fuera un espejo que refleja la imagen hacia arriba. Todo dependía de la posición de la vuelta de la espiral en donde se encontrara. Cuando se había alejado lo suficiente, como para perder de vista el rastro del museo, de la Universidad, de Río Piedras, incluso de Puerto Rico, cayó al piso desde lo alto. Sentía vértigo, mareos y ganas de vomitar. También sintió una sensación acuosa que no podía describir. Su cuerpo se sentía líquido, como si fluyera en vez de ser una masa sólida de piel y huesos. Realmente, el cuerpo humano está compuesto en un 60 por ciento de agua y cerca del 70 por ciento de la superficie del planeta también está cubierta de agua, así que lo primero que sintió Camila fue una especie de iluminación, una conexión extraña con el mundo, como si se hubiera convertido en un elemento de la naturaleza. Experimentó una paz maternal, un asombro primerizo de saberse viva, de reconocerse humana. Tardó en deshacerse de esa sensación arrulladora, porque no quería abandonarla, quería sentirse así para siempre. Pero la oscuridad, la pestilencia, el frío y el miedo de no saber dónde estaba la devolvieron a la realidad de golpe. Podía distinguir una especie de túnel de cemento oscuro y sucio. Había grietas en el techo, por donde se colaba un poco de luz. Con esa poca claridad podía, al menos, ubicar la dirección que debían tomar sus pasos. En su corta caminata, tanteando el terreno, se encontró en medio de una encrucijada. Frente a ella había un círculo central desde donde el túnel se dividía en seis posibles direcciones al menos: todas igual de sucias, igual de oscuras, igual de aterradoras. Decidió doblar a la derecha, siguiendo el ruido de una corriente de agua, que la hizo pensar que la llevarían a la salida. El piso estaba húmedo, tenía tierra y fango; por eso, pudo ver las huellas que dejaban sus tenis al pasar. Junto a las suyas, vio muchas más huellas, muchísimas huellas, más adelante. "Quizás haya más personas aquí; más jugadores que me puedan dar una pista o, por lo menos, ayudarme a salir", pensó, con un poco de esperanza. Comenzó a correr, sin un rumbo definido, para ver si alcanzaba a alguien. Las pisadas parecían recientes. A la distancia pudo ver una multitud, pero, en vez de acelerar el paso, Camila se paró en seco. Cuando estuvo lo suficientemente cerca, se fijó en que eran muchos cuerpos con grandes alas maltratadas, sin plumas, y, algunas de ellas, rotas. "No creo que sean ángeles. Esas alas parecen de algún tipo pájaro", consideró. De repente, los cuerpos humanos, que se mantenían de espaldas, comenzaron a desplegar sus alas, como si intentaran alzar vuelo en un túnel que apenas era unos tres metros más alto que sus cabezas.

El aleteo intenso generó tal corriente de aire dentro del túnel que empujó a Camila contra una de las paredes de concreto, haciendo que se golpeara la cabeza. Los seres se mantenían aleteando, pero su movimiento torpe no tenía sentido. La mayoría de ellos tenían un ala fracturada, que caía mucho más abajo que el ala en buen estado. Camila se aguantó la cabeza, justo donde se había golpeado y, al ver su mano, notó que sangraba. A lo lejos, esas extrañas criaturas seguían en su intento fallido de alzar vuelo. "Si tienen alas y pueden volar, ¿porque habrán escogido vivir en un túnel tan lejos de la libertad?", se preguntó.

No sabía qué rayos eran esas cosas. No podía definir si eran humanos o animales o un híbrido, y no se paró a pensarlo, porque había tantas cosas que no tenían sentido esa noche que esta era solo una más. Además, estaba movida por la adrenalina, un corrientazo que la inundaba desde que había entrado a la espiral de esa otra dimensión. Sabía que tenía que concentrarse y debía seguir las reglas si quería superar la prueba y, una de ellas, era que tenía que darse prisa.

Se acercó a una de las criaturas con cautela. −Por favor, ¿podrías decirme dónde...? −pero, sin dejarla terminar la pregunta, el ser alado pasó de largo sin mirarla y sin voltearse. −Oiga, lo siento. No sé dónde estoy; me gustaría... −Un ser encorvado tampoco pareció haberla escuchado y siguió intentando frenéticamente desplegar la única ala que tenía. −No sé qué tengo que hacer o a dónde dirigirme, por favor, me ayudarían a... −Dos seres pequeños, como niños, corrieron por su lado.

Nadie la escuchaba. Nadie reparaba en su presencia. Todos la ignoraban. Cuando se filtró un rayo de luz por las grietas del túnel, pudo ver, horrorizada, que la anomalía de los seres iba más allá de sus extrañas alas. −¿Qué rayos son ustedes? −No pudo evitar los gritos que se le escapaban de la boca−: "¡Ayudaaaa, auxilio!". Ninguna de las criaturas tenía rostro. Donde debían estar sus facciones, parecía como si una goma de borrar las hubiese desaparecido. De lejos parecían caras humanas, pero, de cerca, no eran nada; igual que una pintura impresionista. Eran cuerpos que vagaban sin destino. Gritó con todas sus fuerzas y el eco del túnel le devolvió el grito amplificado. Lloró, corrió sin rumbo y, ya cansada, decidió eñagotarse en un rincón del piso húmedo. Sabía que no tenía tiempo que perder, que no podía rendirse, pero no sabía por dónde empezar. Nada tenía sentido en ese túnel que parecía una especie de inframundo urbano. Camila se sobresaltó cuando sintió una presión en su pierna y algo viscoso que la rozaba. Cuando levantó la cabeza, vio que una de las criaturas se enroscaba en ella. Por su pierna subía una especie de larva que reptaba, aunque tenía extremidades. Donde los otros seres tenían alas, esta criatura grotesca mostraba el inicio de una escápula. −O le están creciendo alas o se las arrancaron de cuajo −pensó Camila, petrificada. Dio un salto instintivo y comenzó a golpear a la criatura para que la soltara.

−¡Por favor, déjenme en paz! ¡Odio estar sola! ¡Odio estar sola! ¡Odio estar sola! −El túnel le devolvía sus gritos.

Camila enfrentaba su mayor miedo, estar rodeada de personas y, aun así, sentirse ignorada, rechazada, amedrentada y sola. Mientras corría, tropezaba y se cortaba las manos con la porosidad del cemento, que no podía anticipar en la oscuridad. Su mente se transportó a aquella ocasión cuando bailó, por primera vez, frente al público. Fue un verdadero desastre.

El coraje que sintió no era habitual para una niña de cuatro años, aunque su familia estaba acostumbrada a los berrinches épicos que Camila hacía desde su nacimiento. −¡Qué pulmones tiene esta niña! − había dicho el doctor a su madre, cuando la más pequeña de sus cuatro hijos nació dando gritos y ni siquiera hubo que darle la nalgada para que llorara. −Eso lo hace para llamar la atención; tienen que ser más firmes −recomendó la psicóloga, cuando la llevaron a terapia porque se descontrolaba si no le daban lo que quería. Ese día, la energía explosiva de Camila estalló como una bomba atómica con todo y onda expansiva. Cuando recibieron el diagnóstico de que tenía déficit de atención con hiperactividad, sus padres, sus abuelos, sus tíos y hasta unos primos lejanos de la familia, se reunieron para dar posibles soluciones de tratamiento. Su diagnóstico no afectaba su nivel de aprendizaje, pero sí sería un reto académico a la hora de mantener la concentración en clase, y aún era muy pequeña para medicarla. Sin embargo, hubo un consenso: "¡Hay que ponerla en clases de algo! Para que comience a tomar estructura y a gastar esas energías".

Se abrió una nueva línea de debate entre los numerosos miembros de la familia.

−Clases de música.

−Lo mejor sería ponerla en deportes. Natación, tal vez.

−Es mejor ponerla en clases de baile −sugirió Camilo, que recordaba que su hija reaccionaba a la música desde que estaba en la barriga de su madre.

−¡Baile será! ¿Pero cuál?

Otra discusión se abrió paso en la sala de la familia Cepeda. Lo consultaron con el pediatra:

−El ballet es un ejercicio que promueve el desarrollo muscular, la coordinación de movimientos y la ayuda a canalizar su energía de forma positiva. Además, la disciplina rigurosa es parte de este tipo de danza clásica y todos coincidimos en que a esta chica le falta un poco de mano dura. Después iremos ajustando el tratamiento. Papás, esto es un día a la vez. La pequeña Camila jugaba con los rompecabezas de animales de madera que había en el consultorio del médico, correteando y dejando escapar risitas infantiles. Cada vez que una pieza simulaba el mugir de una vaca o el ladrido de un perro. −¡Mira, papi, mira como hace el guau guau!

A Camilo se le apretaba el corazón de ver a la menor de sus hijas, la que más se parecía a él, teniendo que asistir a unas clases de baile, tras una recomendación médica, y no por pura diversión. Todos los sábados vestían a la pequeña Cami igual que a la muñeca de una caja de música: un leotardo rosa pastel, con un tutú del mismo color, sobre unas pantimedias blancas, que siempre regresaban a casa con una carrera, y las incómodas zapatillas, con el elástico cruzado en la parte de arriba del tobillo. Toda la ropa le picaba y le molestaba. Pero lo peor era el peinado fijo hacia atrás, con la dona apretada que debía llevar a cada clase. Era una odisea peinarla cada mañana. Por más que su madre le halara el cabello hacia atrás y su abuela, Lucermina, de quien había heredado el pelo, le untara cantidades exageradas de aceite de coco para intentar domarlo, su pelo grueso y rizado se revelaba ante la imposición de ese peinado tan pulcro y absurdo.

Los padres tenían permitido quedarse en una salita contigua para ver las clases de sus futuras primas ballerinas. La cara redonda y traviesa de Camila, cambiaba por completo cuando la soltaban en ese salón infame, rodeado de espejos y barras, con princesitas que daban brincos ensayados siguiendo las notas de la música clásica. A la profesora Celine, nombre que se puso para sonar afrancesada cuando en realidad se llamaba Celia, no le gustó la niña desde que la vio entrar. Su cara llena de pecas sobre su piel negra, su peinado siempre desprolijo, sus ojos almendrados –demasiado curiosos–, sus labios prominentes, como dos pétalos rojos, que siempre torcía en una mueca de disgusto, no encajaban con la docilidad aristocrática de las otras "florecillas", como les decía a sus alumnas.

Eran demasiados, gran plié, revelé y pas de bourrée, los que Celine les exigía a sus alumnas, al compás de los aplausos que daba con sus delgadísimas manos.

–Vamos, florecillas, todas en segunda posición, abran bien esos brazos y manténganlos a la altura de los hombros. Cuiden la postura. Las quiero derechitas como un tallo.

Camilo pensaba que las flores y los tallos son de diferentes formas y colores, y que su pequeño capullo pertenecía, sin dudas, a una especie de flor exótica. Al padre le quedó claro, luego del segundo mes de clases, que Cami no aprendía nada. A menudo llegaba frustrada a la casa dando gritos–: ¡Pero, mamá, es que no me sale! Pa', la maestra dice que yo no lo hago bien.

Con todo y las dudas, Camila había alcanzado un año poco provechoso en sus clases de ballet y se acercaba la presentación final de exhibición que ofrecería la academia de danza. A las más pequeñas, les asignaron un baile de relleno en uno de los cuatro actos del clásico de la Rusia imperial, El lago de los cisnes. En casa de Camila, había una rutina antes de la del escenario: obligarla a ponerse el leotardo, correr detrás de ella, aguantarle las piernas para forzarla a ponerse las zapatillas y contener sus quejidos mientras la peinaban.

–Tenemos que lucirnos. Las quiero a todas perfectas. –Había advertido Celine, mirando especialmente a los padres de Camila.

Sandra alisó el pelo de su hija para que la dona y el peinado quedara uniforme con el de las demás niñas. Se necesitaron tres carros para transportar a los invitados de la familia Cepeda, que se congregaron para ver el debut de Camila. El teatro Alejandro Tapia y Rivera, en el Viejo San Juan, estaba repleto de padres igual de entusiastas. La niña se bajó del carro de mala gana, estirándose el elástico de las zapatillas y arrancándose las pequeñas plumas blancas que adornaban el tocado que llevaba en la cabeza. El vestuario era suntuoso. La misma Celine había supervisado cada detalle. En la espalda, las pequeñas cisnes llevaban unas alas diminutas que, por protesta de algunos padres, fueron confeccionadas con plumas sintéticas. Si hubiera sido por la profesora, hubiera desplumado a cualquier pobre ave con tal de que sus alumnas sobresalieran.

Cuando Camila entró al teatro se quedó perpleja. Ya habían hecho un ensayo general en las instalaciones, pero ella había fingido dolor de barriga para no asistir. Con el estilo de los auditorios europeos, el diseño, en forma de herradura, de este majestuoso teatro de estilo neoclásico, parecía salido de un cuento. Las butacas de terciopelo color azul contrastaban con el color carmesí de los asientos de los palcos. Pero lo que más le gustó a Camila fue la inmensa lámpara de cristales que engalanaba el centro de la imponente esfera del techo. Ella observó la joyería de fantasía que adornaba el cuello y las mangas de su leotardo y miró nuevamente la lámpara, ¡eran igual de brillantes! Por primera vez, desde que comenzó esas clases que odiaba, se sintió feliz y bonita. Cuando se reunió con las demás, Celine le lanzó una mirada desaprobatoria al comprobar que unos mechones de pelo se habían salido de su apretado moño, probablemente cuando jugaba a arrancarse las plumas. Como le habían planchado el pelo y echado muchísimo fijador, ahora quedaban parados como dos antenas.

—Miren a ver qué pueden hacer por ella —dijo la maestra, entregando a Camila, como un paquete, a otra de las mamás, que maquillaba a su hija de cuatro años en el camerino.

Frente al espejo, Camila se observó y todo el ánimo de antes se vino abajo. Varias mamás forcejeaban con una peinilla para intentar recomponer su peinado y, una de ellas, intentó ponerle un poco de sombra y un brillo en los labios. —Para que te veas más bonita, cariño —pero Camila no se dejó. Tras unas últimas instrucciones de Celine, se apagaron las luces y, en el segundo acto, las niñas del curso de principiantes salieron a escena.

La mayoría de los familiares se perdieron la emoción del momento porque estaban más concentrados en tomar la foto o el video que en ver el desempeño de sus hijos. Ese no fue el caso de Camilo, quien se sentía tan incómodo como su hija, embutida en esa ropa apretada, pero, aun así, prestó atención. Todo estaba saliendo perfecto. La atmósfera de encantamiento del bosque, donde el hechizo de un brujo las había convertido en cisnes, se combinaba con la emotiva música romántica de los violines, las tubas y el arpa. La intervención de las niñas sería corta, de hecho, habían tenido que adaptar la pieza para que ellas pudieran participar. Camila pisó el escenario y sintió pánico. Intentó, sin éxito, encontrar entre el público la cara de su mamá, de su papá o de algún conocido, para sentirse segura. Estaba sola en medio de una multitud de personas, sintiéndose como un patito feo, y no como un cisne encantado.

Cerca del final de la coreografía, las niñas se habían colocado en una línea horizontal, tomadas de las manos, para acuclillarse y terminar su acto con un tierno grand plié. Colocada a la extrema derecha de la fila, donde casi no podía verse, Camila estaba a punto de terminar su debut con relativo éxito, cuando se tropezó. Causó un efecto dominó entre las demás niñas a su espalda, que se cayeron con más sincronía que los pasos torpes y poco acompasados que habían ejecutado hasta ahí. Todo se detuvo en el teatro, excepto la música, dándole más dramatismo al momento. Ella iba a comenzar a llorar, pero, al ver la cara de espanto de la maestra y el encontrarse en un lugar tan hermoso, sintió una emoción incontrolable. Se quitó las zapatillas, liberó su pelo de los moños, las horquillas y las plumas y atravesó el escenario dando piruetas y bailando alrededor de las otras niñas, que se habían quedado inmóviles en el piso sin saber qué hacer. Al principio, los espectadores pensaron que era parte del show; luego, se dieron cuenta de que no lo era y todos comenzaron a reírse de la osadía de esa niña. Algunos comentaron que había escogido el peor momento para hacer una rabieta y la mayoría se quejaba de que el traspiés de la pequeña rebelde hubiera hecho deslucir el espectáculo de sus hijas. Camila iba a cruzar el escenario y lanzarse hacia las butacas para abrazar a su papá, que ya estaba de pie, presto para correr a socorrerla, pero, tras una orden colérica de Celine, se cerró el telón. Ante el silencio de los espectadores, Camilo no pudo evitar sentir un pinchazo de orgullo en el pecho. −¡Esa es mi hija! −seguido de un halo de preocupación paternal−. Lo que me espera con esta muchachita.

Camila intentó desesperadamente de encontrar la abertura del telón para salir hacia el público por las escaleras del proscenio, pero las interminables y pesadas yardas de terciopelo eran una trampa para una niña de cinco años recién cumplidos. Al no poder encontrar la salida, corrió en la dirección opuesta, perdiéndose tras bambalinas, tropezando con los cables de los contrapesos y bajando todas las escaleras en espiral, que encontró a su paso. Cuando no pudo bajar más, llegó a un sótano oscuro, frío y tétrico. Sentía una euforia liberadora, pero también estaba muerta de miedo. De nuevo estaba sola, aunque el teatro estuviera lleno de gente. Una pequeña luz rojiza titilaba para marcar los puntos de salida, pero ella no sabía leer, así que se encogió en un rincón del piso hasta que su espalda tocó una superficie dura. Creyó que era la pared. Se arrastró un poco más para quedar completamente recostada, cuando un brazo cayó sobre su hombro. Gritó histérica hasta que ya no le salía la voz. Se puso de pie dispuesta a huir entre lágrimas y gritos—: —Mamiiiiiiii, papiiiiiiiiii, ¿dónde están? ¡No quiero estar sola! —justo cuando la luz tenue alumbró la sombra de una decena de cuerpos desmembrados. Por el piso había brazos, piernas, alas, máscaras, mechones de pelo.

El espacio subterráneo estaba repleto de tuberías que goteaban desde el techo, lo que daba una impresión más siniestra al lugar. Camila no sabía qué hacer, sentía que se iba a morir del susto. Lloraba y gritaba al intentar esquivar los cuerpos inertes, que parecían abalanzarse sobre ella con sus feas caras sin facciones. De repente, se prendió la luz. Había pasado casi una hora, pero ella tampoco sabía de tiempo. Sus papás estuvieron a punto de llamar a la Policía. Ahí estaba parte de su familia, que se había dividido en tres grupos para buscarla. Al encender la luz, vieron que se encontraba en un almacén donde guardaban los objetos desechados del teatro: maniquíes, partes de vestuarios, pelucas y un montón de utilería vieja. El primero en notar su presencia fue su hermano Alejandro, quien corrió escaleras abajo para abrazarla.

—Uno nunca está solo si se tiene a sí mismo hermanita —le repitió hasta calmarla, y esa misma frase se la recordó en muchas otras ocasiones de su vida.

Alejandro tenía autismo. Para algunos, él era raro y hasta molesto. Para ella, su hermano siempre fue su aliado. Lo consideraba valiente, muy inteligente, incapaz de mentir y, a veces, demasiado directo, pero eso le gustaba de él. La gente les da muchas vueltas a las cosas, a veces solo hay que decir lo que el corazón siente –pensaba–: El mundo sería mejor con más gente como mi hermano.

Seis meses después de ese fatídico debut, Camila comenzó sus clases de bomba y plena en Loíza. En un salón abierto, desde donde llegaba el olor a mar, descalza, dejándose llevar por los tambores, sin plumas reales ni sintéticas, supo que el baile era otra cosa y que, siendo dueña de su cuerpo, no necesitaba alas para volar.

De regreso a su realidad en el túnel, el eco le devolvió las palabras de Alejandro: "Uno nunca está solo si se tiene a sí mismo". Se levantó y se limpió la cara. Con los ojos cerrados, para no espantarse con las criaturas, comenzó a bailar en la oscuridad, chapoteando sus tenis en los charcos del piso. Esa siempre había sido su forma de tomar el control. Al principio, los seres andaban como muertos vivientes, sin reparar en su presencia, chocando entre ellos, como los maniquíes en el sótano del Teatro Tapia. Pero, poco a poco, los cuerpos comenzaron a transmutarse, a tener rostros humanos y volteaban las cabezas para mirarla mientras bailaba. Una señora le dio un pañuelo para secarse el rostro húmedo por las lágrimas. Un hombre le dijo que siguiera recto hasta que viera la primera izquierda y, eso, la llevaría a la salida. Donde antes había visto unos pequeños monstruos deformes, ahora veía dos niños que la condujeron de la mano. Entonces, supo que era ella quien causaba este cambio. Comprendió que las personas actúan según el reflejo de lo que uno proyecta; devuelven lo que se les da, como el eco en el túnel. Cuando miró hacia atrás, antes de salir, pudo ver criaturas hermosas con alas majestuosas, que se movían acompasadas, como en una coreografía. Entonces, comprendió que ese túnel era un reflejo de lo que se lleva dentro; de eso que a todos nos falta y termina siendo un ala rota. No pudo evitar pensar en sus amigos, en ella; en lo difícil que era creer en uno mismo a esa edad. Supo que era afortunada porque había encontrado un talento que, luego, se convertiría en su pasión. En ese momento, quiso gritarles a todas las Celine del mundo que ella no estaba sola; era libre y había encontrado la fuerza para expresarse, como mejor lo saben hacer los verdaderos artistas.

VII

Una luz intensa la cegó. Se tapó los ojos y la cara y, cuando volvió a abrirlos, estaba dentro de *El Velorio*. Había vencido la prueba más importante; había superado su miedo a estar sola. Lo siguiente sería muy sencillo para ella.

En ese instante, en la dimensión de lo real, sus amigos observaban cómo el reloj de arena avanzaba sin dar tregua al tiempo.

—Ya está en el cuadro. Tengo contacto con ella —les informó Gregorio.

Una ola de optimismo cubrió la sala del museo, con los jóvenes enviándole fuerzas a Camila.

—Ella siempre nos mantiene unidos; hace que nos reconciliemos.

—Además, es mega graciosa y se le ocurren unas cosas...

—Cami se atreve a hacer lo que sea. ¿Recuerdan cuando la retaron y se tiró desde el techo a la piscina de la casa de Yoli en aquella fiesta? ¿O la vez que hizo una coreografía en el medio de la cancha ella sola y, al mediodía, cuando éramos prepas? Y también la vez que...—Podían haber seguido por horas, pero la alegría duró poco. Su amiga seguía sin volver y el reloj de arena marcaba los minutos en conteo regresivo. Todavía no sabían si podían confiar o no en el tal Gregorio, que insistía que le llamaran Goyo. No sabían si su amiga superaría la prueba ni si la superarían ellos; y, lo peor, en quien definitivamente sabían que no podían confiar y lo hicieron, fue en el profesor Rodríguez.

Todos los personajes de la pintura parecían haber salido de su asombro ante la llegada de Camila. Ahora simplemente parecían considerarla una nueva integrante del cuadro; otra invitada más al baquiné. Fingían no darse cuenta de su presencia. Camila afinó su oído musical y disfrutó del sonido de una maraca de higüera, sostenida por una mujer que estaba pegada a la puerta del lado izquierdo. Frente a ella, había un hombre que llevaba un sombrero y estaba sentado en un banco tocando un instrumento que parecía un cuatro y, luego, supo que era un tiple y, detrás de él, un niño sin camisa tocaba un güiro. Esa música le recordaba las fiestas de Navidad en casa de sus tíos, que eran del centro de la isla, y las imágenes de los jíbaros en los libros de historia. Camila se quedó embobada con la música y, sin querer, tropezó con un perro pequeño y peludo. Desde algún lugar, sonó la voz del pintor Oller, quien, sin duda, disfrutaba de la escena desde Dios sabe dónde:

—¡Cuidado, niña, no pises a mi perro!

Camila se concentró en la letra que entonaban.

Parece que comienza la celebración. Los músicos cantan:

—Ahora rompe el coro.

Muchachos, canten bien.

Vamos a cantarles

hasta el amanecer.

Cojan a ese niño.

Póngalo en la mesa

para que su madre

no tenga tristeza.

—¿Cojan ese niño? ¿Cuál niño? —Cuando Camila se volteó, vio al pequeño difunto, tendido sobre la mesa, tan sereno y tan bien adornado, que parecía dormido.

Era fascinante presenciar un auténtico baquiné y formar parte de la pintura, pero no todo era alegría. Cuando los personajes del cuadro se percataron de que estaba muy tranquila, se pusieron furiosos y quisieron sembrar el miedo en su mente para hacerla dudar. Entonces, ella recordó que, si no lograba resolver el dilema antes de que el reloj de arena derrame su último grano, perdería y se quedaría atrapada en la pintura eternamente.

—Tengo mucho por qué vivir, mucho por hacer; no puede terminar mi vida así —y, sin querer, derramó una lágrima. Todos los instrumentos y las voces se apagaron súbitamente.

—¿Quién llora? —preguntó, intrigada, la madre del niño muerto, que se encontraba en la extrema derecha, con un paño blanco en la cabeza, que le controlaba el dolor que le causaba aguantar las ganas de llorar.

En ese instante, Camila recordó que está prohibido llorar en un baquiné y secó sus lágrimas. Intentó explicar que no lloraba por el niño, pero le pareció egoísta llorar por sí misma en un velorio. Los músicos volvieron a cantar para que no se escuchara su llanto...

—*Madre, no lo llores;*

no lo llores más.

Madre, no lo llores;

no lo llores más,

porque sus alitas

las tiene mojá,

porque sus alitas

las tiene mojá.

En ese momento, Camila comenzó a comprender el mar de supersticiones y la mezcla de creencias que tenía su cultura.

—Camila, ¿me escuchas? Soy Gregorio. Recuerda, los personajes de la pintura no son tus aliados.

—¿Dónde estás? ¿Desde dónde me hablas? ¿Qué hago? ¿Qué está al revés? ¿Cuánto tiempo me queda?

—No mucho tiempo. Sé que puedes, pero esto lo tienes que resolver sola. El profesor Rodríguez solo interviene en casos extremos.

¿Qué sería un caso extremo? ¿Más extremo que no saber qué hacer? —se dijo, y comenzó a mirarlo todo con detenimiento hasta que la interrumpió una voz ronca.

—Son tradiciones —dijo el Negro Pablo, que se encontraba frente al difunto. Tenía un aspecto muy pobre y andrajoso. Parecía ser el único en esa casa que le prestaba atención al niño muerto.

Camila lo miró fijamente a los ojos y lo examinó. Sabía que no podía confiar en los personajes del cuadro, que querrían confundirla. "Si tú entras, alguien sale. Recuérdalo", le había aconsejado Gregorio. Pero algo en este hombre, alto y delgado, la hacía confiar. Quizás, porque se parecía a su adorado abuelo, al que le decía cariñosamente "Paito".

—Protege tu luz interior y no permitas que los vientos, por más fuertes que sean, la azoten y la apaguen —le dijo el Negro Pablo, antes de voltearse para continuar con sus rezos al niño muerto.

—¿Mi luz interior? ¿Qué vientos? —continuó mirando la casa, los objetos regados por el piso, la fiesta que no parecía encajar con una muerte hasta que volvió a escuchar la voz del guardia de seguridad.

—Tienes que descifrarlo, Camila. Te queda poco tiempo.

—Concéntrate, Camila. Puedes hacerlo —se dijo. Decidió seguir narrando en voz alta lo que veía, para ver si le ayudaba a descifrar la encrucijada. —Estoy en una especie de bohío. El techo es de paja seca y las paredes de tablas. El techo lo sostienen unos troncos. Hay mucha gente, todos vestidos como jíbaros. La mayoría están descalzos. No sé por qué nadie me habla si es obvio, por mi vestimenta, que estoy fuera de lugar. Mi abuela me contó y, a ella, se lo contó –de primera mano– su madre cuando trabajaba en las fábricas de tabaco, que la primera mujer en usar pantalones en Puerto Rico fue la feminista y activista Luisa Capetillo, en 1919. Así que para cuando se pintó este cuadro, todavía eso no había ocurrido. –Una vez más la mente de Camila abría un compartimiento a un dato que parecía poco útil en esos momentos. –Aunque si no les extraña mi vestimenta, quiere decir que probablemente yo no sea la primera persona que viene de afuera. –No había pensado en eso antes y, aunque no la ayudaba a resolver la clave, era una buena pregunta para hacerle a Gregorio si es que lograba regresar. ¿Cuántos elegidos hubo antes que ellos? ¿Cuántos lo habían logrado?

–Todos hacen ruido. Eso no me encaja con la muerte de un niño, pero no puede ser lo que está al revés porque ya me explicaron lo que era un baquiné. Piensa, Camila, piensa, vamos…Veo un gato en el techo y varios perros corren entre las personas. Hay niños peleando o jugando. A lo lejos se ve un paisaje de campo. ¡Vamos, presta atención a los detalles! –intentaba darse ánimos a sí misma. –En el piso, hay flores, algunas briscas –puedo distinguir un as de oro–; también veo platos rotos. No sé cómo funciona esto. ¿Y si digo todo lo que veo al revés y, al azar, doy con la clave? ¿O tengo que entenderlo para lograrlo? ¡Ay, Dios! ¡No sé qué está al revés! Todo parece estar mal. Déjame fijarme en el techo. Ya vi al gato. Veo un racimo de plátanos, unas mazorcas de maíz, una vela encendida y otra apagada. Un rosario que cuelga… espera. ¿Una vela encendida y otra apagada? –Se extrañó al notar que la vela que se encontraba protegida por un vidrio en forma de jarrón, lo que sería un quinqué, estaba apagada. —¿Por qué está apagada si se supone que el cristal la proteja del viento? –pensó. Luego, miró al lado izquierdo, justo bajo el gato, y comprobó que la vela que estaba encendida en uno de los tabiques de la casa no tenía cristal que la protegiera.

"No permitas que los vientos por más fuertes que sean la azoten y la apaguen...". −¡Coño, tiene que ser esto! −exclamó Camila. −Este debe ser uno de los símbolos que se encuentran al revés en la pintura. No tiene lógica que la vela que está prendida esté desprotegida y no tenga cristal alrededor y, aun así, no se apague. Además, en una casa de madera, es una locura tener esa vela tan cerca de la pared, mientras que la que se encuentra apagada la tienen cubierta con un quinqué. Una ráfaga helada entró por la puerta y arrastró a Camila, quien, antes de abandonar *El Velorio*, notó que el Negro Pablo le sonreía y que los demás personajes del cuadro se voltearon, al unísono, para mirarla con una mueca agreste.

Desde la sala, Alberto aguantaba la respiración y apretaba los puños. Luna repetía en voz baja−: Vamos, Cami. Vamos, Cami, tienes que lograrlo. −Y Adrián suplicaba en su mente por un milagro, presintiendo lo peor. Después de todo, si Camila, que era la que se atrevía a todo, la más temeraria del grupo, no pasaba la prueba, ¿qué oportunidad tendrían ellos?

El reloj marcaba el final del tiempo. Los amigos se apretaban las manos y miraban fijamente los granos de arena que caían. Luna se aferraba a Adrián, mientras Alberto repetía:

−Vamos, regresa. Tú puedes −y le gritaba a Gregorio−: ¡Haz algo!

En ese instante, una fuerza, desde el otro lado, abrió un portal, que trajo de vuelta a Camila. Los aplausos y los gritos de victoria no se hicieron esperar. Don Goyo se unió a la fiesta. ¿Podrían confiar en él? Eso estaba por verse. Mientras tanto, El Velorio había sufrido un cambio. La vela encendida ahora estaba protegida del viento con el cristal y la apagada estaba sin protección, como debía ser. Camila había vencido.

−¡Qué clase de susto! Eso estuvo cerca. —Rodríguez se limpió el sudor de la frente con un pañuelo que llevaba la inicial de su nombre. Desde algún lugar de la Universidad, que bien conocía, monitoreaba lo que ocurría en el cuadro. Al profesor no le convenía que sus elegidos perdieran, ¿o sí?

CAPÍTULO 7

ADRIÁN

La sensación de victoria puede ser cegadora, narcótica y sumamente estimulante. Cuando se gana, se experimenta un sentido de superioridad, una emoción que te coloca por encima de tu contrincante y la mayoría de las veces no es racional. Una hora antes podías haber sido un lumpen, lo más bajo del estrato social y, a la siguiente, un triunfo te coronaba como el cabecilla de la pirámide. Así se sentía Camila. Había sido la primera en superar la prueba de un siniestro juego que podía haber acabado con su vida, pero ella no buscaba explicaciones sobre personajes de cuadros, dimensiones desconocidas o las criaturas aladas, que la atemorizaron en el túnel. Ella había ganado: eso era todo lo que importaba.

—¡Así se hace coño! ¡Demostraste de qué estás hecha! ¡Yo siempre creí en ti! Porque tú eres lo más...tú eres la más...tú... lo eres todo —Alberto no encontraba palabras para expresar justo lo que sentía, pero su admiración y alegría por tenerla de vuelta se le desbordaba por todas partes, mientras la alzaba en el aire y la besaba por toda la cara.

Ella había regresado. Había esperanza para los demás.

—Por un momento pensé que me dejarías sola con estos dos —dijo Luna, consciente de que sus ojos ya se estaban volviendo líquidos.

—Amiga, yo nunca te dejaría sola con este paquete. Si volví solo para aliviarte la carga — y ambas se rieron a carcajadas.

Camila siempre respondía a comentarios profundos o sentimentales con una broma, no porque fuera poco cariñosa, sino porque el humor era su forma de mostrar cariño. Volvieron a abrazarse –porque, de nuevo, eran Los ALCA– con ese lenguaje tan genuino para las amistades que es el abrazo. Así desorganizado, espontáneo, con brazos y cabezas por todos lados, con el pelo en la cara, con los cuerpos pegados de frente o de costado, sintiéndose, queriéndose. .

–¡Camila, avanza y cuéntanos! ¿Qué viste? ¿Qué te pasó en el otro lado? ¿Cómo fue estar dentro de la pintura? ¿Cómo lograste descubrir lo que estaba al revés? ¿Te lastimaron? –preguntó, de carretilla, Adrián, quien mantenía su brazo echado por encima del hombro de su amiga.

Adrián era un jugador nato y sabía que tener estrategia le daba una ventaja que podría ser decisiva. No quería perder tiempo. Debían aprovechar cada detalle que pudiera servirles a los demás al enfrentarse a la dimensión de lo imaginario. Cuando le preguntó si la habían lastimado, por los golpes y las cortaduras que se le veían en las manos, los codos y los brazos, fue que Camila reparó en que le ardían las extremidades. La adrenalina no la había dejado sentir más que euforia.

–Ah, ¿esto? –dijo al tocarse las heridas que tenían sangre seca. –Me lo hice corriendo por un túnel porque no veía nada. Había unas criaturas horribles que tenían alas. Estaba súper asustada porque estaba completamente sola. Fue todo muy raro; me sentía como si flotara, como si mi cuerpo no tuviera peso.

Todos enmudecieron. Era la primera de los cuatro que había cruzado al otro lado y les traía respuestas. A veces la experiencia es mejor maestra que la teoría; por eso, nada de lo que les hubiera contado Gregorio se habría sentido más real que la historia contada desde la voz de quien lo había vivido.

—Una de las criaturas pequeñas comenzó a treparme por la pierna y les juro que era el ser más espantoso que hubiera visto nunca: ni en películas había visto algo tan horrible. Cuando logré superar mi miedo, todo cambió. Esos mismos monstruos sin rostro, que no eran animales ni humanos o eran las dos cosas, ahora parecían ángeles. Fue todo muy loco, pasó rápido, creo, no sé cuánto duró, pero nunca había sentido tanto terror en mi vida y mira que me han pasado algunas cosas...

—Y, en el cuadro, ¿cómo supiste qué hacer? —interrumpió Adrián, con prisa.

—En el cuadro todo fue...fue...

—¿Cómo? ¿Todo fue cómo?

—No recuerdo.

—¿Cómo no lo vas a recordar, Cami? —Luna se reía, mientras preguntaba, porque pensaba que era otra de sus acostumbradas bromas.

Sin percatarse, Camila le apretó la mano tan fuerte a Alberto que le clavó las uñas en la muñeca, pero él no la soltó. No la había soltado desde que comenzó el relato.

—Sé que había una vela encendida y una vela apagada. Recuerdo que un personaje del cuadro, que se parecía a mi abuelo, fue bueno conmigo, pero no logro acordarme de lo demás. Creo que lloré en el baquiné...Había un revolú de gente, música. Pero no recuerdo cómo llegué a entender qué era lo que estaba al revés en la pintura. Fue todo muy confuso. Lo siento, de verdad, estoy tratando.

—Camila, por favor, haz un esfuerzo —insistió Adrián, quien, en su urgencia, presentía que necesitaba respuestas porque él sería el siguiente.

—Lo estoy intentando, créanme. ¡Qué más quisiera yo que ayudarlos! —A Camila le temblaba la voz. Ya se había venido abajo toda la emoción del comienzo. El efecto embriagador del triunfo se había esfumado. Ahora quedaba ella, sin memoria de lo que había pasado para poder ayudar a sus amigos, consciente de que vivían una realidad que no controlaban.

—Ella no puede recordar porque esa secuela es parte del reto. —Todos dieron un brinco al escuchar la voz ronca y firme de Gregorio. Por unos minutos, estuvieron tan unidos y absortos en su núcleo que habían olvidado por completo que eran los rehenes de un viejo guardia.

—Lo que nos faltaba. Este juego no hay quien lo gane. Parece que a ti también se te afectó la memoria, porque mira que hablaste hace un rato y se te olvidó este detalle. —Alberto no era dócil con las palabras y la ironía era el reino que él gobernaba, aunque esta vez hablaba también con una extrañeza mansa, como si nada de lo que les dijeran a estas alturas le resultara justo o lo suficientemente coherente como para discutirlo.

—Cuando atraviesan la espiral de regreso al museo, ocurre un desfase de tiempo que altera la mente. Como viajas por las vueltas de la espiral de forma tan rápida, el cerebro humano no termina de adaptarse a la dimensión de lo imaginario. Ella no puede contarles nada porque lo que es igual no es ventaja. Ustedes deben ir a ciegas, como lo hizo ella, para lograr encontrar su elemento al revés dentro del cuadro y superar su miedo.

En ese momento, Camila sí recordó la pregunta que debía hacerle. −¿Hubo más elegidos antes que nosotros? Y, si los hubo, ¿todos lo lograron?

−Hubo antes y habrá después −y ahí se quedó su respuesta.

La personalidad del guardia los desquiciaba. A veces hablaba demás y otras veces era un oráculo que debían descifrar. En eso pensaba Luna cuando sintió la piel del brazo muy fría, donde antes había un contacto caliente: ahora quedaba una sensación de vacío. Supo, antes que nadie, que Adrián ya no estaba con ellos, pero, sobre todo, no estaba con ella.

Viajando por la espiral hacia la dimensión de lo imaginario, Adrián experimentó una sensación que conocía: ese preciso instante en que una montaña rusa va en su ascenso apacible hasta la cima y se para en el punto más alto, solo para que te preguntes: "¿Por qué me subí yo aquí si caer al vacío desde más de cien metros de altura no tiene nada de divertido?" Justo después, el carro cae y sientes tanto vértigo que tu cuerpo se crispa y se contrae. Adrián decidió hacer lo mismo que habría hecho en una montaña rusa, cerrar los ojos hasta que se acabara el paseo. Cuando los abrió, estaba en un parque de pelota en la caja del bateador.

−¡Jugar no es mi mayor miedo! Creo que pueden hacer un mejor trabajo si lo que quieren es asustarme. Les daré algunas pistas: le temo a las arañas, a los lugares pequeños y cerrados... −gritó, con las manos extendidas en el aire, alardeando antes de tiempo, en un arranque de testosterona.

Él había jugado desde la liga pampers y el parque era como su segundo hogar. No había nada que temer si tenía un uniforme y un bate.

Se tocó el cuerpo y notó que traía el uniforme del equipo de su barrio, con los colores gris, azul y blanco; las letras negras, que decían Buen Consejo, en la parte delantera; y el número 62, en la espalda. Sintió la tela barata y un poco traslúcida del uniforme y le invadió una profunda nostalgia, porque todo tiene una historia. Los demás veían solo un uniforme, pero él recordaba el esfuerzo que costó tenerlo. Por más de un año, el grupo de mamás, al que le decían "La Tropa", había vendido frituras, chocolates y todo lo demás que se inventaran para recaudar fondos para el equipo. Esas mujeres se habían organizado mejor que el Ejército ruso y tenían más dominio a la hora de maximizar los recursos que las Fuerzas Estratégicas. Su madre, Liset, no vivía con él, pero ahí estaba su abuela Awilda, una generala que "había escrito en sangre" – esa era su frase histriónica favorita–, que el equipo de su nieto tendría uniforme para el año próximo porque ellos no eran menos que nadie, y así lo había cumplido.

Era de noche y el parque estaba desierto, pero nada en particular lo atemorizaba. Como no pasaba nada, estaba tenso, expectante. Sabía que estaba en esos minutos de gracia antes de que suceda lo peor. De nuevo, se encontraba justo en la punta de la montaña rusa antes de caer al vacío.

–¡Que comience el juego! ¡Estoy listo! –volvió a gritar a la nada, mientras se daba golpes en el pecho. Fuera del parque, Adrián no era así, pero algo le ocurría dentro de esa alambrada y comenzaba a mostrar gestos de una masculinidad absurda. –¡Me siento como un pendejo en espera de que algo pase!

Para emplear su tiempo en algo que despejara su mente, decidió recorrer todas las bases, desdibujando con sus pies la tiza que enmarca el diamante de grama y tierra que tantos triunfos le había traído. A la vez que corría cada vez más rápido, como lo hacía en sus entrenamientos, distinguió un celaje que caía del cielo. Los focos del parque se apagaron, pero la noche seguía clara; lo suficiente para reconocer que, de lo alto, caían unos artefactos cilíndricos y metálicos.

–¿Qué fue eso? –Adrián recogió del suelo uno de esos cilindros hexagonales, lleno de agujeros y calibró su peso. Luego, comprobó que, en el borde superior, tenía escrito en letras blancas: M84. No tenías que saber de conflictos bélicos para imaginar que esa era un arma de combate, un artefacto potencialmente peligroso y, en el peor de los casos, una amenaza directa.

–Y ahora ¿qué? –volvió a gritar, en otro arranque de virilidad. La antesala, la espera, el miedo a lo que vendría, pero no acababa de suceder, le causaba más daño que lo que fuera eso que tenía en las manos.

Hubiera sido mejor no alardear. Cuando el artefacto comenzó a hacer un sonido chillón y desquiciante, como el preámbulo a la explosión de una bomba, Adrián, aunque no era pitcher, lo lanzó lo más lejos que pudo y corrió a ocultarse en el banquillo. Se encogió en el suelo y tapó su cabeza esperando la explosión. De las decenas de cilindros de acero que rodeaban el parque, salía un ruido ensordecedor y, por unos minutos, un resplandor blanquísimo no le dejó ver nada. –¿Ya estoy muerto? –fue la interrogante que lo asaltó, mientras esperaba una detonación devastadora, que nunca llegó.

Eran granadas de luz. Unas armas de aturdimiento, en apariencia no letales, que usaban los ejércitos para distraer e incapacitar al enemigo. El flash cegador, de más de un millón de candelas, le lastimaban la retina y el ardor le impedía mantener los ojos abiertos o cerrados por mucho tiempo. El exceso de estimulación sensorial lo estaba enloqueciendo y no sabía hacia dónde moverse. Adrián conocía las dimensiones del parque de memoria, pero, cualquier paso que daba, era obstruido por la caída de otra granada. Se frotó los ojos, tan fuerte, que se sacó los lentes de contacto. El sonido de más de ciento ochenta decibeles, que anticipaba la explosión de luz, se hacía cada vez más intenso e insoportable. El muchacho alternaba la posición de sus brazos, tapándose los oídos y los ojos, para tratar de aliviar el dolor con un poco de presión; y, en ese momento, pensó que hubiera sido mucho más conveniente ser un pulpo. La tortura sensorial se hacía cada vez más intensa. Los destellos de luz parpadeaban, desde donde caían, afectando todas las células fotosensibles de sus ojos claros; y supo que, si ese martirio se prolongaba, se quedaría ciego y sordo.

—¡Ya basta! ¡Que paren carajo! Me van a dejar ciego. ¡Yo odio la luz! Yo detesto la luz desde que... —Se tapó la boca en un acto reflejo. Estaba sorprendido de que esa frase hubiera salido de él. Se había activado un recuerdo que creyó haber enterrado en un armario de su memoria, pero así es el subconsciente. Nos sorprende con recuerdos lejanos, cuando estamos bajo presión. Adrián no era el típico niño que le temía a la oscuridad de pequeño, a él le daba más miedo la luz.

Se encogió en medio del parque, en posición fetal, con los ojos cerrados; prefería no ver lo que sucedía. Aquella vez haber visto era lo que lo había lastimado. El zumbido constante le afectaba aún, interrumpiendo el fluido en los canales semicirculares del oído y, aunque tuviera los ojos cerrados, veía un marco de luz que se sentía como agujas que le traspasaban los ojos. En esa posición en el suelo, completamente abatido, Adrián dijo lo que no creyó que diría nunca: "Mami, quédate conmigo". Luego de esa frase aniñada y suplicante, inesperada en un caparazón tan fuerte como el suyo, cesaron las explosiones desde el cielo, abriendo paso a una explosión mucho mayor dentro de él. La maldad de un juego que alguien más controlaba y que tenía la habilidad de tocar la fibra más sensible, el miedo más oculto y echarle sal a la herida, lo transportó a esa noche.

Faltaba una semana para que Adrián cumpliera tres años. Últimamente, sus padres, Omar y Liset, peleaban todo el tiempo porque ella salía en las noches muy bien vestida, maquillada en exceso y nunca daba explicaciones de para dónde se dirigía. La diferencia de edad entre ambos estaba causando estragos en su relación. Omar le llevaba más de quince años, pero, cuando se conocieron a la salida de aquel teatro frente a la parada 22 en Santurce, ella (con apenas veinte) y él (con treinta y tantos), el abismo de la edad no pareció ser un problema. Al contrario, para ella, él seguía siendo un hombre joven, atractivo, con la ventaja de la madurez que supone esa etapa de la vida: casa, trabajo, deseos de una relación estable... Para él, Liset fue un chispazo de vida, siempre tan optimista, llena de planes y metas, con ese carácter caprichoso, casi infantil, que le encantaba de ella, y esa locura creativa que la desbordaba. Además, Omar pensó, al instante, que ella era la candidata perfecta para ser su esposa y la madre de sus hijos, en plural, porque siempre quiso tener muchos hijos.

Adrián nació poco después, fruto del repentino matrimonio de sus padres, quienes no esperaron ni dos meses para conocerse mejor, antes de contraer nupcias. "Cuando lo sabes, lo sabes", solían repetir ambos a los preguntones indiscretos. Liset nunca había sido tan feliz: tenía un bebé precioso al que solía decirle mi principito. Ella le contaba historias sobre una rosa única, un pequeño planeta con volcanes, de las lecciones de un zorro curioso y de las cosas esenciales que los ojos no ven. Ellos eran el mundo uno del otro. Con los años, Adrián comenzó a notar que su madre estaba triste, ausente. A veces se quedaba frente al espejo, recitando monólogos y frases melodramáticas; se probaba

ropas extrañas e inventaba bailes o canciones; y tomaba pastillas constantemente.

Cada día con ella era una aventura. Una mañana salieron a pa-
sear por Buen Consejo y regresaron a casa con un perro desgarbado y
pulgoso, que tenía el pelaje de un gris brillante, al que su madre bautizó con el nombre de Platero. Ese día Liset parecía eufórica. Cortó los
pétalos de las flores artificiales que abarrotaban la casa y que habían
sido un regalo de su suegra –uno que le había parecido grotesco y poco
práctico– y comenzó a corretear al feliz animal, recitando en voz alta:
"Mira Platero, ¡qué de rosas caen por todas partes!" [7]

Al mismo tiempo, su pequeño actor de reparto le seguía los pasos mientras gritaba: "Platero, Platero ¿dónde estás que no te veo?".
Evidentemente, había confundido las obras, pero eran tantos los monólogos y los diálogos, que su madre se sabía de memoria y practicaba
con él, que el pequeño Adrián terminaba por mezclarlos en su mente.

Esa tarde Omar llegó del trabajo y se encontró con una escena que
le pareció de lo más tierna, aunque imprevista: un perro flaco y sucio
sobre su cama, la casa llena de pétalos plásticos de colores y su mujer y
su hijo exhaustos al lado del animal, luego de tantas risas. Se unió encantado a la obra que ese peculiar trío se estaba inventando. "Ya va por
el segundo acto", le advirtió, divertida, Liset.

–De seguro encuentran un papel para mí –respondió él, sin decir
una palabra del perro ni del desorden en la casa porque estaba fascina-
do con la espontaneidad de su esposa, esa que a él le faltaba.

---

7. Cita tomada del libro *Platero y yo* (1914), del autor español Juan Ramón Jiménez
(1881-1958).

Antes de casarse, Liset había sido actriz. Le apasionaba ser tantas personas en una. Una noche podía interpretar a una mujer a punto de ser quemada en la hoguera, tras ser acusada de brujería por la Inquisición; o a una campesina, que trabajaba en las plantaciones de caña, de las clásicas obras costumbristas. Una heroína o una villana, inocente o culpable, al subirse al escenario, dejaba de ser ella para abrirse a un mundo de infinitas posibilidades. Últimamente se moría por volver al teatro. Adoraba a su hijo, pero también su vocación por el arte, y eso creaba una lucha interna que explotaría de la peor forma.

A principios de diciembre, la cuerda elástica que Liset había podido estirar, un día a la vez, desde que se convirtió en madre y esposa, había llegado al punto de romperse. Esa noche Adrián escuchó movimientos en el pasillo, una pelea en voz baja, portazos leves, algunas oraciones que captó en el aire, pero que, a su edad, no entendió−: Yo no puedo más... Sabes que lo intenté... Te vas a arrepentir... No serías capaz... Quédate, por favor, vamos a hablarlo... No hay vuelta atrás, ya lo decidí... −y otras frases sueltas, que se decían en un susurro en vez de gritárselas a la cara porque el hijo de ambos dormía en la habitación de al lado.

−¡Mamá!

−¿Ves lo que hiciste, Omar? Ya lo despertaste. Yo no quería hacerlo así.

−¿Y de qué forma querías hacerlo? ¿Hay alguna obra de teatro que te enseñe cómo abandonar a tu familia? −respondió Omar, con rabia y un poco de súplica.

−¡Mamáááá! Tengo miedo. ¿Por qué no vienes a dormir conmigo?

—Al niño no le sorprendió que su madre estuviera completamente vestida y arreglada, aunque fuera de noche. Ya llevaba un tiempo en que había vuelto a actuar, y los ensayos y las funciones siempre eran tarde, pero el niño la quería solo para él, la necesitaba. Le gustaban los días en que ella solo lo alimentaba, lo bañaba, jugaban, lo acariciaba, tomaban juntos la siesta, le hacía cuentos para dormir y pasaban juntos todas las horas del día inventando mundos nuevos.

—Hoy no puedo quedarme, mi principito. Pero, escúchame bien, no importa lo que te digan o lo que pase después de hoy: quiero que sepas que siempre te he amado, eres lo mejor que he hecho, mi mayor obra.

—No llores ma, yo también amo —respondió Adrián, con su limitado vocabulario infantil.

—Ahora, duérmete. Te voy a dejar la luz encendida y la puerta un poco abierta para que no te dé miedo. Que nunca nada te de miedo, mi niño. —Le dio muchos besos intensos, olió su cabello, lo arropó hasta el cuello y encendió la lámpara antes de irse.

Por la insolencia de la luz encendida, Adrián pudo ver la maleta de su madre; pudo ver el hueco que dejó su padre en la pared de yeso, cuando la atravesó con un puño; pudo ver y oír los gritos de ambos; pudo ver el carro de su madre encenderse; y pudo seguirlo con la vista hasta el final de la calle Bolívar. Por la imprudencia de la luz encendida, pudo ver las lágrimas de ambos, los reproches de ambos; pudo ver que su madre no dudó al salir por la puerta; y pudo observar que su padre se sentó en el piso y lloró toda la noche, sobándole el lomo al fiel Platero, que ya era uno más de la familia.

—¿Por qué tener una familia no es suficiente para ti? ¿Por qué siempre quieres más? —gritó Omar a la calle vacía, cuando el carro de Liset ya se había esfumado por completo.

Afuera comenzó a llover a cántaros. A Adrián le pareció que era el cielo llorando y que los relámpagos, que atravesaban el firmamento, eran como cuchillos de luz. Se acabaron los mundos imaginarios donde una sábana podía ser una capa de superhéroe; un perro podía ser un burro, "tan blando que se diría todo de algodón"; y, su madre, la reina indiscutible del más grandioso de los castillos. Cuando Adrián no quiso ver más, cerró los ojos y se tapó hasta la cabeza con la sábana de un tiranosaurio rex, con gafas de sol, que le había regalado su abuelo, Coki.

De vuelta a la dimensión de lo imaginario, Adrián no tuvo tiempo de reponerse de ese recuerdo, que lo había traumatizado. De nuevo, era cegado por las luces en medio del parque de pelota. Esta vez el resplandor provenía de los focos de iluminación del estadio; se encontraba en medio de un juego, y era su turno al bate. Fue una transición brusca, todavía tenía el corazón encogido por la tristeza, pero debía reponerse porque, en el parque, Adrián no era inseguro, él era un bateador ofensivo. Había un jugador de su equipo en base, el marcador estaba empatado a tres carreras y estaban en la novena entrada. Era su turno de ser la estrella.

A segundos del primer lanzamiento, pensó: "Esta va por mi equipo". Se persignó, tocó dos veces el número 62, que llevaba en su espalda, y le dio un beso al bate: ese era su ritual de la suerte.

Estaba en posición, cuando notó que su mamá era la pitcher. —Tú no eres suficiente, por eso, no me quedé contigo —dijo ella, antes de lanzarle una recta.

—Pero, mamá, ¿qué haces tú aquí?

En su desconcierto, esquivó la bola y ni siquiera intentó el swing de bateo. Ese fue su primer strike.

En su segunda oportunidad, se dijo—: Esta es para ti, papá. —En la espalda llevaba el número del año en que había nacido su padre, Omar, quien siempre quiso llegar a las grandes ligas y no lo había logrado. Ahora era el turno de su hijo de cumplir ese sueño por los dos.

Su madre lo miraba desde el montículo con una expresión indescifrable. Llevaba puestos los mismos jeans negros y la camisa de lino blanca que la noche en que se fue. A los fanáticos, que abarrotaban las gradas, no parecía importarles la inarmónica presencia de la mujer en el parque; se mantenían gritando y vociferando a favor de su equipo preferido. La distancia que lo separaba de Liset era de 18,4 metros. Ese solía ser el trecho habitual que separa al bateador del pitcher, desde el montículo hasta el home plate, pero Adrián lo sintió como un espacio interminable. Su mamá se colocó en posición, como una profesional, y, tras una señal del receptor, lanzó una curva a noventa millas por hora, que lo hizo perder su centro de equilibrio. Volvió a fallar.

—¡Ya basta, mamá! ¿Por qué me haces esto? —Le reclamó Adrián, quien tenía el sueño recurrente de que su mamá iba al parque de pelota a verlo jugar.

Ese fue su segundo strike. Tenía que aprovechar su última oportunidad para lucirse, fuera quien fuera que le lanzara la bola, él quería demostrar de qué estaba hecho. Adrián sabía que esto no era real; después de todo, tenía más experiencia que los demás en mundos imaginarios y dimensiones desconocidas, porque, en sus primeros años de vida, era imposible saber cuándo su mamá hablaba de algo real y cuándo interpretaba un papel de una obra. Pero ¿por qué le afectaba tanto si sabía que todo era un truco para confundir su mente?

Para el tercer lanzamiento, su madre fue más implacable que antes. Adrián vio la bola en cámara lenta; pudo identificar el lugar exacto por donde debía darle para hacer un jonrón. La bola se acercaba; la vio moverse directo a la posición de su bate: estaba preparado.

—Por tenerte a ti no logré alcanzar mis metas—dijo Liset, en un susurro inaudible. El tono de su voz fue tan bajo que Adrián supo lo que dijo porque le leyó los labios.

—Esto no es real, esto es mentira —se repitió y lanzó el golpe sólido. Estaba tan seguro de sí mismo que cerró los ojos; al abrirlos, supo que apenas había rozado la bola y se quedó sin aliento. Fue su tercer strike, era el turno del otro equipo de anotar.

Perdieron por una carrera y la rabia de Adrián crecía en línea paralela a su frustración. Su coraje llegó al punto más álgido cuando fue a confrontar a su mamá y vio que, de las gradas, corrían hacia ella dos niños pequeños que le gritaban mami y un hombre alto, que la alzó por la cintura, para celebrar el triunfo de su equipo. Adrián golpeó el bate contra el suelo una y otra vez.

—Esto es mentira, esto no es cierto —gritaba, para entrar en razón, mientras seguía desahogándose con su bate.

Desde que su madre se fue, supo que ella ya no jugaba para su mismo equipo. Siempre temió recibir una llamada, revelándole que se había vuelto a casar y que tenía otros hijos o, peor aún, que alguna

Navidad, que era la única época en la cual se veían, no podría visitarlo porque se iría de vacaciones a esquiar con su nueva familia.

—Adrián, mijo, tú te sacaste la lotería genética —le decía su tía Yolanda, cada vez que lo veía.

Sus ojos eran como la maleza sideral, un poco verdes, un poco azules, un poco grises, con destellos color miel, y unas pestañas larguísimas. Tenía el pelo negro, la piel trigueña, la mandíbula definida, la nariz en perfecta proporción con su cara, unos labios color ocre, una espalda ancha, el cuerpo tonificado —en sus seis pies de estatura— y, como si Dios tuviera tiempo que perder en su ajetreada agenda de la creación, lo había adornado con un lunar muy oscuro en su pómulo izquierdo.

Creció siendo popular, sin esfuerzo. No se podía decir que fuera del todo narcisista, pero tampoco era ciego. Reconocía muy bien el reflejo que el espejo le devolvía y la admiración de todos aumentaba su ego. Adrián había tenido muchísimas novias. Estaba con ellas hasta que se aburría, usualmente, en relaciones muy cortas. Cuando comenzaba a ponerse seria la cosa, las dejaba. Ponía excusas tontas por mensaje de texto o a veces ni siquiera les daba explicaciones. Por eso, se había ganado la fama de patán, superficial y rompecorazones. Esa lotería genética le comenzaba a pesar.

Solía romper con sus novias antes de que ellas lo dejaran a él porque no podía soportar otro abandono. No había encontrado a la indicada para atreverse a dar el salto al vacío: llegar a enamorarse realmente, comprometerse con alguien y bajar la guardia. Creía no haberla encontrado hasta que una mañana su papá le preguntó de la nada—: ¿Qué hay entre Luna y tú? —y Adrián sintió que había pasado su vida con los ojos cerrados, bajo la sábana de dinosaurio, por miedo a ver lo que pasaba a su alrededor, por miedo a la luz. —¿Cómo no me había dado cuenta antes? —pensó, con el corazón hecho una pasa, mientras le respondía a su papá, como adolescente huidizo—: Nada, papá ¿Qué va a pasar? Que somos amigos...

Luna no se la ponía fácil y eso le encantaba. Con ella, no se había acostado aún, y eso lo mantenía motivado. Luchar por las cosas, y ganárselas, le dejaba mejor sabor que el simple hecho de que se las dieran solo porque sí. Por ella, estaba dispuesto a esperar, porque en la vida siempre pasa eso: llega, de repente, la persona que lo cambia todo.

Cuando estuvo convencido de que no había superado la prueba y el peso asfixiante del fracaso lo habían vencido, sintió que no tenía nada que perder; tiró el bate y fue a confrontar a su madre. Desde lejos, observó la imagen de una familia perfecta: una niña, con los ojos desafiantes y expresivos de Liset, y un niño pequeño, con el pelo muy negro y las manos regordetas, que extendía hacia su mamá, y la expresión de admiración tatuada en su pequeña cara. Era su nuevo principito. Al sentirse reemplazado, el calor de un fuego destructivo comenzó a arder en sus entrañas.

Adrián interrumpió la escena familiar —sabiendo que no había sido invitado—, sudado y con las mejillas encendidas por el esfuerzo del juego, que acababa de perder.

—¿Cómo pudiste hacerme esto? ¿Por qué me abandonaste? ¿Por qué nos dejaste a papi y a mí? ¡No podías tener una familia porque amabas tu carrera, pero estás aquí arruinando mi vida de nuevo y restregándome en la cara que ahora los amas a ellos!

Los niños se quedaron inmóviles, el nuevo esposo tenía una expresión acartonada y Liset se mantenía mirando hacia el suelo en silencio.

—¡Respóndeme! ¡Dime algo! —Adrián la increpaba, exigiendo una contestación que sanara su dolor.

Cuando Liset levantó el rostro del piso, lo único que hizo fue guiñarle un ojo. Al principio, Adrián no comprendió, pero recordó que esa era su señal, un código secreto entre ambos.

—Si sigues con esas locuras, el niño no sabrá en qué mundo vive, Liset. No va a saber distinguir qué es real y qué son inventos tuyos. —Le reclama Omar a puerta cerrada.

—Yo solo quiero protegerlo del mundo real.

—Mamá, ¿todo esto es mentira? —le preguntaba Adrián a Liset, escondido debajo del fuerte de sábanas, que ese día era un palacio, pero el día anterior había sido un volcán en erupción.

—Esto —dijo ella, señalando las sábanas colocadas sobre sillas que estaban a su alrededor—: no es mentira, mi principito, es una ficción y son dos cosas muy distintas.

—Mami ¿y cómo sabré cuando es mentira y cuando es ficción?

—¡Muy fácil! Me vas a mirar fijo y yo te guiñaré un ojo.

Adrián cayó en tiempo, supo que no era cierto, que su madre no tenía una nueva familia, que todo el juego, el montaje de la derrota; y los supuestos hijos eran una ficción, una obra montada para engañarlo y hacerlo sentir abandonado de nuevo.

En ese momento, se despidió de esa quimera. Había soñado, durante años, que su mamá llegaría, de sorpresa, a uno de sus juegos y lo vería ganar. Se esforzaba para ser el mejor; quería ser suficiente para ella; escucharla decir cuando acabara el partido–: Vine a buscarte. –Todas las decisiones de su vida se habían basado en esa espera.

Una mano firme lo sostuvo por el hombro, seguida de varias palmadas de apoyo. Ahí estaba su familia, el equipo al que pertenecía, para los que él era suficiente, ganara o perdiera. Sus amigos, sus abuelos, su novia, que dio un brinco sobre su espada, y, sobre todo, su papá, que no dejaba de mirarlo con orgullo.

–Ya no espero a que regreses por mí, mamá. Esto me basta y prefiero vivir en el mundo real.

Se levantó, recogió su bate, sacudió la tierra del uniforme, que tanto trabajo le costó conseguir a "La Tropa", y se conmovió al escuchar que todos en el parque le aplaudían. Antes de poder decirle adiós al espejismo de su mamá, que se alejaba hacia las gradas, ya estaba en El Velorio.

VIII

Al entrar en el bohío de la pintura, Adrián encontró la imagen entumecida. Nadie se movía en el baquiné. Buscó rápidamente el elemento al revés, que ya había descubierto Camila.

–¡Qué lista es! –Era algo tan insignificante que se le hubiera pasado por alto a cualquiera.

El muchacho se detuvo frente al pequeño difunto y lo observó en silencio. Se quitó la gorra por respeto, porque todavía tenía el uniforme de béisbol. Al hacerlo, los acordes del tiple comenzaron a escucharse y, poco a poco, todos fueron despertando y retomando su celebración en el cuadro. Un hombre, que se encontraba a la extrema izquierda y que tenía una pava en la mano, comenzó a cantar casi a gritos:

—*Carrillo, carrillo,*

carrillo del mar.

¿Dónde te metiste

cuando el temporal?

—Cuando el temporal… —repitió Adrián, y no pudo evitar recordar la devastadora experiencia que vivió aquel 20 de septiembre de 2017, cuando el huracán María azotó a Puerto Rico.

Nunca había escuchado el sonido del viento. Era como un rugido desde la tierra, que lo desgarraba todo, y, después del ruido, nada. El temporal estalló en toda su anatomía: una ráfaga de tristeza, un sosiego —como el ojo de un huracán—, una rabia —como las lluvias que derrumban terrenos—, una impotencia —como un árbol caído— y un sentimiento de agradecimiento, como el amanecer del día siguiente. Todo eso le recordó los meses sin agua y luz: la falta de medicamentos para su abuelo; la comida enlatada, mustia y fría; las largas filas que hacía junto a su papá, bajo el sol, para conseguir un poco de gasolina; el miedo a que viniera otro huracán y acabara con lo poco que quedaba en pie. Así como vino ese sentimiento, comenzó a sonreír al acordarse de las botellas de hielo y agua que le traía Alberto a su familia, porque en su casa sí había planta eléctrica; y del vecino de la calle Colón, que sacó un televisor a la acera para que la muchachería del barrio se reuniera a ver películas en las noches. Recordó el comedor comunitario que fundó la capilla y que el padre Millán prestaba su celular a los que no habían podido tener contacto con sus familiares. Se acordó también de las veces que se bañó bajo la lluvia con sus amigos, y que desempolvó los juegos de mesa, y podía pasar horas jugando con su padre y sus abuelos a la luz de una vela. La dupla de su abuela y él arrasaba en el dominó; hasta aprendió a jugar ajedrez. Rememoró ese aparato elaborado que construyó junto a Omar, con un cubo, una batería y una hélice de abanico, que pasó a ser una lavadora.

—Si no sale bien lo de ser pelotero, podrías ser ingeniero —le comentaba Omar, sorprendido con las habilidades recién descubiertas de su hijo en un momento de necesidad.

Pero también recordó a don Martín García, el vecino de la casa de enfrente: un octogenario encamado que perdió la vida un mes después del huracán. Le habían salido úlceras, por la falta de aire acondicionado, y los hospitales no pudieron admitirlo a tiempo, por lo que desarrolló una septicemia. Don Martín pasó a formar parte de las estadísticas, uno más entre las 4,645 muertes que, directa e indirectamente, dejó atrás María. Para los vecinos de la calle Bolívar, su muerte no fue una estadística; fue un golpe abrupto, que les recordó de la peor forma su propia vulnerabilidad.

Adrián se sintió abrumado de emociones encontradas y pensó que eran cosas que había aprendido en un momento difícil y que ahora no quería perder. Como no le gustaba perder en los juegos ni en la vida, quería pasar con éxito esta prueba.

—Si sobreviví al abandono de mi mamá, al huracán María y me hice más fuerte, yo puedo con esto. Tengo que poder... —Tenía los ojos vidriosos, cristalinos; un nudo en la garganta libraba una batalla por soltarse. Adrián se rindió con un parpadeo que dejó escapar una lágrima.

—Escúchame, muchacho. Tardaste mucho en superar tu miedo. ¡Tienes que encontrar lo que está al revés ya! De lo contrario... —Gregorio no tenía que terminar la frase, no hacía falta.

—Estoy en eso, estoy en eso. El primero que quiere acabar esta tortura soy yo. ¡No me ajores, Gregorio, que me bloqueo! —Adrián le respondió al techo, porque no supo de dónde provenía la voz. Le hubiera encantado escuchar a Luna, diciéndole que todo iba a estar bien, que lo esperaba de regreso para continuar con sus vidas.

Se concentró en observarlo todo. Mientras cavilaba acerca de qué cosas estaban al revés en ese despelote, se fijó en un gato que estaba en las vigas del techo. Ese animal insignificante, que desviaba su atención, era un buen candidato para ser rescatado por él y su mamá, quien siempre tuvo debilidad por los animales desvalidos. ¿Qué nombre le pondría ella? Comenzó a reír porque le vino a la mente una respuesta muy propia de Liset, Rocinante; le pondría un nombre así. Pensar en ella ya no le causaba pinchazos de rencor en el estómago, estaba sanando, y ese era al juego más importante que tenía que ganar.

De repente, un viento fuerte entró por las ventanas y puertas de la casa, haciendo que los niños y los animales del cuadro corrieran a esconderse. Adrián se puso en alerta y pensó que la casucha no resistiría las ráfagas. Una mujer vestida de amarillo, que llevaba zapatos rojos, comenzó a cerrar las ventanas y las puertas para evitar que el viento entrara con fuerza, mientras que el Negro Pablo y la mujer, con el pañuelo blanco en la cabeza, se apresuraron a proteger al niño difunto. Los demás comenzaron a cerrar ventanas y puertas con lo que tuvieran a mano, pero el viento arremetió más enérgico y, de un golpe, estas volvieron a abrirse y las personas que las cerraban salieron expulsadas. El agua se colaba por la paja del techo y por entre las grietas de las tablas disparejas. En medio de la confusión y el desastre, Adrián se dio cuenta de una cosa. Al viento se le había hecho muy fácil abrir las ventanas y arrastrar a los que trataban de cerrarlas, pero ¿por qué? Volvió a mirar, evaluó la construcción y descubrió que las ventanas y las puertas estaban puestas al revés. Entonces, utilizó la lógica.

—Si las ventanas abrieran hacia afuera, como las de cualquier casa cuando el viento viene, se cerrarían de un golpe, pero la casa quedaría sellada por dentro, protegiéndonos de la ráfaga. Como las ventanas y las puertas de esta casa abren hacia adentro, cuando sopla el viento, se le hace mucho más fácil abrirlas porque va en su misma dirección.

Dentro de la casa, los personajes de la pintura se dieron cuenta de que Adrián tenía razón y, para tratar de detener un poco el viento, el Negro Pablo colocó su bastón detrás de una ventana y otros colocaron sus machetes y palos, hasta sus instrumentos. Adrián, que sabía muy bien lo que era trabajar en equipo, se puso a ayudar a las personas a colocar tablas, bastones y bancas. Mientras lo hacía, entró una corriente tan fuerte que lo arrastró fuera de la casa y se lo llevó en un torbellino. Gritando desesperado y tratando de agarrarse de cualquier objeto, Adrián llegó de vuelta al museo.

Arremetió contra el suelo en una explosión de alaridos y patadas. Había aterrizado justo al frente de Alberto y éste intentaba aguantarlo por los hombros porque creyó que estaba teniendo convulsiones.

Cuando, por fin, se detuvo y miró hacia arriba, pudo ver que sus amigos lo rodeaban, observándolo con una mezcla de burla y sorpresa.

—¡No puede ser! Si no pude descubrir el símbolo, ¿qué hago aquí? Tengo que volver porque hay un huracán y necesitan mi ayuda. Gregorio, hazme regresar; tengo que ayudarlos —gritó a la vez que agarraba al viejo guardia por las solapas de su uniforme.

Instintivamente, Gregorio dio un paso hacia atrás. Pero no pudo evitar pensar que hace un rato este mismo chico, que casi lo mata, se había referido a estar en la dimensión de lo imaginario como una tortura, y que ahora, un extraño código de lealtad le hacía querer regresar a ese preciso lugar donde no pertenecía.

—Ay, Adrián. ¡Claro que resolviste la clave! ¿No te diste cuenta de que las ventanas estaban al revés? Pues jaque mate, muchacho, remataste la jugada.

Adrián se quedó atónito. Pero ¿por qué él sí recordaba algunas cosas de su prueba y Camila no?

—Óyeme bien lo que te voy a decir. Tú regresas a ese cuadro sobre mi cadáver —sentenció Luna, a quien le había vuelto el alma al cuerpo solo cuando Adrián regresó a la sala, y mantenía la cabeza pegada al pecho de su novio. —No vuelvas a dejarme. Estuve a punto de patear el reloj hasta hacerlo pedazos para dejar de ver cada grano de arena que me alejaba de ti.

La fuerza de las palabras de su novia eran simultáneamente un huracán y una explosión. Su amor era un destello de luz, que también lo aturdía y lo cegaba, aunque a esa luz no le tenía miedo.

CAPÍTULO 8
EL ROBO

Un adolescente no puede resignarse. No sabe cómo hacerlo. Es como si sus neuronas no fueran capaces de procesar esa información y la bloquearan. Quizá, por eso, siempre tienen ese "Pero...", ese "¿Por qué...?", o ese "¿No hay otra forma?" en la punta de la lengua. La resignación o el conformismo empiezan a abrirse paso en las conciencias de los que han vivido más años y con las canas se han vuelto un poco cobardes. La adolescencia irrumpe en los cuerpos jóvenes igual que una revolución que asalta el cuartel en la noche más oscura. Porque la adolescencia es justo eso, la revolución del limbo. Ya no eres lo que fuiste, pero tampoco eres lo que serás. Esta etapa es tan intensa que todo en el organismo se subleva y jamás en la vida se vuelven a tener las cosas tan claras. De seguro, hay muchos viejos que añoran esos años en que hacían lo que la libertad caprichosa de sus deseos le dictaba y en los que ellos eran los monarcas de un reino llamado anarquía.

Todo eso Gregorio lo sabía, porque lo había vivido y porque lo extrañaba. El pacto que le propuso el pintor aseguraba la inmortalidad, pero ese supuesto premio invaluable no paraba el curso del tiempo y él se encontraba en el otoño de su vida. No parecía posible ni negociable volver a la juventud y, desde esa época utópica, vivir siendo eternamente joven. Llevaba años con esa misión y, aunque su amor por El Velorio seguía inamovible, estaba cansado de los trotes con jóvenes rebeldes que nunca aceptaban ser los elegidos por las buenas. Por eso, pensó en cambiar la táctica con estos cuatro amigos y alterar un poco el orden de las cosas.

—¡Gregorio! ¿Qué crees que estás haciendo? Tú única responsabilidad es mantenerlos dentro del museo. De lo demás, me encargo yo.

No creo que a los muchachos les interese tu vida pasada. Además, ni siquiera les has dicho lo más importante. Ponte las pilas, Goyo, que ya eres viejo en esto. –Estas palabras cortantes de Oller le resultaban demasiado ásperas, viniendo de quien consideraba un genio y un amigo.

–Quizá solo tienes razón en que ya estoy muy viejo para esto...

–¿No estarás pensando en dejarlo? Sabes que tenemos un acuerdo.

–Lo sé, lo sé, pero con cada nuevo grupo me cuesta más. Yo solo quería intentar ser algo más que el guardián. Quizás ganarme su respeto o lograr una afinidad al contarles mi historia; lo que la Universidad también representa para mí. Quisiera que supieran que yo no soy el malo.

–Mantente dentro del plan, Gregorio, y cuéntales, de una bendita vez, lo del robo. Sabes que debiste empezar por ahí.

–¿No escuchaste lo que te dije? ¡Que estoy harto! Después de tantos años, me merezco una respuesta distinta. Esta vez la cosa pinta mal. Tengo un mal presentimiento. A veces pienso que soy yo el que necesita ser libre.

–Aquí todos estamos presos, Goyo, todos. Haz lo que te dije. De lo demás, ya veremos. Cambio y fuera. –Oller apagó el walkie talkie. Necesitaba pensar, sopesar hasta cuándo tendría que seguir cargando con ese secreto; ese error que lo había arrastrado en un chantaje perverso, y que se había llevado, de paso, a muchos inocentes en el camino. Gregorio era su amigo y había sido el asistente más fiel, eficaz y discreto. Pero era un ser pensante y ya se estaba cansando de esta telaraña de secretos. Él lo hacía por El Velorio, pero ya ni eso le parecía suficiente razón.

Esta conversación pasó desapercibida a los jóvenes, quienes celebraban el triunfo de la primera enviada. Hubo tanta euforia con el regreso de Camila, que ni siquiera se percataron de que el guardia se había retirado a hablar a la puerta trasera del museo. Gregorio quería que ellos descubrieran, por su cuenta, que esta experiencia sobrenatural era un privilegio y creía que lo estaba logrando. Adrián había pedido regresar porque sentía que lo necesitaban en el cuadro, que era útil. Otra directriz de Oller le recordó que él no era el jefe y que debía hacer lo que se le ordenaba. Gregorio nunca había sido el jefe y estaba comenzando a resentirlo. Los elegidos tampoco notaron que Gregorio estuvo a punto de acabar con todo. Que había abierto la puerta trasera del museo por unos minutos en que la duda lo hizo tambalear, pero que luego había vuelto a cerrar la puerta y se había jurado que era la última vez que lo haría.

−¡A ver, muchachos! Vengan aquí. −Tan pronto dijo esa frase, ya se había arrepentido. Lo hizo, aún más, cuando acompañó esa oración con dos palmadas al aire, como si fuera un maestro de elemental. Quiso sonar autoritario; en cambio, se sentía ridículo.

−Tenemos nombres −respondió Alberto, hosco. −¿Qué pasa, Gregorio? ¿No puedes recordar cómo nos llamamos? ¿O es que has secuestrado a tantos que ya perdiste la cuenta?

−Esa me la merezco −pensó Gregorio y reformuló su invitación. −Camila, Luna, Adrián y tú, bajito bocón...−Lo hizo a propósito−. ¿Podrían venir? Les tengo que mostrar algo importante. Y, que les quede claro, yo nunca, nunca he secuestrado a nadie.

Gregorio se dirigió a la puerta de entrada y todos pensaron que había cambiado de opinión, que los dejaría irse, y que lo vivido esa noche se quedaría como una anécdota entre ellos, que recordarían por el resto de sus vidas. Después de todo, nadie les creería, así es que no había por qué contarla. Sin embargo, el guardia no pretendía abrir la puerta. Fue a la entrada en busca del libro de firmas y la breve esperanza vivida por los cuatro amigos se desvaneció en un instante.

—Te corrijo, Alberto, sobre lo que dijiste hace un rato. Nosotros no estamos en la dimensión de lo imaginario ahora mismo. Ustedes viajan a la dimensión a través de la espiral, pero el museo es... digamos... una especie de limbo. Un primer círculo si lo viéramos a través de los ojos de Dante Alighieri, o algo así, como un portal, al igual que el puente que cruzaron para llegar hasta aquí.

—¿El puente de la Gándara? —preguntaron Camila y Luna a coro.

—El puente Henry Klumb, querrán decir. Tristemente, muy pocos conocen del talento de las manos de Klumb. Fue un alemán, practicante de la escuela de la arquitectura orgánica en sus tiempos como aprendiz de Frank Lloyd Wright. Llegó a Puerto Rico, en 1944, y construyó muchos de los edificios emblemáticos de esta Universidad, entre ellos, este museo.

Oller jamás pensó que su sueño —un museo en la Universidad— fuera cumplido por un alemán y, en agradecimiento, le hizo una visita a Klumb. De su encuentro, sé muy poco. Supongo que habrá sido igual de aterrador y desconcertante que mi primer encuentro con el pintor. La diferencia entre ese encuentro y el mío, es que al arquitecto le ofrecería una misión mucho más importante. —Gregorio hizo una pausa y un escozor profundo hizo que se le aguaran los ojos. Intentó disimularlo volteando la cara, pero Luna lo notó. A ella no se le escapaba el lenguaje de los sentimientos. —¿Por dónde iba?... Ah, sí, la misión. Oller le encargó a Klumb el diseño de este limbo. El puente que conecta Río Piedras con la Universidad y, que está muy cerca de su escuela, Klumb lo creó como un portal, una primera puerta hacia lo desconocido. Sin embargo, el museo es la puerta definitiva; también lo es la biblioteca Lázaro, que es otra de sus construcciones. Por eso, Oller les entregó la nota en ese punto –dijo él, mirando a Luna y Adrián.

–¿Y esto era lo tan importante que tenía que enseñarnos? ¿Que un arquitecto alemán también está detrás de toda esta locura? –Adrián temía que el guardia los envolviera en su relato y cayeran, de nuevo, en un trance que los incapacitara.

Gregorio fue por el libro de firmas y lo colocó, abierto, en medio del cuadrado que formaban los cuatro sentados en el piso. Señaló, una a una, las firmas que quería que notaran. Ahí estaban las iniciales de cada uno de ellos con hora de entrada al museo. Las 7:10, al lado de la firma de Camila y Alberto, y las 7:40, al lado de los nombres de Luna y Adrián, aunque ninguno recordaba haber firmado ese libro.

–Pero...

–Aguarden. Lo que quiero que noten son estas dos firmas. –Gregorio pasó lentamente la página y Adrián se quedó paralizado. Ahí estaba la letra cursiva, grande e inconfundible de su abuela, Awilda, y, al lado, estaba el nombre de su abuelo, Coki, con hora de las nueve de la noche. Al lado se leía: extraordinario. Definitivamente, era la firma de su abuela. Ella nunca visitaba un museo y firmaba el libro de visitas sin dejar alguna impresión de lo que había visto.

–¿Dónde están mis abuelos? –Adrián masticó cada palabra con una calma que le paraba los pelos a Gregorio.

—A ellos no les ha pasado nada. Te doy mi palabra. —Gregorio dudó si debía continuar y recordó cuando Teresita le decía que los malos tragos se superan de golpe. Entonces, lo dijo así sin más—: A ustedes tampoco les ha pasado nada —y volvió a pasar la página del libro de firmas. Pero, esta vez, lo hizo muy rápido, antes de que le pudieran formular otra pregunta.

A Alberto se le abrieron los ojos rasgados como dos platos. Camila se paró de un brinco. Luna frunció el ceño y se puso las manos en la cabeza. Adrián apretó la quijada y los puños.

—Esto tiene que ser una broma...

Las páginas en blanco del libro de firmas proyectaban ahora distintas escenas. Del lado de lo real, sus familiares cenaban tranquilamente en sus casas, hablaban de la experiencia de haber ido a la Universidad y qué les había parecido la actividad del Museo Encantado. Ahí estaban ellos cuatro, en la intimidad de sus hogares, junto a sus familias. Nadie parecía notar nada extraño sobre los impostores de Adrián, Luna, Camila y Alberto. Solamente, Alejandro, el hermano de Camila, se le acercó al oído de quien pretendía ser su hermana y le dijo en voz baja:

—No sé quién o qué eres, pero no eres mi hermana.

Para los demás familiares, esos jóvenes eran los mismos de siempre. Los cuatro amigos observaban estas escenas desde el museo, completamente mudos. Si nadie los buscaba, porque nadie los echaba de menos, bien podían pasar la eternidad dentro de una pintura y sus familias nunca se enterarían.

—Y esta no es la peor parte. —Gregorio se sentía agotado, como si en esta dimensión y en la otra, él fuera el eslabón más débil.

El libro de visitas proyectó una imagen desconcertante. Irrumpiendo la aparente cotidianidad de cada una de las cuatro casas de la calle Bolívar, tocaban a la puerta dos oficiales de la Policía. A cada familia le notificaron que debían acompañarlos al cuartel para hacerles unas preguntas de rutina. —¿De rutina? —preguntó Omar, el padre de Adrián.

No hay nada menos rutinario que unos policías toquen tu puerta a medianoche. Una vez más, los cuatro amigos fueron interrogados por separado para corroborar sus versiones. Había dos diferencias importantes entre el primer interrogatorio de sus vidas y este: esta vez eran inocentes, pero el cargo del que eran sospechosos, sí los llevaría a la cárcel.

—¿De dónde conoces a Gregorio Nieves?

—En realidad, no se puede decir que lo conozca...

—¿Cuánto tiempo les tomó planear el robo?

—Nosotros no planeamos nada...

—¿Cuánto dinero les ofrecieron a cambio?

—No sé de qué dinero está hablando.

—¿Dónde escondieron el lienzo? ¿Sabes dónde se encuentra la pintura ahora mismo?

—No tengo idea de dónde pueda estar.

—Tenemos pruebas de que ustedes fueron cómplices directos de Gregorio.

—¿Pruebas? ¿Qué clase de pruebas?

—Si me cuentas lo que pasó y testificas contra tus compañeros, te puedo reducir la condena.

—No tengo nada que contar y, menos, en contra de mis amigos.

Separaron a los amigos en cuatro cuartuchos, feos e intimidan-tes, con unas sillas de metal heladas, que los ponían a temblar, aun-que fueran inocentes. Una bombilla colgante y opaca, en el centro, unas losas amarillentas, hasta mitad de pared, y una mesa plateada, con marcas de golpes en la superficie: ahí los interrogaban uno a uno. Luna había entrado con su madre, al igual que Alberto; y Camila en-tró con su padre, mientras que Adrián prefirió entrar con su abue-la. Por lo menos, al ser menores, tenían derecho a que un familiar los acompañara.

—Ustedes, los adultos, no pueden interrumpir ni añadir nada. Su silla está allá, al fondo. En la mesa solo los quiero a ellos. Les hago valer sus derechos porque no me queda de otra, pero no me hagan arrepentirme, porque conozco formas de quedarme con ellos a so-las... —había dicho, amenazante, un oficial al empezar cada interro-gatorio.

Luego de un poco de presión las respuestas fueron cambiando.

—Te dejaré algo muy claro: esto no es uno de tus jueguitos de grafitero en la escuela. Hablamos de varios delitos en contra del patrimonio histórico. De esta no te salva nadie e irás a la cárcel.

—Pero, oficial, ¿para qué querría yo robar esa pintura si antes de hoy no sabía que existía?

—¿Y piensas que debo creerte? —El policía fingió una risa burlona, que le salió un poco exagerada. —Hasta yo conocía el cuadro El Velorio. ¡Como está la educación en este país! —El oficial apretó un poco el interrogatorio porque, aunque tuvieran algunas pruebas, entre ellas, que Gregorio los había identificado como cómplices, estas no eran concluyentes, y el noventa por ciento de las veces una confesión es necesaria para cerrar un caso. Al culto policía, que había buscado en su celular qué era El Velorio y quién lo había pintado, antes de entrar a la sala de interrogatorios, porque tampoco tenía idea, se le estaba agotando la paciencia. —Que sabemos que son ustedes, coño, hablen de una vez o...

Se abrió la puerta antes de que terminara la frase y un halo de extrañeza aristocrática acompañó al hombre que acababa de entrar. Parecía salido de un libro de Sir Arthur Conan Doyle. Era alto, como una vara, llevaba puesta una gabardina a cuadros, un sombrero fino, una graciosa pajarita al cuello y unos guantes que no se quitó para saludar al sospechoso, luego de presentarse como N.H. Alberto no pudo evitar el asombro ante semejante personaje, pero lo más extraño que le resultó fueron los guantes, y N.H. lo notó.

—¿Estos? —preguntó, despreocupado, cuando colocó sus guantes cuidadosamente sobre la mesa. —Verás, soy curador de arte y hay piezas tan antiguas que solo se les puede tocar con el roce de una pluma. —Movió sus manos, de dedos largos y huesudos, en el aire, como si fuera un mago. −Ocasionalmente, colaboro con el FBI y soy miembro de la Fundación Internacional de Investigación Artística. Además, ayudé a crear el Registro de Obras de Arte Perdidas. −Se notaba que quería impresionar con tanto título y referencia. −Gracias oficial Sánchez, de aquí en adelante, sigo yo.

Alberto no lograba descifrar la procedencia de su acento, pero este hombre le asustaba más que el simplón policía de antes.

−A ver, Alberto, tú me pareces diferente a tus amigos. Tienes una mirada sagaz y eso me demuestra que eres un hombre. Más que un buen apretón de manos, un hombre debe saber mirar a su contrincante.

−¿A qué viene todo esto? −A Alberto le gustaba pasar el trago amargo de un trancazo y que viniera el resto, pero ese acento meloso, esa parsimonia en sus palabras y ese refinamiento exagerado eran propios de un sádico, quien mece a su presa y, luego, le lanza el zarpazo.

−Veo que eres de los que les gusta ir al grano. Respeto eso, pero aquí las reglas las pongo yo. Vamos a ver si te vas enterando un poco de cómo son las cosas, niñato. En 1972, se robaron, de la iglesia San José del Viejo San Juan, la pintura La Virgen de Belén −un óleo de comienzos del siglo dieciséis, que se cree que es una obra de un pintor flamenco llamado Rogier van der Weyden− y, hasta el sol de hoy, no ha sido encontrada. ¿Sabes algo de ese caso?

−¿Cómo voy a saberlo si yo ni había nacido?

N. H. continuó, sin importarle la respuesta de Alberto. Había sido, más bien, una pregunta retórica:

—Más recientemente, en los ochenta, se robaron varias obras de Campeche, Oller y otros contemporáneos, como Rodón y Tufiño, de la colección del Ateneo Puertorriqueño. Parece que los ladrones se toparon con la encrucijada de a quién le podrían vender unas obras de arte como esas, y terminamos encontrándolas dos meses después, abandonadas en el techo de una parada de guaguas de Santurce. En el 2009, la víctima fue un historiador de apellido Delgado, a quien le hurtaron, de su colección privada, diecisiete pinturas al óleo y 133 cartas escritas por el mismo Eugenio María de Hostos, entre otras piezas de arte, valoradas en casi un millón de dólares. Pero espera, hay más... En el 2010, desaparecieron, de la Galería Nacional del Instituto de Cultura, tres obras importantísimas de Campeche, entre ellas, la pintura conocida como Virgen de la Leche, que data de 1806.

—Y todo eso, ¿qué tiene que ver conmigo?

—Que en este país hay una larga historia de robo de obras de arte, pero ¡robarse El Velorio! Eso sí que es ambicioso, muchacho. No creo que Gregorio sea el cabecilla, y ustedes, a lo sumo —hizo una pausa para demostrar su desprecio con un ademán de la mano— son conspiradores de cuarta. Por eso, sé que se me escapa una pieza. Gregorio, claro, es la conexión interna: conoce bien los horarios del museo, cómo alterar las cámaras, dónde se encuentran los almacenes que usan para guardar las obras que deben restaurarse y, lo más conveniente, aunque patéticamente incriminatorio, él es el encargado de seguridad. ¿Pero por qué querría robar esta pintura si todo lo apuntaría como principal sospechoso? Tiene que haber un mecenas, un millonario poderoso que encarara el robo. —Alberto escuchaba, pero no entendía la mayoría de las palabras que N.H. le decía. Todo esto parecía una conspiración de altas esferas y ellos solo eran unos muchachos de barrio, que habían hecho una excursión el día menos indicado. —Para esto del robo de obras maestras, hay que tener conexiones en el mercado negro; un barco para sacar la pintura por mar; un comprador ya apalabrado; contactos y dinero para sobornar a las aduanas; y, ustedes, no tienen pinta ni de haber cogido la lancha de Cataño. Así que me vas a decir ya quién es la mente detrás de todo esto. ¿O es que quieres hacerle compañía a tu padre? Eso puede arreglarse fácilmente. –Dejó esa provocación en el aire y comenzó a sacar unos instrumentos de aspecto quirúrgico de un maletín: pinzas eléctricas, unas prensas y unos alicates. Sánchez había sacado a la madre del chico del interrogatorio con la excusa de que firmara unos documentos.

A Alberto le dio un poco de gracia el comentario de la lancha de Cataño. N.H. se equivocaba. Sí se había montado en la lancha, pero tenía razón en otra cosa: nunca había salido de Puerto Rico.

–Ni se te ocurra volver a mencionar a mi padre. Y yo...yo...tengo mis derechos –se atrevió a decir, con un hilo de voz, sin apartar la vista de las extrañas herramientas sobre la mesa. Alberto no podía parar de mover la pierna mientras ese hombre sacaba instrumentos con parsimonia. Trataba de disimularlo, pero era imposible, temblaba como una maraca. Además, le habían traído un vaso de agua, que terminó de un tirón, y, sin darse cuenta, comenzó a enrollarlo y desenrollarlo hasta que no quedó nada del vaso.

N.H. no podía torturarlo, aunque le hubiera gustado. La tortura no era de su agrado. Se consideraba un ser demasiado refinado para tales barbaries. No obstante, le gustaba jugar a ser un verdugo y amedrentar un poco a sus sujetos. Siempre surtía efecto. Que le tocaran la fibra de su padre era un golpe bajo para Alberto, y supo que ese tal N.H. sabía todo sobre él. Era hora de hablar. No quería imaginar para qué N.H. usaría todo lo que estaba sacando del bulto, pero si lo que quería era asustarlo, lo estaba logrando. Comenzó a decir la verdad porque, como en todo buen interrogatorio, el entrevistador ya la sabía.

—Nos obligaron. Ese tal Gregorio nos obligó. Nosotros solo fuimos a una excursión y no sé qué pasó...todo se salió de control...—Alberto sospechaba que el profesor tenía algo que ver con el robo. No lo mencionó porque, en el fondo, la traición le dolía más que cualquier otra cosa, y si Rodríguez estaba implicado, de seguro, N.H. ya lo sabía. Pero, al final, como le había enseñado su padre, en el barrio había un código de honor, y él no era un chota.

La siguiente escena que les mostraba el libro de las firmas era de Gregorio, montado en una patrulla, mientras los canales locales capturaban el momento en vivo, con una música sensacionalista de fondo, bajo un cintillo en letras rojas que decía: "Noticia de última hora".

Luna cerró el libro de un manotazo. No tenía fuerzas para seguir viendo el interrogatorio. No podía y no quería. Su mente estaba a punto de estallar. ¿Qué habían hecho para merecer esto? Si tan solo no hubieran ido esa noche a la cancha.... Eran muchos reproches para un tiempo pasado que no podían cambiar. En ambas dimensiones, tanto sus impostores como ellos, se enfrentaban a un futuro sin libertad si no lograban pasar las pruebas restantes.

—Entonces, ¿qué solución tenemos? —Por la simple ley del descarte, Luna sabía que Alberto o ella serían los próximos. La trastada de implicarlos en un robo le parecía a Luna injusto para Gregorio; incluso, para un ser tan trastornado como lo parecía ser Oller. Ella quiso creer que ya nada le sorprendería en esa noche tan surreal, pero su instinto le gritaba que todavía faltaba más, mucho más.

—La única solución es que todos resuelvan su clave dentro de El Velorio. Si lo logran, la pintura será devuelta al museo y no nos acusarán de nada. Además, habrán creado un puente entre lo real y lo imaginario.

—¿Y tú? ¿Qué sacas tú de esto?

—Si supieran que cada vez estoy más convencido de que yo no saco nada...

—¿Y si fallamos? —Alberto quería tener todas las respuestas. La vida le había enseñado que, sin importar su esfuerzo o lo inocente que fuera, las cosas podían, de todas maneras, llegar a salir mal, muy mal.

—Si fallan, no saldrán de la pintura. Esas son las reglas. Yo no las puse. Aunque no los consuele, les doy mi palabra de que, en esta dimensión, me echaré la culpa del robo y así, al menos, sus familias no sufrirán al verlos en una correccional. Acabaré con esto de una vez y por todas. —Gregorio había llegado a la conclusión de que prefería estar preso a seguir jugando a ser un dios.

—Pero esos no somos nosotros, Gregorio. Son unos impostores. Nosotros somos nosotros y ellos no son nosotros, aunque parezca que son nosotros... ——Luna se estaba enredando demasiado en las palabras y su frustración, sumada a la dura realidad de lo que estaban viviendo, la hizo estallar en llanto. En ese momento, dudó de su identidad. Si nadie sabía que, en efecto, no estaban, entonces, ¿quiénes eran los reales? ¿Ellos o los otros?

—¿Y si unos lo logran y otros no? —Camila no quería sonar egoísta, pero ella ya había resuelto su clave dentro del cuadro y había regresado victoriosa.

——–Ustedes son un equipo. Fueron elegidos justo por eso. De manera que, si falla uno, se quedan los cuatro. –Una bruma de recelo le nubló el pensamiento a Camila. —¿Por qué tenemos que quedarnos todos si yo ya pasé mi prueba? ——–Se arrepintió tan pronto las palabras salieron de su boca. Ahora sentía que cada prueba de sus amigos era un regreso al túnel.

En cambio, a Adrián esa respuesta de Gregorio lo alivió. Confiaba en que Luna y Alberto lo lograrían. Pero si no lo hacían, le consolaba pensar que se quedarían juntos, aunque fuera en la dimensión de lo imaginario, aunque tuvieran que celebrar la muerte cada día. A fin de cuentas, si no se está con los que se ama, es lo mismo que estar muerto.

Capítulo 9

LUNA

—Tranquilo, hermano, sé cómo te sientes. Ella va a regresar.

—¿De qué tú hablas? ¿Quién va a…? —De momento, Adrián no entendió el gesto de apoyo de Alberto. No lo entendió porque no se había dado cuenta de que le faltaba la mitad.

Camila fue la primera en notar la repentina desaparición de Luna. Le dolía saber a lo que se iba a enfrentar su mejor amiga, sola, en una dimensión creada para hacerles temblar de miedo. Pero lo que más le afectaba era lo que había salido de su boca, justo antes de que Luna desapareciera. El reproche egoísta, propio de su naturaleza humana, de pensar en su bienestar y no en el del grupo. "Yo sí pasé mi prueba", había dicho, y su amiga se fue antes de que ella pudiera disculparse. Adrián se quedó catatónico. Sus recuerdos volaron a la tarde en que supo que amaba a Luna.

Era la hora de la transición de un salón a otro. Como colmenas, los pasillos estaban repletos de estudiantes que, en diez minutos, tienen que contarse con urgencia cualquier cosa que les hubiera venido a la mente durante la clase que acababan de tomar. Adrián vio a Luna acercarse desde el otro extremo del pasillo. Su mente peliculera la imaginó caminando hacia él en cámara lenta, con ese aire desenfadado, con la seguridad tan suya de saber que siendo fiel a sí misma era perfecta. Donde antes había decenas de estudiantes, para él no había nadie más. Se reconoció, viéndose desde afuera, con ese brillo cristalino en la mirada, esa sonrisa tonta, esa postura rígida, la sensación de azúcar disuelta dentro del cuerpo y la dicha de saber que la que venía de frente le correspondía. Un paso tras otro, ella se acercaba tan delicada y etérea como un capullo de flor. La esperaba, con una mueca tímida, que intentaba ser una sonrisa y, luego, se transformó en una expresión de incredulidad. Porque pese a su aspecto tierno, él sabía que ella no era un retoño, ella era el rosal completo. Espinosa y hermosa llegó hasta él, lo miró unos segundos para comprobar que lo que había leído en sus ojos era cierto, y le dio un beso en la boca frente a todo el mundo. −¡Ya era hora! Me estaba cansando de esperar a que te dieras cuenta −dijo ella, antes de seguir su ruta hacia el salón de ciencias. Ahí se quedó él, con cara de pasmado, hecho un lío; siempre segundón, cuando competía con su novia en temas relacionados a las pasiones y los sentimientos.

Adrián confiaba en que Luna volvería y, si no lo lograba, también sabía que se quedarían juntos en *El Velorio* y, más que darle miedo, esa certeza imprecisa le traía la plenitud de una paz profunda. Como siempre, el amor era la más grande de las resistencias. Solo luego de rememorar ese momento, Adrián pudo reaccionar. −Lo sé hermano, ella va a regresar −repitió las palabras de Alberto y ambos amigos se abrazaron.

−¿Quiénes son los reales? ¿Ellos o nosotros? −Luna no había parado de hacerse esa pregunta, cuando la tomó por sorpresa la transición hacia la dimensión de lo imaginario.

En medio de la más aturdidora penumbra, Luna caía en un vacío abismal que parecía no tener fin. Como si se hubiera resbalado dentro de un profundo pozo, veía cómo la luz de la superficie se alejaba más y, con ese reflejo luminoso, también se alejaba su esperanza de salir de ahí. Cayó tan profundo, que creía que llegaría a las entrañas de la tierra.

−¡No quiero morir! ¡No quiero morir así! −Durante la caída, no tenía control para protegerse la cabeza ni la espalda durante el aterrizaje. Ante ese terror, caía gritando, mientras luchaba como gato bocarriba.

En ese momento, finalmente, entendió a qué se refería ese refrán.

El arribo, sin embargo, fue menos brusco de lo que esperaba, casi placentero, pues aterrizó en un mullido montículo de tierra, hojas y pasto verde. Cuando se puso de pie, notó que nunca había estado en ese lugar. No era el clima tropical de su isla. Una inmensa explanada de hierba, a ras del suelo, se extendía hasta el horizonte. Uno que otro pino, con sus copas piramidales, adornaban y perfumaban el paisaje, que lucía como una postal de invierno. Caía la tarde, el cielo daba un espectáculo de luces anaranjadas, rojas y amarillas, que simulaban un estado de perfecta armonía. Luna apreció el paisaje con recelo, un lugar tan hermoso era el escenario favorable para que ocurriera una tragedia, de las que te pillan con la guardia baja en las películas.

El roce de una suave tela, entallada en su cintura, la sorprendió y se palpó el cuerpo para comprobar que llevaba puesto un traje fastuoso. El escote, corte corazón, que estaba adornado con fino encaje de Bruselas –bordado sobre el cuerpo del vestido– confeccionado en charmeuse de seda blanca, apretaba tanto su busto como un corsé y hacía que sobresaliera su pecho incipiente. Unas pequeñas mangas, con pedrería y toques azul turquesa, le colgaban por el lado de los hombros, cuya única función era adornar, aún más, la delicadeza de semejante confección de alta costura. Como si no fuera suficiente, la seda que abrazaba su cuerpo era de un talle tan perfecto, que parecía hecho a su medida. La falda había sido cosida con tul labrado para darle movimiento a los volantes asimétricos, que llegaban hasta el piso. Luna observó los detalles del traje. Pese a que no lo podía apreciar con exactitud, sentía que era una belleza de vestido. No sabía si iba o venía de una fiesta; y tampoco entendía qué significaba todo ese esplendor en medio de un terreno tan inmensamente vacío.

En la lejanía, a unos cuantos kilómetros de distancia, había un muro de piedra cubierto de musgo, raíces y plantas trepadoras. Pensó en dirigirse hacia allí, cuando escuchó unos pasos a su espalda. El crujir de las hojas pisadas, la brisa helada, que le despeinó el cabello, y el ambiente denso, presagiaban que alguien más compartía el espacio. Se volteó súbitamente. No vio a nadie. Sintió cómo el vello de la nuca se le erizaba. Volvió a mirar en todas direcciones. Estaba sola o eso creyó ella. Desde lo alto de un árbol, que quedaba a su espalda, cayó una silueta femenina vestida con una capa negra, que le cubría el rostro. Su imagen era surreal. La figura se incorporó, de inmediato, con movimientos espasmódicos. Luna caviló si debía acercarse, cuando la voz gutural de la intrusa, le dio una orden. Si era lista, no debía desobedecer.

—¡Yo que tú empiezo a correr ya! —Una fiereza primitiva se apoderaba de la mujer encapuchada. Como un felino acechando a su presa, comenzó a acercarse a Luna, apoyándose en sus cuatro largas extremidades.

—¡Perfecto! Ahora me toca correr con este estúpido traje puesto. El vestido pasó, rápidamente, de ser una joya a una cosa totalmente ridícula y poco práctica para huir. Se subió las mangas y las convirtió en tirantes comunes y corrientes para poder utilizar sus brazos. Se emborujó los tules para evitar caerse y echó a correr por su vida como si fuera una novia a la fuga.

En su huida, Luna comenzó a hacer movimientos en zigzag por entre los pocos árboles que encontraba para tratar de perder a la fiera que la seguía. Pero nada parecía impedirle poder mantener su velocidad constante. Nunca en su vida había hecho ejercicios y se le agotaba la resistencia. Un dolor intenso en el costado le daba punzadas cada vez que trataba de acelerar el paso. Al tropezar con una rama, se percató de que estaba descalza y los pies le sangraban. El ruedo del hermoso traje estaba destruido y pedazos de tul se desgarraban al engancharse de ramas dispersas.

La pared de piedra, que antes se veía tan distante, quedaba cada vez más cerca. No sabía cómo iba a traspasar ese obstáculo para librarse de su atacante. No había parado de correr, estaba en modo de supervivencia y las ganas de vivir eran suficiente combustible para seguir hacia cualquier dirección que la colocara lejos de su oponente. De repente, mientras corría, notó que algo pesado y frío le chocaba el pecho. Soltó la mitad de su inútil falda de volantes y, con la mano libre, se tocó y comprobó que llevaba puesto un colgante con una llave. Sin parar de correr, la descolgó de su cuello y la examinó. Notó que era grande, elaborada, de color bronce y de aspecto muy antiguo.

—Esto es para abrir, ¿qué? Si aquí no veo ninguna estructura. ¡Ni siquiera hay una puerta! —Cuando se volteó, tenía la pared de piedra tan cerca y venía con tanto impulso que, por poco, se da de bruces contra la tapia. Frenó con ambos brazos extendidos, hiriéndose las muñecas.

Tanteó la pared desesperadamente por entre las enredaderas para encontrar una fisura, una piedra suelta, un hueco por donde colarse. Sabía que, a estas alturas, la misteriosa encapuchada ya la habría alcanzado y sintió un escalofrío, que le recorrió todo el cuerpo. Al voltearse no la vio. Su desaparición fue tan repentina como su primer acercamiento. Miró hacia arriba y tampoco pudo divisarla entre las ramas. Si la encapuchada quería jugar al gato y al ratón con ella, era una tortura que no creía capaz de superar. Desde niña le daba mucha ansiedad eso de esconderse para que la encontraran; incluso, jugando a las escondidas con su hermana mayor, siempre hacía algún ruido a propósito para revelar su escondite y acabar con el juego. —Yo nunca podría ser fugitiva –siempre le decía a su hermana, Celeste, cuando ella la encontraba al minuto de haber terminado de contar.

Concentró todas sus energías en atravesar la pared de piedra para llegar a lo que estuviera al otro lado y escapar. Pensó que quizá podía darse la vuelta y dirigir su huida hacia la dirección contraria. Pero, al menos, aquí tenía una pared, algo tangible que traspasar. A su espalda solo había un montón de nada. El muro no era tan alto. Luna calculó unos diez pies, pero era imposible de trepar porque las piedras estaban perfectamente alineadas y no dejaban protuberancias o fisuras a la vista por donde agarrarse para escalar. Lo único que le quedaba por hacer era seguir tanteando la pared para encontrar una forma de pasar.

Luna no sabía cuánto tiempo llevaba buscando, pero le dolían los pies y las manos. Tenía los hombros arañados por las ramas y ya estaba oscureciendo. Estaba a punto de darse por vencida, cuando finalmente su mano tocó lo improbable, madera. Arrancó las ramas que la cubrían. Arañó el musgo verde que había crecido por toda la superficie y, para su sorpresa, encontró una puerta. Trató de empujarla. No abrió. Entonces, recordó que, en el cuello, tenía una llave. –Por favor, Dios mío, que la abra, que la abra, que la abra –rogaba, mientras introducía la llave de hierro en la cerradura de la puerta. La llave entró perfectamente y giró dentro de la cerradura, que parecía no haberse abierto en años. Pero la puerta estaba atascada. La madera se había dilatado por la humedad del tiempo, las raíces reclamaron el espacio y la mantenían pegada a la pared de piedra. Luna la golpeó repetidamente con su espalda, utilizando todas sus fuerzas, hasta que, por fin, cedió.

Sus ojos tardaron en acostumbrarse a la luz que había del otro lado de la pared de piedra. Luego de varios parpadeos, pudo ver un precioso jardín secreto. Cuando intentó cerrar la puerta a su espalda, sintió un aliento caliente en su cuello. Tan cerca que casi le rozaba, la fiera encapuchada la esperaba con una sonrisa amplia y aterradora. Tomó a Luna por los hombros y la acercó a su rostro demoniaco. Estaba tan pegada a la fiera que no podía identificar con claridad sus facciones. Tan cerca, rozando sus narices, una sonriendo y la otra con cara de terror, tan unidas que sus ojos estaban a un centímetro de distancia. Lo que Luna vio a través de la pupila de ese engendro la aterrorizó tanto, que se desmayó.

Al recuperar la conciencia, se encontró en el suelo de una casa de espejos en forma de castillo[8]. Aún desorientada, descubrió una ventana por la que pudo entrever un paisaje que le resultó familiar. No podía creer lo que observaba. ¡Estaba en Praga! Muchas veces había soñado con visitar esa idílica ciudad, que vio nacer a uno de sus escritores favoritos[9]. Este dato, al igual que el reconocimiento de sí misma, se le seguían escapando a Luna. Se puso de pie, en medio de ese laberinto engañoso y mordaz, lleno de arcos apuntados y columnas hexagonales color caoba, que creaban la sensación de estar ante un pasillo infinito por el efecto de las decenas de espejos colocados en ángulos de sesenta grados. Su reflejo, reproducido en cada espejo, creaba un caleidoscopio de sí misma y una visión tridimensional de un aspecto irreconocible para ella. El vestido tenía las mangas rotas y los tules de la falda desgarrados. Tenía los pies llenos de tierra, los brazos arañados y sangrantes, el cabello despeinado, lleno de hojas y nudos: era la viva imagen de la imperfección. Aun así, lucía como una diosa de la feminidad salvaje, un binomio de sus dos personalidades opuestas.

---

8. Laberinto de Espejos, construido en 1891, en Petřín, Praga.
9. Praga es el lugar de nacimiento del escritor Franz Kafka (1883-1924).

Se acercó al espejo que le quedaba de frente y tocó su rostro. La pregunta—: ¿Quién soy? —no era, esta vez, una simple reflexión existencialista; era una pregunta básica de quien se despierta un día como un libro en blanco, sin saber de dónde viene, sin recuerdos que le pertenezcan, sin pasado y sin apellidos. Primero, se sintió aturdida; luego, asombrada por la arquitectura a su alrededor. Finalmente, se sintió conmovida por su aspecto. Esa cadena de emociones fue creciendo hasta que la desesperación triunfó y la angustia salió a borbotones hasta derramarse por el piso. Luna no tenía idea de quién era.

Desde que aprendió a escribir, se había propuesto conocerse a sí misma. Nunca soltaba la libreta de poemas y pensamientos que cargaba a todos lados. En el recreo, ella no era la típica niña que jugaba hasta que sonara el timbre. Buscaba una sombra, bajo su árbol preferido del patio de la escuela, y escribía sobre lo que veía. Lejos de sentirse sola, se sentía especial; incluso, hasta un poco superior porque, mientras otros niños perdían su tiempo al inventar juegos imaginarios, ella ya planeaba su vida.

—Mami, ¿por qué mi papá se fue? —le preguntó Luna a su madre a los siete años.

Aurora preparaba el desayuno ese martes, cuando su hija menor lanzó esa bomba de pregunta para la que no estaba preparada. La cuchara, con la que movía el azúcar del café, se quedó dando vueltas dentro de la taza...

—Ma, ¿me escuchaste?

—Tu padre se fue porque siempre fue un cobarde.

—¿Un cobarde? O sea, ¿que no es valiente?

—Algo así, hija...

—¿Y a qué papá le tenía miedo?

—A las mujeres que tienen carácter.

Esa conversación marcó la concepción de Luna sobre su identidad. Mientras crecía, no dejaba de preguntarse qué era eso llamado carácter y por qué era tan malo como para ser capaz de hacer que un padre y esposo se fuera y no apareciera nunca más.

Su personalidad obsesiva la llevaba a hacer listas y apuntes para planear y controlarlo todo. Luna pensaba que era muy madura, que estaba un paso adelante de los demás, aunque para su madre era triste y frustrante verla siempre afanada escribiendo en su libreta. Aurora entendía que la afición por planear y trazar la vida lo que demostraba era lo contrario a la madurez. Sufría al pensar que su hija era una pobre ingenua.

El mapa de su proyecto de vida tenía ya unos cuantos tomos, repartidos en muchísimas libretas, que fue llenando con el pasar de los años. Luna estaba orgullosa de esa catedral reflexiva y previsora que había construido y que fue perfeccionando, añadiendo más metas, más soluciones a posibles problemas, más triunfos futuros. Lo que se le escapaba a su exhaustivo análisis era que tanta obsesión por controlar lo que pasaría habían convertido su vida en un simulacro y que cada una de las libretas llenas de planes, no eran más que una versión moderna del infantil juego del MASH. Ese que te predecía el futuro al escoger un número que dictaba con quién te casarías, qué casa tendrías, cuántos hijos y hasta qué carro conducirías. Como el azar no era el mejor amigo de Luna, ella jugaba al MASH las veces que fueran necesarias hasta que le saliera que se casaría con Adrián, sin importar que los otros resultados fueran que viviría en una choza, tendría siete hijos y, al menos, conduciría un Ferrari, en donde no podría montar ni la mitad de su extensa prole.

Lo que ni su madre ni sus amigos ni siquiera su novio sabían era que Luna tenía un secreto con el que justificaba su obsesión por planearlo todo; le tenía miedo a dejar salir su carácter. Si trazaba un mapa de ruta, una especie de guion a seguir al pie de la letra, le sería mucho más difícil perder el control. Más que conocerse a sí misma, ella había concentrado todas sus energías en controlar sus impulsos y ese lado oscuro que sabía que tenía.

De vuelta al laberinto de espejos, Luna seguía siendo una persona sin identidad. Si llegaba a morir intentando escapar, sería otra Jane Doe de la historia. Comenzó a buscar la salida desesperadamente y se dio varios golpes en el cuerpo. Donde estaba segura de que había un nuevo camino, se encontraba con la ironía de otro espejo que le devolvía su reflejo aturdido. Decidió ir con más cautela y utilizar sus brazos extendidos como palancas previsoras para protegerse de más golpes. Esa técnica funcionaba. Había dado unos cuantos pasos en lo que parecía ser la dirección correcta, encontrando nuevos pasillos acanalados y confusos que la acercaban a la salida, cuando se dio cuenta de que no estaba sola. Parada junto a ella, o quizá, en otro pasillo —era difícil saber dónde se encontraba con exactitud por los muchos espejos— estaba la mujer encapuchada.

—¡Ahora sí que voy a morir! —No solo la perseguía una silueta encapuchada y violenta, sino que lo hacía dentro de un laberinto de espejos.

El corazón comenzó a latirle tan fuerte, que lo sentía como un tambor contra su pecho; le sudaban las manos y las piernas le flaqueaban. Lloraba de rabia, de terror, de impotencia. Siguió buscando una salida sin saber si la silueta estaba frente a ella, a sus espaldas o esperándola en la próxima cornisa. Por momentos, sentía que avanzaba; en otros, que retrocedía. No volvió a usar sus manos porque estaba huyendo de nuevo. Se golpeó la cabeza, la frente, los hombros. Cuando estaba convencida de que de frente estaba la salida, se daba más duro contra el cristal. Una de las veces llegó a astillar el vidrio con su impulso.

Desesperada, exhausta y herida, Luna hizo lo que debió haber hecho desde el principio. Se paró en seco y esperó a que la encapuchada la alcanzara. La fiera no tardó en llegar frente a ella. Cuando, finalmente, la tenía de frente y muy cerca, utilizó todo el coraje que le quedaba y le quitó la capucha.

—¡No! —El asombro fue tal que estuvo a punto de volver a desmayarse. Esta vez, las lágrimas que le brotaban eran una especie de éxtasis, una epifanía. Se fundió en un abrazo con quien había sido su némesis. No paraba de repetir—: Te acepto, te acepto, te acepto. Muy juntas aún, con sus cuerpos pegados de frente, fundidas en un abrazo —una vestida de blanco y la otra de negro— en perfecto equilibrio, Luna separó un poco la cabeza y el reflejo develó quién era la fiera.

Era ella misma. Siempre había sido ella: su lado oscuro, imperfecto, rebelde, indomable; la parte de su ser que había querido dominar porque les tenía miedo a sus propios impulsos. Entonces, entendió la razón del traje. Se había preparado para la más importante de las fiestas, la que la celebraba a ella misma. En ese instante, decidió que, si lograba salir y regresar a su vida de antes, lo primero que haría sería quemar sus libretas. Podía comenzar a improvisar un poco, para variar, aunque comprendió con nostalgia que el haber querido ocultar su carácter, irónicamente, había forjado su identidad. Su naturaleza provisoria, perfeccionista, constante, terca, motivada, ambiciosa, rabiosa, decidida, apasionada, también era su poder.

Los espejos multiplicaron la imagen de una joven abrazando su carácter, unidas, siendo una sola, aceptándose por primera vez; tomadas de la mano encontraron la salida del laberinto. Antes de abandonar el castillo en Praga, Luna dijo en voz alta: "¡Sé quién soy!".

IX

Dentro de *El Velorio* las cosas eran muy distintas. Una reunión parecía desarrollarse a toda prisa, antes de que Luna apareciera en la pintura.

—Hay cuatro de los nuestros afuera y debemos asegurarnos de que permanezcan allí. Se nos acaban las oportunidades. ¿Me hago entender? —le dijo al oído José, el hombre bigotudo que estaba en la extrema derecha de la pintura, a Pedro que era el viejo de pantalón crema arremangado y de porte erguido.

—Esto se puede resolver bien fácil —gritó uno de los personajes, que se encontraba de espaldas, muy cerca del bigotudo y comenzó a bajar el machete colgado en la pared.

—Tranquilo, Pepe, no hace falta. —El sacerdote intentaba evitar el uso de la fuerza bruta, aunque también ansiaba su turno fuera del cuadro. —Si ellos se quedan en el exterior, habrá mejores posibilidades cuando nos toque a los demás.

—Esta sería la primera vez que podríamos salir cuatro de nosotros. Estamos cerca. Los elegidos siempre lo han logrado, es hora de cambiar un poco el juego —fue el comentario de Chuito, el joven que traía el cerdo en la vara y que no paraba de mirar al sacerdote de forma curiosa. No se había dado cuenta de que la posición vertical de la vara, colocada frente a la viga horizontal del techo de la casa, formaban una cruz.

El sacerdote tenía hambre, como todos en esa época, pero no podía dejar de pensar que lo que veía era un sacrilegio.

—¿Y qué pasará con Oller? —Todos enmudecieron; incluso, los acordes del tiple, que parecía que siempre estaban afinando, cesaron de golpe.

Mencionar a Oller era mencionar a su creador, al dios que les había dado vida, insuflando su aliento de artista. Estaba claro que el único aliado que Oller tenía dentro del cuadro era el Negro Pablo.

—Me parece que él ya ha hecho bastante. A mi padre, déjenmelo a mí —añadió con desdén, Georgina, la mujer mejor vestida de El Velorio, que se distinguía por sus zapatos rojos, en contraste con tantos pies descalzos.

Esta era una historia milenaria, el relato del principio de los tiempos, que se repetía y que, pese a su cultura general y conocimiento de la religión, Oller no pudo prever a tiempo. Su propia creación, el fruto de su amor, se revelaba contra él. Su hija, la criatura más deslumbrante del cuadro, encabezaba el ejército de ángeles caídos hacia el reino de su propio infierno.

Luna apareció sentada en la silla de madera negra, que estaba en primer plano en la pintura, pero se paró de inmediato. Sentía que esa silla le correspondía al pintor. Cuando comenzó a caminar por El Velorio y a mezclarse con la gente, lo primero que notó fue la pobreza. Fijó su vista en los pies desnudos de la mayoría, en los cuerpos desnutridos, la escasez de muebles y sillas para los presentes y el aspecto harapiento del único ser que miraba al niño en la mesa. A duras penas, había una silla a la vista y un dujo taíno pegado al suelo, como si fuera la única posesión real de la casa, además de la mesa que servía como féretro para el niño. Parecía que todos los invitados habían venido con sus propios bancos de madera.

–¿No había funerarias en este tiempo? –se preguntó Luna.

A pesar de la evidente pobreza, se notaba un esfuerzo especial por embellecer al niño fallecido. El mantel blanquísimo y la pequeña almohada, que tenía bajo su cuerpo inerte, se veían de buena calidad. Las flores estaban colocadas alrededor de su cuerpo y sobre su pequeña cabeza, con delicadeza, y llevaba puestos zapatos de tela.

–¿Por qué ponerle zapatos si, probablemente, en vida había corrido descalzo por este campo jalda arriba? Luna sentía que no pertenecía y, a la misma vez, que todo lo que veía era muy suyo, como un llamado ancestral. Notó cómo los integrantes, a pesar de que tocaban sus instrumentos y reían, la miraban de reojo. Ignorando las pupilas fijas en ella, como agujas, se dobló a recoger unas flores, de las que estaban en el piso dentro de la higüera, y las colocó en el altar del niño. Tuvo intenciones de tocarlo, pero no se atrevió; nunca había visto un muerto y, menos, uno tan joven.

—¿Quién será la madre de este niño? Si fuera hijo mío, yo me hubiera muerto con él. –Luna no entendía por qué, de repente, pensaba en hijos propios, o por qué había dicho un pensamiento tan oscuro, pero recordó cuando le preguntaba a Aurora–: Mamá, ¿cuánto tú me quieres? –Porque le encantaba escuchar siempre la misma respuesta.

–Te amo más que a mi vida, porque tú eres parte de mí –y, si era cierto eso que le repetía su mamá, no se podía imaginar el dolor que debía sentir la madre de ese pequeño.

El Negro Pablo parecía entender su angustia y la saludó con una inclinación de cabeza. Luna le devolvió el saludo y dejó el brazo en el aire, a mitad de camino entre tocarle las pequeñas manitas entrelazadas al niño o no, cuando escuchó que el coro comenzaba a cantar:

La madre le daba teses de curía,

a ver si su hijo no se le moría...

Parecían cantar la trágica historia del niño en la mesa, que podría haber muerto por una enfermedad. Había demasiada gente, ruidos, objetos, y era obvio que no era bienvenida. Nadie suele ir a bodas, cumpleaños o velorios sin invitación y, ahí estaba ella, vestida de otra época, aunque puertorriqueña igual, en busca de una pista en un lugar en donde no había sido invitada. Luna sabía que tenía que actuar rápido o se quedaría encerrada en esa extraña fiesta para siempre, así que puso su mente a trabajar.

–La pista puede ser que la madre del niño no esté desgarrada en llanto –Rápidamente, se arrepintió de cometer un error tan básico. Gregorio había sido claro en eso–: Nadie puede llorar en un baquiné, aunque no era la primera que había pensado que eso era lo más raro de El Velorio.

De pronto, Georgina la tomó por el hombro. Fue escalofriante no sentir el peso de la fuerza de su mano. Este era el primer contacto físico de los personajes de la pintura con uno de los elegidos.

—¿Cómo te llamas, linda? ¿De qué familia vienes? —Su aire de buena anfitriona y su aparente cortesía embaucaron a Luna.

—Vengo de los Hernández —respondió, en alusión al apellido de su madre, que era el que usaba.

La mujer asumió que podía ser familia de cualquiera de los muchos Hernández que había en la sala y la invitó a jugar con los niños y los perros en el patio de la casa. Luna salió encantada. Necesitaba estar al aire libre, luego del calor sofocante que hacía dentro de esa casucha con tanta gente. La voz entrecortada de Gregorio la hizo detener su turno en el juego de la peregrina.

—Luna, regresa a la casa. ¿No ves que te están des-pis-tan-do?

El profesor Rodríguez dio un respingo desde el lugar donde se encontraba monitoreando la escena ante la artimaña de Georgina. Era imposible descifrar si aquello había sido una mueca de aprobación o de disgusto. Luna, por su parte, solo entendió: "regresa a la casa". De pronto, comprendió que estaba allí por algo y que descubrir la pista que estaba al revés podría decidir no solo su futuro, sino también el de su novio y sus amigos.

—¿Cómo puedo ser tan tonta? —Todavía debía acostumbrarse a usar sus nuevos poderes, a dejar salir su verdadera personalidad. Dejarse llevar por la emoción del momento era algo que no dominaba aún. Entró despavorida a la casa. Tenía que poner su intuición y su mente a trabajar de inmediato.

El sacerdote iba camino a acercarse a la chica para darle conversación, tras una señal que le hiciera Georgina, pero el Negro Pablo le cortó el paso con su bastón. Los perros comenzaron a hacer tremendo alboroto, ladrando y corriendo detrás de los niños, que se habían tropezado con uno de los bancos de madera. En medio del caos, un plátano le dio un golpe en el hombro a Luna. Ella se sobó, como un acto reflejo, porque la verdad es que no fue un golpe duro. Miró hacia arriba para identificar de dónde había venido el golpe y vio el racimo colgado de una viga del techo.

Rápido pensó–: ¿Por qué cuelgan los plátanos de esa forma para hacerlos madurar? Sabía que así era como crecían naturalmente en la planta, porque los había visto muchas veces, en la que tenía sembrada el abuelo de Adrián en su patio. Entonces, vio el gato que parecía estar pendiente de las mazorcas y recordó las veces en que visitaba la finca de su abuelo materno en Lares, antes de que le diera Alzheimer y tuvieran que llevárselo a vivir al área metropolitana.

Su abuelo, Daudelio, tenía una mascota peculiar, un gato rebelde que siempre se le escapaba y regresaba medio moribundo, con las marcas de sus hazañas nocturnas, pero siempre sobreviviría. Por eso, de broma, lo bautizó como Insurrecto, alias Insu. Recordó la explicación de su abuelo, sentado en el sillón del amplio balcón en su casa de madera, con Insu ronroneando en su falda.

–Lunita, los plátanos los colgamos en el techo a madurar para que no se los coman los animales. Los agarramos por aquí para amarrarlos –había dicho, señalando la pámpana color rojiza que le sobresalía al racimo como un tentáculo –y los colgamos al revés de como crecen en la

210|LOS SECRETOS DE LA TORRE

mata, para que, al madurarse, no se abra el racimo y se caigan. Luego, le había calentado una sopa con bolitas de plátano y le había repetido el mismo chiste al recoger la mesa—:¿Luna, estás llena? —Ese siempre fue el carácter afable de su abuelo, hasta el final de su memoria, o de su muerte prematura, antes de la muerte verdadera.

Un jíbaro, que apuraba un vaso de ron que estaba muy cerca del hombre que tocaba el tiple, tenía un gran parecido a su abuelo Daudelio. Luna recordó que siempre usaba su sombrero para taparse la cara del sol, aunque tenía más surcos en el rostro que la propia tierra que labraba. Todo el tiempo andaba descalzo dentro de la casa. Ni la Sagrada Familia, que tenía colgada en la pared, tenían la fuerza moral sobre él como para hacerlo calzarse dentro de esas cuatro paredes. Ese hombre viejo —que nunca dejaba su machete, porque era lo mismo una herramienta de trabajo que un arma— había sido su abuelo y la enterneció acordarse de él en medio de una pintura, que era un documento vivo de la realidad de los puertorriqueños de otra época.

Luna supo que había dado con la pista. Tan pronto tuvo conciencia de su triunfo, la música se detuvo y todos los ojos de las personas presentes en *El Velorio* se posaron en ella, sin parpadear, con la expresión atónita de los peces congelados a los que la muerte los pilló por sorpresa. Esos mismos ojos vacíos la siguieron en el viaje que la llevó de vuelta al museo.

CAPÍTULO 10

ALBERTO

Mirar el reloj de arena era hipnótico. Los diferentes matices marrones, cremas y blancos de ese instrumento mecánico, que formaban una cascada sólida, víctima de la gravedad, generaban una sensación de insignificancia ante una fuerza más grande que lo rige todo.

—Gregorio, ¿cuánto tiempo mide este reloj de arena? —Nadie confiaba en el viejo guardia, pero Adrián estaba dispuesto a contar los segundos de cada minuto si fuera necesario. Y, por Luna, era capaz de vender su alma con tal de tener una respuesta que le devolviera las esperanzas.

—Este reloj no dicta el tiempo como lo conocemos, Adrián. Dentro de la espiral, el tiempo no tiene relevancia. Los minutos y las horas pueden ser eternas o se puede sentir como un segundo. Somos nosotros los que tenemos la necesidad de controlar y entender la noción del tiempo, ellos no.

—¿Alguna vez puedes responder claramente a una pregunta? —La personalidad hermética del guardia era desquiciante. Si acaso cumplía una función, era complicar más las cosas.

Camila no había parado de caminar por la sala del museo, trazando una línea imaginaria, que desandaba, una y otra vez, sin dejar de mirar El Velorio. Se comía las uñas; las manos le sudaban. Temía no tener la oportunidad de volver a ver a su amiga y pedirle perdón. Quizá, por eso, fue la primera en notar el regreso de Luna. Un arrebato de alegría hizo que empujara a Adrián y a Alberto para apartarlos de su camino. Ella tenía que abrazarla primero, porque la culpa la carcomía por dentro.

—¡Amiga, lo siento tanto! ¡Por favor, Luna, perdóname! No quise decir lo que dije. Tú me conoces; hablo sin pensar. Necesitaba que lo supieras. Tan pronto te fuiste, me dio rabia conmigo misma al pensar que estabas sola en esa dimensión horrible, creyendo que te había traicionado, sabiendo que lo último que escuchaste fue mi reproche. Te juro que estaré encantada de quedarme donde estemos los cuatro. — Camila hablaba con desespero, en un tono suplicante, que no era usual en ella. Solo el perdón de Luna la liberaría de esa carga que llevaba a rastras.

—Cami, cálmate, no es para tanto. —Luna le pasaba la mano por la espalda a Camila mientras la abrazaba. Ella la conocía mejor que nadie y sabía cuánto le costaba pedir perdón. No la culpaba; sabía que no lo había dicho por egoísmo. Era miedo. —De verdad, Cami, no hay nada que perdonar. Ahora te comprendo. Sé que estar allá fue lo peor, que el miedo te paraliza...aunque si te soy sincera, al final, todo se sintió tan...

—Liberador —Camila terminó la frase. Desde que Luna reapareció en el museo, la había notado con un halo distinto, más liviana. Se le veía como si ya no cargara una armadura pesada.

—Bueno, si me dejas, hasta saludo a mi novia. —La riña entre Camila y Adrián por la atención de Luna seguiría siendo la misma en cualquier dimensión.

—Toda tuya...como siempre. —Camila torció los ojos y simuló hacer una genuflexión frente a Adrián. —A sus órdenes, mi señor —añadió. Él tenía razón, pero no le daba la gana de dársela.

Luna esperaba que Adrián la abrazara y la elevara en el aire, que le diera muchos besos, que la arrullara como si fuera un pájaro herido. A ella le encantaba ponerse changa con él. En cambio, su novio la observó con la misma mirada de asombro e incredulidad que tenía cuando ella lo besó por primera vez, aquella tarde, en el pasillo de la escuela.

—¿Así me recibes?

—Es que te ves tan...tan diferente.

—¿Diferente bien o diferente mal? —Luna sabía que se sentía distinta, pero no imaginaba que se le notara en el plano físico.

Adrián acarició su cara, se tomó el tiempo de palpar sus facciones, igual que un ciego que ve más allá de los ojos y reconoce a los demás con la memoria del tacto. Tocó sus ojos, su tabique, sus labios, la curva cóncava que formaban su cuello y su hombro, que era el espacio perfecto para él posar su cabeza. Sus pequeñas orejas de almiquí, ese era uno de sus chistes internos. Las facciones de su novia eran las de siempre, las que recordaba incluso cuando cerraba los ojos. Entonces, ¿por qué se sentía como si Luna se acabara de presentar a un desconocido?

—Diferente bien, creo. No sé, dímelo tú. —Adrián mantenía una distancia extraña, prudencial e íntima a la vez. Pocos centímetros separaban sus cuerpos. Lo que sería un atrevimiento si fuera una extraña, pero se sentía como un rechazo porque se trataba de su novia. Ambos generaban una energía que se sentía en el aire. Sus cuerpos tan cerca y tan lejos secretaban sustancias químicas que los atraían, creando un calor que era casi palpable.

Luna dio un paso más, retadora, hasta quedar completamente pegada al cuerpo de Adrián, y le dijo casi rozando su boca—: —Es justo. Creo que debo presentarme. —Luego, se apartó en el momento en que las feromonas de ambos ya se habían reconocido. −Soy una nueva yo; espero que puedas amarme, porque ahora sé que debo amarme primero −y le tendió la mano a su novio con una formalidad innecesaria, pero provocativa.

−Si te amas tú, entonces, yo te amo más. —Adrián todavía le tenía la mano agarrada a la recién llegada y la atrajo hacia él con tanto impulso que sus cuerpos colisionaron. Se besaron, se tocaron, se abrazaron. Visto desde afuera parecía una coreografía, lucían como dos hermosas aves del paraíso en su ritual de apareamiento.

Gregorio carraspeó tres veces para que pararan de demostrarse cariño en público. En su tiempo, las parejas eran más discretas. Supuso que debía actuar como un adulto, aunque no le molestaban las muestras de cariño, más bien los miraba con añoranza. −¡Ay, la juventud! ¡Qué daría yo por volver…! −pensó mientras sonreía recordando la urgencia de su adolescencia; la necesidad de vivir cada día como si fuera el último; la magia de no arrepentirse de nada; de andar siempre al límite, sin remordimientos.

Camila también se sumó a la misión de cortarles el viaje a los enamorados. −Bueno, ya está bien, ¿no? Consíganse un cuarto. ¿Verdad, Alberto? −Camila buscó la complicidad de su amigo, quien siempre les decía lo mismo ante semejantes muestras de afecto, pero él no le respondió la broma. Estaba parado frente al cuadro con una expresión desolada y abatida, como si se estuviera rindiendo antes de intentarlo. Daba lástima verlo, tan desamparado, como un náufrago en medio de una isla desierta. Alberto era el último; ahora todo dependía de él.

−Estamos más cerca de irnos a casa, hermano. Si tú eres nuestro rey, ¿cómo no vas a lograrlo? −Era hora de que los demás apoyaran al que siempre había sido su líder. Adrián estaba convencido de que Alberto lo lograría y le echó el brazo por encima del hombro para animarlo. Hasta le dijo "rey", que era un apodo que Alberto mismo se había puesto, haciendo referencia a la fecha de su nacimiento, y que los demás jamás aceptaron usar porque sonaba autoritario. Con apodo o sin apodo, Alberto siempre había sido el cabecilla del grupo, para lo bueno y para lo malo.

—Mírame —le ordenó Camila mientras le levantaba la cabeza con ternura para obligarlo a asumir una postura más digna. —Yo voy a estar aquí cuando vuelvas; seré la primera en recibirte. —Alberto tenía la mirada vidriosa; si llegaba a parpadear, las lágrimas lo delatarían. Cerró los puños y tragó hondo, porque también le dolía la garganta de tanto aguantar las ganas de llorar. Ser vulnerable no era su estilo. Alberto sentía que tenía que protegerlos a todos, desde su madre y su hermana, hasta sus amigos y vecinos. Todos tenían un espacio bajo sus alas.

—¿Y si no lo logro? Nos quedaremos en El Velorio por mi culpa. Ustedes ya pasaron la prueba y no quiero seguirlos arrastrando por mis errores —le susurró al oído a Camila, la única capaz de sacar su lado frágil y sensible.

—Lo vas a lograr, Alberto. Tú siempre has sido el más capaz. Además, si no regresas... —Camila lo miró a los ojos sin dejar de aguantar su cabeza con sus dos manos—: nunca sabrás que puede llegar a pasar entre nosotros.

—Escúchame. No será fácil, pero, al final, será bueno. A veces pensarás que ya perdiste, que no tienes alternativa, y es ahí cuando todo cambia. Sé tú mismo y estarás de vuelta antes de lo que imaginas. Aquí vamos a estar, esperándote, para irnos juntos a casa.

–¡Alberto, Alberto, Alberto! –lo animaban, palmeaban su espalda, lo abrazaban, le apretaban el hombro. Hicieron un círculo a su alrededor y actuaron como si fueran su esquina de apoyo en un ring de boxeo.

Gregorio miraba la escena desde afuera, conmovido. Ese grupo era impenetrable y no había espacio para él. –¿Cómo es que, en la juventud, la esperanza siempre vence? –Porque todavía no se ha vivido lo suficiente para desencantarse de las cosas. –Él mismo respondió su pregunta, últimamente, se sentía demasiado pesimista.

El último "¡Alberto!" que gritaron, él no lo escuchó, ya no estaba entre ellos. Adrián se colocó en el centro, entre Luna y Camila, y les echó el brazo a ambas. Ellas colocaron sus rostros en su pecho y él las besó a las dos en la cabeza. –Alberto va a regresar...tiene que hacerlo. –Los tres se quedaron muy juntos, mirando El Velorio. Lo que pasaba por la mente de cada uno en ese momento, nadie lo sabe.

Luces psicodélicas y el ruido de una música estruendosa era lo que Alberto sentía en su viaje por la espiral. Pensó que estaba dentro de la machina del Platillo Volador, que tanto le gustaba montar en La Feria. Siempre se subía a esa, aunque terminara con náuseas, mareado y desorientado al bajarse. Le gustaba la sensación de dejarse llevar por los sentidos y alterar la percepción de la realidad. Las luces fluorescentes parpadeando. Una canción, que se sabía de memoria, y que cantaba desgalillado, sonando a niveles exagerados. La sensación de perder la fuerza de gravedad al sentir que su cuerpo subía y bajaba, pegado a la pared del platillo, por la rapidez con que giraba. No poder despegar las extremidades porque la presión del aire lo obligaba a dejarlas en una misma posición y, luego, recobrar la compostura cuando finalizaban las vueltas. Otros odiaban esa máquina, pero a él le encantaba. Era como tomar un alucinógeno sin los efectos secundarios de la droga. Todas esas sensaciones estaban al alcance de los tres dólares con cincuenta que costaba la taquilla.

Cuando dejó de dar vueltas en la espiral que lo transportó a la dimensión de lo imaginario, se sintió mareado y con náuseas, pero eufórico. Estuvo a punto de pedir—: ¡La ñapa! —Y gritar—: ¡Una vuelta más! —cuando tomó conciencia de dónde se encontraba y lo que debía hacer. Estaba parado en la intersección de la calle Manso con la calle Colón. En la misma esquina donde se pasaba Juanca, el amigo de su papá; el que siempre le decía Berti, aunque él se cansara de pedirle que no lo llamara con ese apodo. El mismo que siempre le ofrecía un poco de marihuana —para que cogiera la vida con calma— y el que siempre se despedía diciendo—: Me saludas al Alcalde, cuando lo veas, que sepa que Buen Consejo no lo olvida.

Alberto apretó el paso para evitar encontrarse con Juanca. Corrió por la calle Colón hasta toparse con la cafetería Panaderos Bakery & Deli, donde Gloria lo mandaba a comprar las mallorcas, que tanto le gustaban a su padrastro. El negocio estaba cerrado y parecía abandonado. —¡Qué extraño! —Se acercó a los cristales del local y colocó las manos en su frente para tapar la luz externa y poder mirar en el interior. No había equipos de cocina ni mesas ni sillas ni las vitrinas con los postres habituales y eso le produjo un salto en el estómago, porque conocía a Wiwi, el dueño, desde hacía muchos años. Wiwi era un Hiraldo, el apellido de una de las primeras familias que se mudó a Buen Consejo, allá por el 1916, cuando toda su comunidad era solo un monte donde traían a alimentar al ganado y estaba repleta de árboles de ausubo. Ese pedazo de finca, que perteneció a la iglesia católica, comenzó a ser invadido por obreros de la caña, peones, carpinteros y pequeños comerciantes, que construyeron allí sus ranchos de madera, zinc y yagua, buscando una solución a la necesidad de vivienda y trabajo para ellos y sus familias.

Alberto pudo ver su reflejo en el cristal de la cafetería y notó que llevaba puesta una camisa blanca con una foto. Se acercó al espejo retrovisor de una guagua Suzuki, que estaba abandonada en esa esquina de la calle, y reconoció a Samuel en la foto, el que había sido pareja de su tía, Glady.

—¿Por qué tengo una camisa con su foto? ¿Cuándo se murió este tipo?

Samuel no era muy querido por su familia y no se le mencionaba desde que Alberto era un niño. Todo fue muy confuso cuando él tenía ocho años. Sucedieron tantas cosas, que estuvo a punto de repetir el grado si no hubiera sido porque Luna y Camila le armaron un centro de tutorías en su casa para que no se colgara. A esa edad habían arrestado a su papá; Glady se había mudado repentinamente a los Estados Unidos; y su madre, Gloria, lo había enviado tres semanas a casa de una prima en Ponce, que él prácticamente ni conocía.

En la foto, Samuel tenía unas alas y aparecía posando frente a la motora Hayabusa roja, con la que fronteaba por las calles del barrio. La motora tenía pintadas unas letras chinas color plateado, que ni Samuel sabía el significado, porque la había comprado de segunda mano. Debajo de la foto, decía, "q.e.p.d. Siempre te recordaremos," en letras cursivas. Alberto se quitó la camisa y le dio la vuelta. Se la volvió a poner al revés, con la foto para adentro. Le daba aversión llevar esa imagen en su pecho. Bajó por la calle paralela al negocio, la Bolívar, su calle: esa que lo había visto nacer y que conocía como la palma de su mano.

Alberto sabía que, en las mañanas, la calle despertaba con el olor del café que se colaba en todas las cafeteras. En las tardes, la calle saciaba su hambre con el olor a las habichuelas que cocinaban todas las estufas. En las noches, la calle se vestía de suspenso ante el ruido de los televisores y las discusiones dispersas que se escuchaban. Los fines de semana, la calle estaba de fiesta. Los radios competían para ver qué canción de Frankie Ruiz o Héctor Lavoe se escuchaba más alta y, en La Placita, vendían pinchos, alcapurrias o pastelillos. Los domingos eran los mejores. Un bautizo de cubos y mangueras, limpiando carros y marquesinas, redimía la rutina de la semana, como si purgaran sus cargas para afrontar con ganas la cotidianidad del lunes. Todos podían hacer de su acera, de su balcón o de la casa del vecino un terreno fértil donde cultivar la alegría.

Con la seguridad de saber que estaba donde pertenecía, Alberto corrió a la puerta de su casa, la número 1204, la misma que había visto pasar tres generaciones de su familia. Desde su abuelo paterno que la había construido, su padre que la había heredado, hasta él que ahora la vivía junto su madre, su hermana pequeña y su padrastro, Javier, aunque a él no lo consideraba parte de su núcleo. Tenía todas las luces apagadas, algo inusual, porque su mamá era ama de casa y eso le daba la certeza de que, tras la puerta, sin importar la hora, alguien lo estaría esperando. Tocó, pues no quería tener que buscar su llave. No recibió respuesta. Buscó, de mala gana, el llavero en su bolsillo; y ya tenía ensayado lo que le diría a su mamá cuando abriera la puerta. Probó, pero su llave no entraba. Habían cambiado la cerradura.

—Esto no es gracioso. ¡Mami! ¡Sofi! —Al no recibir respuesta, gritó el nombre que nunca pronunciaba de buena gana—: ¡Javier! ¿Hay alguien en casa? —Ya una vez le habían hecho una broma similar para un cumpleaños sorpresa, pero hoy no era 6 de enero y no había nada que celebrar.

Recorrió el pequeño pasillo que separaba su casa de la del vecino y caminó por encima de la acera cuarteada y la tapia rota, que no habían arreglado nunca, hasta que llegó al pequeño patio trasero, que tenía otra puerta. Probó con otra de sus llaves, pero tampoco abrió. Bordeó el pequeño patio que tenía los columpios que Javier le había montado a Sofía, cuando su hija cumplió tres años, y una casa de muñecas de plástico que usó pocas veces. Salió por el otro extremo de la casa, luego de intentar forzar las ventanas de aluminio para ver si las abría y podía ver en su interior. Nada. Por primera vez en sus dieciséis años, se sentía sin hogar.

Pateó frenéticamente la puerta de entrada para intentar romperla. Lo único que consiguió fue lastimarse la pierna y hacer que su frustración creciera. Corrió a la casa de Luna, que quedaba cruzando la calle, y tenía un letrero de "Se Vende", pegado al portón principal. La angustia comenzó a apoderarse de él. —¿Qué le hicieron a mi barrio? ¿Qué pasó aquí?

Las calles estaban desiertas, demasiado inherentes y calladas, como para haber sido el hogar de tantas familias. No había rastro de vida. Alberto corrió calle arriba, gritando nombres de los vecinos, al azar, tocando puertas y atisbando por las ventanas y los patios traseros. La calle le devolvía el eco de sus gritos y la soledad se sentía como una bofetada en la cara. Se asomó por la casa de Macusa. Tocó varias veces en la puerta de Charo, que, con dos nietos pequeños que cuidar, era difícil que hubiera silencio en esa casa, pero tampoco le respondió nadie.

—Media Libra, ¿está usted bien?

El señor, al que le decían Media Libra, fue de los primeros que se mudó a Buen Consejo, y vivía cerca de la quebrada y la escuela elemental. Cuando el huracán María le llevó el techo de zinc de su casa de madera, no hicieron falta fondos del Gobierno, brigadas municipales ni toldos azules de FEMA. Los vecinos se las arreglaron para componer su techo antes de que la burocracia siquiera bostezara.

Alberto vio bicicletas en el medio de la calle, como si los niños las hubieran abandonado en medio de un juego. Era una visión apocalíptica. El fin de los tiempos que había arrasado con todo. La actividad parecía haberse detenido abruptamente.

—Tengo que encontrar a mi familia. ¿Dónde estaría yo para que me dejaran?

Alberto subió las escaleras de lo que quedaba de la casa de Camila. Tenía esperanza de que su amiga le hubiera dejado una nota entre los escombros, una pista o una señal que le explicara la desaparición de todos. A lo lejos escuchó un chillido, como un lamento, un llanto suplicante sin fuerzas. Salió pitado escaleras abajo, y estuvo a punto de caer y darse con una viga, pero pudo recobrar el balance a tiempo.

—¡Ya voy! ¡Aguanta! ¡Sigue haciendo ruido para poder encontrarte! —No estaba del todo solo y eso lo animaba.

Siguió el ruido hasta el final de la calle. El sonido provenía del patio trasero de la casa de Adrián. Alberto no lo pensó dos veces y brincó la verja. Parte de su camisa se enganchó en el alambre de púas y se desgarró en las mangas, dejando unas hilachas colgando, como lágrimas de algodón. Avanzaba de prisa, pero con cautela, pues no sabía con qué escena iba a encontrarse. Cuando logró llegar a la parte trasera de la casa, brincando por encima de herramientas y muebles que estaban a la intemperie, cayó de rodillas al descubrir la procedencia de los lamentos. Era la perrita de Adrián, que tenía una pata pillada debajo de un tronco.

—Safi, linda. ¿Cómo es que tu familia se fue y te dejó aquí? —Era imposible que Omar o Adrián se hubieran ido sin ella. Safi era, como la mayoría de los bóxers, una perra inteligente, protectora y muy consentida. Alberto comprendió que algo realmente malo había pasado. Sobó la gran cabeza de Safi y la pobre perra, exhausta de pasar días pidiendo ayuda, se dejó hacer en sus manos. Alberto movió el tronco y se quitó la camisa para hacerle un torniquete en la pata sangrante.

Improvisó una cadena con una soga que encontró tirada por el suelo. Safi estaba herida, pero podría cojear hasta la salida. Alberto le ató la soga al cuello para sacarla de allí, pero la perrita no se movió. Actuaba como si supiera que debía quedarse en su casa por si su familia regresaba. En protesta pacífica, Safi se sentó al lado del letrero que decía "Hay perro, pero cuídate del dueño", que Omar había comprado, de broma, en una ferretería de la Plaza del Mercado. Era obvio que Safi estaba en huelga y que no se movería. —Tú y yo no somos tan diferentes, ¿sabes? Volveré por ti, te lo prometo.

Alberto salió a buscar ayuda rumbo a la calle Manso, esquina Alto, donde tantas veces había perdido en el Maratón del Pavo. Adrián siempre le ganaba. Se sentó frente al Cafetín Díaz, donde Adrián le compraba, sin falta, una empanadilla de pizza el día de la carrera, como premio de consolación, casi como si le pidiera perdón por darle una pela cada año. Un murmullo lo alertó. Miró hacia lo alto de la calle. Desde la loma de Buen Consejo, una marea de fuego bajaba hacia El Hoyo. Alberto tardó en entender lo que veía. Una multitud, de todas las edades, caminaba en procesión, llevando velas y mensajes alusivos al difunto. Tantas velas, ante el avance de la noche, lucían igual que un río de lava ardiente, que se desparramaba loma abajo.

—Menos mal. Aquí están todos. —Alberto se puso la mano en el pecho. Estaba aliviado y corrió hacia la multitud con la esperanza de encontrar a su mamá y su hermana. Ante su cercanía, la mayoría de las personas se apartaban y seguían repitiendo una oración en voz baja, una jaculatoria que formaba un murmullo ininteligible. Lo peor es que no reconocía a nadie. No veía a sus amigos, su familia ni sus vecinos. La angustia lo sacudía. Buen Consejo era el andamio que sostenía la estructura que había construido la identidad de Alberto, porque una vez su padre le dijo: "De dónde venimos no nos define Berti, pero sí nos forma".

—¿Hay alguien aquí que pueda decirme qué pasó en la calle Bolívar?

Las personas caminaban y lo miraban con desprecio. Algunos lo ignoraban por completo y otros lo golpeaban con el hombro al pasar por su lado. Seguían su procesión hacia la capilla Nuestra Señora de Buen Consejo, con globos blancos, una caravana de motoras y una guagua con bocinas, desde donde salían canciones de despedida. La estampida lo dejó atrás.

—¿Qué les pasa a todos? ¿Qué fue lo que les hice? —gritó a un centenar de espaldas, que no se voltearon a responderle y que lo relegaban como a un desterrado.

Caminó hacia un terreno baldío que estaba al final de la calle San Rafael y se sentó en la acera con la cabeza entre las piernas, temblando de rabia y miedo, pero incapaz de llorar.

—¿Te estás escondiendo? Huir es lo que sabe hacer bien tu familia.

Alberto se sobresaltó, no esperaba encontrarse a nadie en ese lugar aislado. Pensaba que todos estaban en el velorio de Samuel. La voz le sonaba familiar. Se volteó y reconoció a Gadiel, el sobrino del difunto al que despedían en procesión, y que hacía años se había mudado a la barriada Venezuela, que colindaba con la suya. La riña entre ambos barrios vecinos era tan antigua que ya estaba añejada y nadie recordaba con claridad qué la había provocado en un principio.

—¡Ah, eres tú! Cabrón, me asustaste. No me estoy escondiendo, es que no encuentro a los míos. —Se incorporó para estar a su altura y le tendió la mano. Gadiel no le devolvió el saludo. —Hablando de familia, ¿qué le pasó a Samuel?

—¿En serio me preguntas qué le pasó a mi tío? —Hizo una mueca y, luego, escupió a la calle. Sacó de su bolsillo un papel arrugado y lo tiró a sus pies.

—Te lo regalo. Si quieres, cómprale un marco para que te sientas orgulloso de dónde vienes.

Alberto recogió el papel del piso y comenzó a leerlo. Las manos le temblaban y tenía los ojos rojos por las lágrimas que no le salían. —¿De dónde tú sacaste esto? Mi papá no es un santo, pero tampoco es ningún... —Allí estaba una copia de la ficha policial de su padre: Ortega Vega, Manuel. Sexo: masculino. Ojos: café. Fecha de nacimiento: 9/13/1979. Raza: blanco. Cabello: negro. Pueblo de residencia: San Juan. Peso: 173. Estatura: 5'7". Apodo: Alcalde. Alberto hizo una pausa antes de leer el último renglón de la página. —Esto no puede ser cierto. —Su expresión era la viva imagen de la negación. Bajó la vista y leyó la última línea. Delito: 222, asesinato en primer grado.

Antes de poder decir una palabra, ya Alberto estaba en el piso intentando contener la furia de Gadiel, quien lo había empujado por la espalda. Ambos forcejeaban, pero su oponente lo superaba. El factor sorpresa en el ataque siempre le daba ventaja al que tiró primero. Ambos se retorcían sobre el pasto del terreno abandonado, lleno de piedras, vidrios y escombros. Se daban puños y patadas en cualquier parte del cuerpo donde pillaran al otro. Gadiel sangraba por la nariz y Alberto tenía moretones en los ojos. Como la pelea lo sorprendió sin camisa, también tenía cortaduras en toda la espalda. En medio de la trifulca, Alberto logró alcanzar un tubo de metal, que estaba tirado por el suelo, y le dio un golpe tan fuerte en la pierna a Gadiel, que su grito resonó en toda la calle. Aprovechando su ventaja, Alberto se puso de pie. Sangraba y le dolía el estómago, pero quería rematarlo. Empuñó el tubo, igual que si fuera un bate, y estuvo a punto de estampárselo en la cabeza.

—¡Hijo, no! ¡No lo hagas! —Con un movimiento arriesgado, Gloria se había interpuesto en el camino entre el tubo que sostenía su hijo y el cuerpo de Gadiel, que seguía en el piso, aguantándose la pierna por el dolor. Nadie pudo haber previsto su aparición repentina.

Alberto balanceó su cuerpo, recargando el mayor peso en su pierna izquierda, e hizo el movimiento para el golpe. Ante la sorpresa de la aparición de su mamá, redujo el impulso, pero ya venía con tanta fuerza que el tubo paró en la mano abierta de Gloria, quien mantenía los brazos extendidos por encima de su cabeza mientras protegía el cuerpo de Gadiel.

—¡Pero, mamá, estás loca! ¡Pude haberte matado!

—¡A mí o a cualquiera! ¡Pudiste haber matado y punto! Ibas a cometer los mismos errores. —Alberto no había soltado el tubo porque no había reaccionado del todo. Cuando la furia se apoderaba de él lo cegaba, igual que a su padre. Gloria se paró, le arrebató el tubo y lo tiró. Pudo haberle dado una de las pelas que le daba de niño; en cambio, lo abrazó. Ella medía poco más de cinco pies, era regordeta y diminuta, pero en su casa mandaba ella, igual que en todas las casas donde hay una madre latina. Y, por su hijo, era capaz de convertirse en gigante, con tal de arrancarle la mala hierba de raíz.

Alberto se miró las manos, consciente de lo que estuvo a punto de hacer. Miró a Gadiel en el piso, quien probablemente tenía una fractura en la pierna, retorciéndose de dolor. Volvió a mirar a su madre, a quien estuvo a punto de golpear, y se abrieron las compuertas de su llanto. Daba alaridos. Todo a su alrededor era el caos que él había creado. Se separó de los fuertes brazos de su madre y comenzó a pedirle perdón tantas veces que su voz y su llanto se mezclaron con el murmullo de los rezos que venían de la procesión hacia la capilla. Esa misma mujer que lo había parido, lo había criado sola y era capaz de dar su vida por él, tenía un fuego en la mirada, un calor cotidiano que lo hacían sentir que regresaba a casa: porque ella fue su primer hogar.

Cuando recobró la compostura, se atrevió a hacer la pregunta que tantas veces se le había quedado atrapada en la garganta.

—Ma', ¿tú dijiste "los mismos errores"? Entonces, es cierto. Papi... —Se corrigió, de inmediato; le dolía mencionar un parentesco tan cercano —Manuel, ¿mató a Samuel? Mi papá es un...

Gloria le puso un dedo en la boca y no permitió que terminara la frase —Tu padre sí lo hizo, pero no es ningún asesino. —Gloria se puso muy seria, pero no dejó de abrazarlo. —Un día tu papá fue a visitar a su hermana, tu tía Glady, y encontró a Samuel dándole una golpiza. Ella tenía una orden de alejamiento contra él. Pero, como siempre, la ley no fue suficiente. Manuel no lo dudó e intervino. −Titubeó antes de continuar; tenía que escoger bien las palabras. −Era la vida de su hermana o la de ese abusador. Lo que hizo tu papá no se justifica, pero nada es blanco o negro, Alberto. La vida te va a enseñar que hay muchos grises en cada historia. Por eso, no quiero que te dejes llevar por tu coraje y, que ese mismo coraje, te destruya. Ya perdí al amor de mi vida... −Gloria miró a través de Alberto. Viajó en el tiempo y lo observó como el bebé hermoso de ojos expresivos, que era la misma cara de Manuel. −Hijo, yo puedo aguantar cualquier cosa, pero no me dan las fuerzas para perderte a ti.

Alberto no le reprochó a su madre por no habérselo contado antes. La verdad nunca llega a destiempo. Caminó hasta donde estaba Gadiel y lo ayudó a levantarse.

−Esta no es nuestra lucha, hermano. Nos toca perdonar y sanar por los errores que cometieron antes que nosotros. −Después, le volvió a tender la mano. −Perdóname, de verdad, lo siento mucho por Samuel.

−Y yo...lo siento por tu tía... −Gadiel le empujó el brazo, rechazando el apretón de manos. Alberto se puso en alerta, confundido. Gadel dio un brinco, con la pierna que tenía buena, para acercarse a Alberto y lo abrazó. −Mala mía, por la pelea, hermano. También lo siento...por tu papá. El abrazo entre ambos rompió una cadena que los esclavizaba a un rencor y una sed de venganza que no les pertenecía.

Alberto tomó la mano de su mamá y ayudó a Gadiel, que cojeaba, a subir la loma. Los tres se sentaron en el punto más alto. Dos jóvenes golpeados y maltrechos, junto una señora bajita, con un gesto de triunfo en la cara, que no tenía precio. A lo lejos, Alberto miró el mar. No se imaginaba un mejor lugar donde haberse criado porque ahí pertenecía y ahí había aprendido a ser fuerte. Él no era su papá y no iba a cometer los mismos errores. En cambio, lo honraría siempre, por las cosas buenas que Manuel sí tenía. Buen Consejo volvió a florecer antes sus ojos: mangueras, cubos, aceras repletas, olor a frituras, vida. Desde algún radio, se escuchó el corito: "Todo tiene su final, nada dura para siempre". Alberto sonrió, sabía que era domingo.

X

Los personajes de *El Velorio* veían en Alberto su pase de salida. La última oportunidad de ser libres, de vivir fuera de la ficción y la monotonía. Sin embargo, el triunfo que buscaban alcanzar iba contra su naturaleza, transgredía las reglas para lo que fueron creados. Suponía cambiar su esencia, que era, básicamente, una mezcla de pigmentos y aceites sobre un pedazo de tela plana, por el tesoro inmaterial de todos los seres vivos, el alma.

Alberto llegó al cuadro y todavía sonreía. Le seguía una estela de bondad que se mezclaba con la sangre que todavía le chorreaba de los recientes cortes en la espalda. —Voy a terminar con esto. Los voy a llevar a casa. —A diferencia de sus amigos, que ya habían pasado la prueba, a Alberto el baquiné no le pareció un choque cultural. Los cuatro se habían criado en el mismo barrio, pero habían tenido experiencias de vida diferentes. Sin pensarlo, se dirigió a donde estaba el pequeño difunto. Encontró un espacio íntimo y cercano, a la derecha de la mesa, y se quedó un rato en silencio. Un rayo de luz, que se colaba por una de las tablas descuadradas de la pared de esa humilde casa, se reflejaba de lleno sobre el muerto y terminaba su reflejo sobre el torso desnudo de Alberto.

Hubo un momento de destello de conciencia, un fulgor de luz, igual que el conocimiento que abrió el entendimiento de Alberto. Las personas a su alrededor no vestían camisas con la foto del niño muerto, no portaban globos y, por el camino de tierra, frente a la casa del cuadro, no pasaría una caravana de motoras, pero era obvio que eso lo había vivido antes. Automáticamente, pudo conectar las costumbres. Pasó de un baquiné a otro; solo que Samuel era un adulto y, en la actualidad, se permitía llorar.

—Las alas que Samuel llevaba en la camisa. La música de despedida. El ambiente de fiesta. La comida que no falta nunca. El revolú de gente, entre los que se encuentran familiares cercanos realmente tristes, y otros, que solo vienen por la diversión y el chisme. Me suena igual de familiar que todos los velorios de mi barrio. Las costumbres no cambian, se modifican. —Alberto sintió una conmoción interna. De pronto, todo a su alrededor eran solo trazos, líneas de oscuridad y luz. Vio a través de los personajes del cuadro y notó que no eran nada; formas que no tenían sentido. Era como si se hubiera transportado al principio de la creación, donde nada tenía nombre ni significado aún. El impresionismo en su máxima expresión. Lo que veas está bien, lo que sientas está bien; puedes expresarlo como quieras. Con los sentidos a plenitud, sin entender nada, y, a la vez, entendiéndolo todo por primera vez. Alberto se fijó en la única mujer en la pintura que miraba hacia al frente, directo al espectador. Nadie se lo dijo, pero supo que era la madre del niño muerto: su risa forzada, la tira de tela blanca —apretando su cien para evitar el dolor de cabeza por aguantar las ganas de llorar—, la forma en que evitaba mirar a su hijo. Alberto lo dijo en voz alta: "Aquí nadie está velando al muerto. Fue una ironía del pintor ponerle este nombre al cuadro".

A Oller, quien estaba monitoreando la escena, le faltó el aire. Ese joven inexperto, que, en apariencia, no sabía nada de arte y casi menos de la vida, había comprendido sus intenciones con tanta autenticidad, que el pintor tuvo que reconocer que Alberto pudo haber sido el autor de su obra maestra. Había dado con la verdad.

—Ha sido el mejor de todos —dijo el pintor, extasiado a través del walkie talkie. Esa frase resonó, como un eco en una catedral, en los oídos de Gregorio y el profesor Rodríguez, quienes se sorprendieron no por las palabras, sino porque usualmente un dios no reconoce a iguales.

Alberto logró escuchar un zumbido, un murmullo que no cesaba. El Negro Pablo rezaba en voz muy baja:

—*Zape, zape, zape*

espíritu malo;

vuélvete a la sombra

de donde has llegado.

Alberto comenzó a repetir esa extraña oración con él, al unísono, pues sentía que lo protegía de algo. La música en la casa había subido de tono. Dos amantes se apestillaban en una esquina cerca de la puerta. Todo era bullicio, exceso y efervescencia. El chico no sabía si había dado con el cuarto elemento que estaba al revés en El Velorio, pero sabía que había descifrado algo trascendental.

Las personas comenzaron a gritar y aplaudir cuando entró el joven con el cerdo asado a la vara. Alberto pensaba, erróneamente, que los personajes de la pintura no habían notado su presencia. Total, uno más o uno menos, sin camisa, no hacía diferencia. Sin embargo, un gesto ambiguo lo alertó. Georgina apartó un plato con el primer pedazo de carne que se cortó de la panceta del cerdo.

—Tú eres nuestro invitado. Haz los honores. —Hizo una reverencia burlona, luego de ponerle el plato en la mano. Alberto dudó si debía comer o no, pero él siempre fue buen diente. "Lo que no mata engorda", era un refrán bastante sonado en su casa.

—Y ustedes, ¿no me acompañan? Donde comen dos comen tres. —Él nunca fue una persona que hablara con refranes, pero se sorprendió a sí mismo hablando como si el espíritu de Machuchal lo hubiera poseído. Decidió que no comería ni un bocado si nadie más lo hacía primero.

En el museo, Gregorio había intentado, sin éxito, hacer contacto con Alberto. Desde que le tocó el turno al último de los elegidos, el guardia tuvo un mal presentimiento. Un sudor frío y pegajoso le advertía que las cosas acabarían muy mal esa noche. Camila no se podía estar quieta. Le temblaba el labio inferior cada vez que hablaba y, cuando lo hacía, pronunciaba tan rápido las palabras que las oraciones quedaban incompletas. Luna y Adrián se habían sentado a esperar el regreso de Alberto muy cerca del reloj de arena. No había pasado mucho tiempo desde su partida, cuando todos se dieron cuenta de la trampa.

—¡Gregorio, ya lo viste! ¡Haz algo, pero ya! —Camila arrinconó al oficial y le giró la cabeza con sus propias manos para obligarlo a mirar hacia donde todos tenían la vista fija.

Gregorio se zafó de los insistentes brazos de Camila y gritó una advertencia por el walkie talkie. —Oller, confirmo. ¡Lo están haciendo!

—¿Están haciendo qué? ¿Quiénes? —Los amigos expresaron la pregunta al mismo tiempo.

Oller entró en pánico. Lo invadió un mutismo selectivo que le impidió decir una palabra más.

—Oller, repito, Oller. ¿Me copias? —Gregorio reajustó el canal de comunicación del aparato y volvió a apretar el botón para hablar —Está pasando. ¿Cómo procedo? Espero órdenes.

Del otro lado del transmisor, la respuesta fue silencio. Resguardado en su escondite favorito, detrás de las rejillas del órgano en el segundo piso del teatro de la Universidad de Puerto Rico, donde solía acostarse a escuchar el magistral violonchelo de Pablo Casals, Oller comenzó a sollozar como un niño. Volvió a ser el joven ávido de probar nuevas técnicas que caminó con el pecho encendido de ilusiones por las calles de París. Se transportó a los recuerdos del artista atribulado que pasaba sus borracheras en las escalinatas de la catedral de Notre Dame, suplicándoles a las gárgolas que le dieran una respuesta. Recordó perfectamente esa noche fría de noviembre en que se aventuró a vagar dentro de la catedral. No llevaba ni veinte minutos en su interior, cuando notó un dolor punzante en el cuello. No se había percatado de que, desde que entró, lo único que había hecho era mirar hacia arriba: vitrales, pasillos infinitos, luces tenues —que fulguraban desde los enormes candelabros de cristal— e infinidad de columnas. Al salir, se fijó en una talla que sobresalía de uno de los pilares centrales. Mostraba a un hombre sosteniendo un libro en una mano y un báculo en la otra, con una escalera en el pecho.

—Es en honor a la alquimia —dijo una voz salida de entre las columnas. El español de este extraño era casi perfecto. Al mirarlo, el joven pintor tuvo la visión de un hombre a medias en todos los sentidos. Su estatura, peso, edad y vestimenta lucían todas tan promedio, que era, precisamente, un hombre a la mitad. Oller sabía poco sobre la alquimia, pero ese hombre le brindó algo parecido al consuelo. La mitad de un poco de calma. —Toma. —Sacó un pequeño objeto cilíndrico del bolsillo de su chaqueta y se lo puso en las manos a Oller. —Este es el quinto elemento.

—¿El quinto elemento de qué? —respondió Oller, con escepticismo, al observar el reloj de arena que acababan de entregarle con tanto aire de misterio.

—Es el tiempo... y tú estás destinado a vivir lo que viene después. —Esas palabras crípticas, en ese encuentro aún más indescifrable, le asaltaron el pensamiento a Oller.

Como si se hubiera ensanchado la pequeña canal de cristal fundido, que unía ambas esferas del reloj, los granos de arena pasaban, de prisa y en grandes cantidades, de una bombilla a otra, dictando el poco tiempo que le quedaba a Alberto. Las criaturas de la pintura se las habían ingeniado para alterar el tiempo y lo notaron todos en el museo. En ese preciso momento, el muchacho comía. La carne estaba riquísima. Había gastado tantas energías en la reciente pelea que estaba estraga'o. Al masticar, observó algo peculiar en la forma en que había sido asado el animal.

Oller salió corriendo del teatro rumbo al museo. Gregorio no había cesado en su intento de lograr comunicación con Alberto o con el pintor. Los tres amigos intentaban frenéticamente girar el reloj de arena cuando solo quedaban unas onzas del contenido en la superficie. A Luna se le ocurrió que, quizá, si viraban el reloj, podrían reiniciar el tiempo. A falta de otras indicaciones, Gregorio se puso a ayudarlos en la misión suicida. Adrián había advertido que, si se rompía en el intento de voltearlo, sería potencialmente más peligroso para Alberto. El reloj de arena era, incluso, más alto que Adrián, quien medía más de seis pies. La base de madera tallada se veía muy elaborada y pesaba un quintal, pero ellos no se rendían; ya habían llegado demasiado lejos. Camila actuaba como una autómata. Si decían que era mejor voltear el reloj, ella hacía más esfuerzo que cualquiera. Si sugerían que era mejor detenerse por el riesgo, ella paraba. Su mente no pensaba con claridad. No quería darle sentido a lo que estaba a punto de pasar, porque rompería en llanto. Además, sentía un duelo por Alberto que no podía explicar. ¿Si era su baquiné y se le mojaban las alas?

–A la cuenta de tres, levantamos todos del mismo lado –dijo Adrián, que sudaba a mares y se había quitado la camisa para enrollarla en sus manos, a manera de guante, para evitar que se le resbalara. Mientras ellos tres levantaban, Gregorio intentaría sostener la otra parte del inmenso instrumento. –Uno, dos y ...

El último grano de arena cayó. Las luces se apagaron simultáneamente en *El Velorio* y en la sala del museo. Dentro del cuadro, todo estaba en penumbras, excepto por el resplandor rojizo que todavía despedía el cuerpo del único que no era un personaje ficticio. Alberto había estado a punto de descubrir el cuarto elemento al revés. La vara del cerdo no le salía por la boca, como es tradición asar al animal, sino por la cabeza, pero no pudo descubrirlo a tiempo; lo habían timado.

Un grito desde las entrañas, desgarrador, el chillido vital del terror y la rabia partieron en dos el lienzo de la pintura.

Una sola sílaba había salido de la boca de un ser derrotado. –¡No! –rugió Alberto.

Ocultos tras el manto de oscuridad, los personajes de la pintura mostraban sonrisas perversas y relamían sus lenguas monstruosas saboreando su triunfo. Estaban a la espera de ser libres. La quietud del silencio expectante fue interrumpida por el ruido de un martilleo rítmico. Los latidos de Alberto resonaban amplificados contra las paredes de esa casa de madera, recordándoles que él seguía vivo, y era mucho más de lo que ellos jamás serían, incluso, aunque llegaran a salir del cuadro.

A lo lejos, se escuchó el carillón de la Torre tocar una melodía triste. Era su despedida, como si fuera un velorio de barrio.

CAPÍTULO 11
EL SECRETO

Ni el archipiélago malayo podría albergar tantas islas, tantas mentes aisladas, que, en un momento de conmoción, flotaban solitarias en medio de un inmenso mar de angustia. El profesor Rodríguez estaba abatido. Antes de decidir su próximo paso, sacó unas páginas de su fiel Mediterráneo y comenzó a escribir una carta a toda prisa. Se preparaba para huir. Gregorio lo había advertido en más de una ocasión—: Oller, tengo un mal presentimiento esta vez. —Sin embargo, él solo era un peón y, de nuevo, no lo habían tomado en cuenta. Así mismo, en su desenfrenada carrera hacia el museo, Oller intentó buscarle sentido a su creación. Estaba arrepentido de su pacto y, aunque reconocía que todo era su culpa, seguía pensando que, tal vez, no era necesario que revelara su secreto. Se aferraba a la idea de que todavía podría negociar y ganar tiempo.

Camila pensaba en todo lo que se le había quedado por hacer, por decir, por vivir. Quería haberse enamorado de verdad; a lo mejor, ya lo estaba, pero no se había dado la oportunidad de experimentarlo. Quería graduarse. Anhelaba viajar, bailar en grandes escenarios y llegar a esa adultez, que para ella solo significaba una cosa: "Por fin, poder hacer lo que me dé la gana. Vivir sin que nadie me gobierne". Luna estaba en negación. No podía aceptarlo. Era mejor seguir buscando formas posibles para regresar en el tiempo; repasar los errores cometidos para intentar buscarle una solución viable. —A lo mejor, pasamos algo por alto; quizá, todavía queda una pista más por descubrir. No, esto no puede terminar así. Adrián, siempre práctico, ya había comenzado a imaginar cómo serían sus vidas dentro de El Velorio. Si no quedaba de otra, lo más conveniente era adaptarse lo antes posible. —Al menos, estamos juntos —se consoló a sí mismo. Lo que más le asustaba no era su futuro próximo, le aterraba pensar en la seguridad de su padre y sus abuelos, pasando sus días junto a una copia suya de otra dimensión, con sabrá dios qué intenciones.

Alberto, en cambio, se aferraba a la vida. Podía sentir aún su pulso. Seguía siendo él. Sentía tanto coraje que buscó a un culpable para no reconocerse con el título del idiota más grande del mundo. – Fui un idiota. Un ingenuo que cayó en las garras de un maldito juego. Y todo, ¿por qué? Por bajar la guardia y confiar. No dejaba de repasar todos los momentos que lo llevaron a ese fatal desenlace. Incitar a sus amigos a ir a la cancha de la escuela. Pintar ese estúpido grafiti. Terminar en el "Grupo de los difíciles", haciendo servicio comunitario en horario extendido. Ir a la excursión en la Universidad. Haberse dejado impresionar por un estafador, como Rodríguez, hasta el punto de casi haber visto una figura paterna en él. De pronto, todo estaba muy claro. Para Alberto, solo había una persona a quien culpar, el profesor.

Oller irrumpió en la sala del museo por la puerta trasera. Quería estudiar el panorama antes de abordar la situación que, claramente, se le había salido de las manos. Quería dar la impresión de tener todo bajo control y que lo que iba a proponer era fruto de un plan de contingencia, trazado para estos casos.

–¡Pintor! –Gregorio respiró aliviado. –Te esperaba, traté de comunicarme varias veces, pero no sé qué le pasa a este aparato – dijo él, intentando calibrar el canal de comunicación del walkie talkie. –Pero eso ya no importa...ya estás aquí. Ahora, ¿qué hacemos? ¿Cómo solucionamos esto? Necesito refuerzos –añadió, señalando la sala contigua, donde los adolescentes reclamaban respuestas y soluciones inmediatas al mismo tiempo.

Oller fingió un semblante de calma para apaciguar a Gregorio.
–Tranquilo, Goyo, esto iba a pasar tarde o temprano. Siempre he estado preparado para esta eventualidad. Cuando se presentó frente a Camila, Luna y Adrián, la rebelión ya se había desatado. El lienzo se había desgarrado por el mismo centro desde el grito de Alberto, partiendo a la mitad la mesa del pequeño niño muerto, dejando una ranura profunda y oscura a la intemperie, como una llaga infectada. Oller también se sentía dividido por sus emociones. ¿A quién le debía su fidelidad? Si hubiera aclarado esa duda en primer lugar, no estarían metidos ahora en este problema de dimensiones colosales.

–¡Es él! –gritó Luna, cuando reconoció al viejo de sombrero, chaqueta y pipa, con aire espectral, que les había entregado la nota a ella y a Adrián, cuando paseaban a solas por los rincones de la Universidad.

–¿Quién? ¿Él es quién? –preguntó Camila, confundida. Ni Alberto ni ella habían coincidido con el pintor.

–¿Es que no te enteras, Camila? Es Francisco Oller. El pintor de El Velorio, el culpable de que Alberto no haya regresado. Gracias a él, nosotros también nos quedamos encerrados –aclaró Adrián.

–¡Por favor, déjenme explicar! Tienen razón, yo soy el culpable...–Oller levantó las manos y blandió un pañuelo blanco en señal de rendición y tregua.

–Menos habladurías y más acción. ¿Cómo harás para que Alberto regrese? –Luna, amante de las palabras, presentía que el pintor solo iba a dar excusas sin fundamento ni justificación, porque si tuviera una solución preparada, ya la hubiera soltado.

—Gregorio les explicó las reglas. —Oller sabía que debía proce-
der con cautela. —Alberto no logró superar su prueba, pero creo que
puedo negociar con mis personajes...

—¡A Alberto le hicieron trampa! ¡No descubrió su clave porque
no le permitieron hacerlo! —Camila defendía a Alberto con uñas y
dientes, como él lo hubiera hecho por cualquiera de ellos.

—Es la primera vez que esto pasa, lo juro. Creo que puedo hablar con ellos, que todavía hay una forma de...

—¿Una forma de qué? ¿Qué clase de creador les da vida a sus
personajes y, luego, deja que se le trepen a la cabeza? ¿Cómo pen-
sabas que esta locura iba a salir bien? Según lo veo yo, tienes tres
opciones: una, le das otra oportunidad justa a Alberto; dos, lo traes
por las buenas; o tres, soy yo el que te va a hacer un baquiné. —
Adrián apretaba los puños para intentar controlar su ira—. ¡Eres un
cobarde!

Movido por la furia, como un dios que no reconoce errores,
Oller caminó hasta el reloj de arena y lo pateó con una fuerza sobrenatural. Donde antes lo habían intentado entre cuatro y se había
levantado un palmo del piso, este viejo, con aspecto fantasmagó-
rico, no solo lo había movido él sin ayuda, sino que lo había hecho
pedazos.

La arena era tanta que comenzó a esparcirse a borbotones por
toda la sala. Era materialmente imposible que el reloj albergara esa
cantidad, pero el contenido seguía brotando de los pedazos de vidrio como una fuente infinita. Era la arena de la eternidad del tiempo y estaba comenzando a llegarle a las rodillas a todos en la sala.

Los jóvenes intentaron avanzar hacia el pintor para detenerlo. Los pies les pesaban; apenas podían avanzar, cada movimiento los hundía. Adrián subió a Luna a sus hombros para que se agarrara de una de las hilachas colgantes del lienzo de la pintura y trepara hacia el marco. Luego, hizo lo mismo con Camila. Los tres intentaban escalar por el cuadro, agarrándose del borde del marco y de la tela que se desprendía. Cuando treparon lo suficiente para estar a la altura de las vigas del techo, se dieron cuenta de que lo que les daba soporte no era la tela, sino los cimientos mismos de la casa del cuadro. Ya no estaban en la sala del museo. Los cuatro estaban dentro de la pintura. Todos menos Oller, que estaba parado como un espectador frente a su obra, y Gregorio, que era su mano derecha y su izquierda y sus piernas y su espalda y cualquier parte del cuerpo que implicara algún esfuerzo.

Oller quería llevarlos consigo al principio de todo para que entendieran sus razones. Estaba dispuesto a someterse al juicio que desmentiría o afirmaría su culpabilidad. Era hora de confesarse. Irguió su postura y entrelazó las manos. Tenía los hombros levemente inclinados hacia el frente, pero la mirada fija en su obra. No tenía la cabeza agachada, aún no.

<<No quiero sonar pretencioso y sé que esta no es la mejor forma de comenzar una disculpa sincera, pero así es como siento que debo empezar a contarles la verdad. Cuando presenté El Velorio, en el Palacio de Santurce, por la celebración del cuarto centenario del mal llamado descubrimiento de la isla, me otorgaron la medalla de oro por mi trayectoria, y la obra fue aclamada por la crítica. El final de mi vida es un ejemplo de que, sin importar que alguna vez me hayan nombrado Caballero de la Orden de Carlos III y pintor de La Real Cámara o de las veces que haya expuesto en el Salón de París,

nadie es profeta en su tierra. En 1895, poco después de aquella presentación, hice una breve parada en La Habana, donde mostré mi pintura y partí rumbo a lo que aún no sabía que iba a ser mi último viaje a Europa. Eso fue tres años antes de la invasión norteamericana y de que John Hay, secretario de Estado en Washington, me impidiera participar en la Exposición Universal de París de 1900. ¡A mí! ¡Que prácticamente me había formado como artista fuera de Puerto Rico, no se me permitió salir más!

Quería inscribir *El Velorio* en el Salón de París, pero no pude hacerlo porque el lienzo no llegó a tiempo. Aun así, estaba henchido de orgullo por mi pieza cumbre y se la mostré a mis amigos de siempre. Aproveché mi última visita a París para ponerme al día con las novedades artísticas del momento. Recuerdo que Pissarro no escatimó en críticas hacia el nuevo monumento que había estrenado la ciudad para la exposición Universal de 1889.

–¿Pero lo estás viendo, Oller? C'est un monstre de fer. C'est horrible, moche, moche. –Recuerdo que le llamó monstruo de hierro a la Torre Eiffel, construida solo unos años antes. Yo no la vi tan fea –peores cosas he visto– pero le reconocí que los que apreciamos el precioso Campo de Marte, antes de ser invadido por una enorme torre que lo atravesaba como una estaca, coincidimos en que era mejor pintar ese paisaje antes de que la construyeran. Si alguien me hubiera dicho entonces que, con el pasar de los años, la Torre Eiffel sería el símbolo de París, no le hubiera creído.>>

Oller carraspeó varias veces, necesitaba aclarar la garganta. Sabía que le estaba dando vueltas al asunto y que debía ir al grano, pero ¿cómo? Quería sacarse de adentro el secreto que le quemaba las entrañas. Confesarlo todo era lo correcto, pero, justo ahora, cabizbajo, enfrente de su creación, la convicción de antes flaqueaba. El pintor miró a Gregorio. Le urgía la aprobación de su fiel ayudante. El guardia, que lo conocía mejor que nadie, asintió. El pintor continuó, esta vez, más decidido.

<<Hubo dos encuentros que cambiaron el rumbo de las cosas. El primero fue la visita que le hice a mi amigo, Betances, a su casa, ubicada en Neuilly-sur-Seine, una comuna francesa situada en el departamento de Altos del Sena, donde pasó sus últimos años de vida junto a Simplicia.

—Compatriota, cuando está cerca la muerte, se tienen las cosas más claras que nunca. Hombre, pasa, pasa. No te quedes parado en la puerta —me dijo, cuando le pregunté cómo se encontraba.

—¿Muerte? No exageres, Betances, si yo te veo igual que siempre —mentí. Es verdad que llevaba la habitual barba larga y descuidada, el sombrero cuáquero y el traje negro, que lo vi usar cada día desde el entierro de Lita, pero ciertamente algo estaba muriendo en él. Se veía agotado, meditabundo, sin esa antorcha encendida en sus ojos.

Me invitó a sentarme en una silla elegante, aunque sencilla, al lado de una vitrina donde guardaba la medalla con el rango de Caballero de la Legión de Honor, que le había entregado el Gobierno francés por sus aportes a la medicina y la política. Saqué el diminuto reloj de arena, que aquel extraño hombre a la mitad me había dado en Notre Dame, y lo coloqué en la mesa. Betances se sentó frente a mí en silencio. Yo debía parecer un desquiciado porque tardé más de diez minutos en lograr que las palabras salieran de mi boca. Alternaba la mirada entre mi paciente anfitrión y el reloj en la mesa. No sé cómo soportó mi silencio. Yo mismo no me tenía paciencia. Hasta que, finalmente, me atreví.

—Quiero contarte una cosa... Eres el primero que lo sabría y, si quieres, puedes internarme en un centro psiquiátrico después de escucharme.

—No soy ese tipo de médico, pero si insistes, tengo mis contactos. —Acompañó su broma con una sonrisa benevolente de padre comprensivo. Su actitud serena me dio más lástima que alivio. Solo un hombre al que la vida lo había golpeado muchas veces asumiría esa actitud de confesor experimentado, con la calma de quien sabe que lo que sea que saliera por mi boca no sería peor que cualquier cosa que hubiera escuchado ya.

—Terminé mi mayor obra y quería que la vieras. —Era imposible haber llevado mi lienzo a rastras porque era inmenso, aunque eso hubiera sido el perfecto accesorio para mi trastornado estado mental. Le mostré mi libreta con los bocetos. Asintió admirado. —No sé cómo pasó. Bueno, sí sé. Fue mi culpa. O no mi culpa, sino mi empeño...—Respiré hondo antes de continuar. —Resulta que mis personajes están vivos, Betances, ¡vivos! Y no me refiero a que para ella utilicé de modelo a mi hija, Georgina, o que este de aquí es mi amigo, Pablo —le explicaba, mientras pasaba las páginas con bocetos, dibujos a medias y borradores de la anatomía humana. Lo hacía tan frenéticamente que las manos se me llenaron del tizne negro del carboncillo. —Me refiero a que mis personajes me hablan, a que se mueven, a que razonan y, lo peor, que me exigen. Tuve que hacer un pacto con ellos; no podía hacer otra cosa.

—¿Qué tipo de pacto?

—Que podrán vivir dentro de la pintura y que el lienzo será una especie de espejo de cara al mundo. Que a través de él podrán observar y escuchar lo que pasa afuera, pero nunca saldrán. —Betances, abolicionista hasta la médula, me hizo una pregunta que no había podido contestar hasta el día de hoy.

—¿Les das vida y, luego, esperas que se conformen con estar presos? No podrás evitar que se rebelen algún día. La naturaleza de los que estamos vivos es ser libres.

—Menos mal que no te traje la pintura, o si no, mis personajes ya se hubieran levantado en armas. Antes de que me organices la revolución dentro del cuadro, hay algo que quiero saber. —Hice el chiste para apaciguar el terreno, antes de lo que realmente quería preguntarle. —Y bien, ¿cuál es tu diagnóstico? ¿Piensas que estoy loco?

—¿Por qué habría de dudar de tu cordura? ¿Es verdad lo que me cuentas?

—Sí.

—Oller, por amor, se hacen las más grandes locuras. Y aquí estamos dos locos, siempre amando. Tú un cuadro, yo un ideal. Da igual. Lo importante es haber amado. Además, un artista es como un padre, hace por su obra lo que tiene que hacer. Eso es lo que me consuela estos últimos días que me quedan... Yo hice lo que tenía que hacer.

No sé por qué Betances estaba tan obsesionado con la cercanía de la muerte. Si había una persona que merecía vivir para ver sus sueños cumplidos era él. Antes de irme, le di las gracias por escucharme sin juzgar y giré el reloj de arena que había colocado en la mesa.

—Tu tiempo comienza hoy. Bienvenido a la espiral, amigo. —Me despedí con solemnidad y salí, como un zumbo, de su casa, porque no quería tener que explicarle el regalo que acababa de hacerle. Llegado su momento, él escogería si lo aceptaba o no. Eso es lo bueno de los regalos: que las personas a las que se los damos, no están obligadas a tomarlos. La ilusión puede ser una trampa. Yo estaba tan feliz, al salir de su casa, que esa alegría efervescente se me subió a la cabeza.

A la mañana siguiente, visité a un amigo que Betances y yo teníamos en común, el pintor cubano Guillermo Collazo Tejada. La casa que tenía en el Boulevard Malesherbes sirvió muchas veces como lugar de reunión del Comité Cubano en París. Collazo estaba más cerca de la muerte de lo que aparentaba su actitud eufórica y se había quedado casi ciego. No me imagino un peor castigo para un pintor. Le conté, con pelos y señales, lo mismo que le había contado a mi compatriota, pero a Collazo sí le llevé el lienzo de *El Velorio*, en una misión que resultó ser más difícil de lo que pensaba. La dificultad pudo haberme advertido. No sé si Collazo estaba bajo los efectos de alguna droga, dado su historial, pero se le ocurrió una idea "formidable", —le encantaba usar esa palabra porque se escribía igual en francés y en español.

—Armemos una fiesta para celebrar tu regreso a París, para mostrar tu cuadro y para que la pasen bien tus...secretitos —dijo él, bajando la voz.

—No comprendo —respondí arisco.

—Bueno, que, si tus personajes están vivos, supongo que los míos también lo están, ¿no? Si dices que ellos ven lo que pasa a través del lienzo, vamos a darles una probada de lo mejor de París. Tú pones tu cuadro aquí, yo pongo los míos aquí, y que interactúen. Anda, anímate, Oller; cambia esa cara. ¡Fête, fête! ¡Fiesta, fiesta! — Con él, nunca se sabía si hablaba en broma o en serio. La fiesta se hizo, claro que se hizo, y esa idea, que parecía tan absurda, fue mi ruina. En la casa de Collazo Tejada, en mitad de una fiesta entre pintores y pintados, creadores y creaciones, surgió el amor más épico que ha parido París.

El tiempo le dio la razón a Betances. Mis personajes se rebelaron. Me exigieron salir y conocer el mundo. Amenazaron con abandonar la casa del cuadro cada vez que hubiera espectadores, de manera que los que fueran a ver El Velorio, solo apreciarían un bohío vacío, pobre y regado. Les concedí salir del cuadro solamente dentro de los predios del museo y, únicamente, cuando estuviera cerrado al público, pero ellos siempre querían más. Tras tantos años de ver el mundo desde adentro, de observar estudiantes, museos, personas y ciudades, querían tener lo mismo. Se convirtieron en seres ambiciosos, codiciosos. La avaricia los movía; solo querían bienes materiales. Recordé que, en primer lugar, los pinté como una crítica a la sociedad del siglo diecinueve, como un reflejo de lo peor de la humanidad. ¿Por qué ahora sería distinto?

Me vi obligado a crear este juego absurdo para sentar las bases del trueque. Si querían salir, tenían que ganárselo y debían ser reemplazados por alguien porque, de lo contrario, la pintura se quedaría vacía. Ahí entran ustedes.>>

Oller se dirigió a Camila, Alberto, Luna y Adrián, que estaban dentro de la pintura, mirándolo y escuchándolo, como si estuvieran detrás de una vitrina. Podían sentir el encierro inmóvil, verlo todo, pero sin poder formar parte, como una camisa de fuerza.

<<Me encargué de que los prepararan bien. Nunca antes se había quedado un elegido dentro de la pintura. Ninguno había fallado en descifrar su clave. Les aseguro que armar este brete no fue fácil. Tenía que crear una coartada, mientras los elegidos pasaban horas en esta dimensión, enfrentándose a sus miedos y descubriendo los elementos que pinté al revés. Fui reclutando ayudantes, perfeccionando el plan con los años. El primero que se sumó fue Gregorio, luego de encontrar mi carta. Después Klumb −el arquitecto del limbo−, algunos empleados de la Universidad y sí, también, el profesor Rodríguez. Tuve que inventarme lo del robo. Sé que era una movida arriesgada, pero dejar salir a cuatro de mis personajes, mientras ustedes resolvían las pistas, era una forma de complacerlos a medias, porque, tan pronto ustedes descubrieran las claves, cada uno volvería a su normalidad: ellos dentro y ustedes fuera, como debe ser. Yo siempre jugué para ustedes; por eso, son los elegidos. No obstante, reconozco que ya es hora de que esto termine. No prometo que pueda traerte de vuelta, Alberto, a ti o a los demás. No quería tener que llegar a esto, pero haré mi última movida. Sé que esto no se lo esperaban. Ya les amenacé una vez con destruirlos y no me atreví.>>

Oller estaba fuera de sí. Había comenzado a decir la verdad, aunque algo lo detenía. Quizá era el amor de padre al que hacía referencia Betances, o que ya estaba harto de arrastrar consigo a tanta gente en una espiral interminable de acciones y decisiones. No permitiría que su creación lo siguiera chantajeando. Le hizo un gesto a Gregorio, que permanecía en silencio, fiel y presto en un rincón del museo, para que le acercara una gran bolsa de tela que había traído consigo. Sacó un rolo rudimentario, lo opuesto a sus pinceles y espátulas profesionales. Abrió una lata de pintura blanca, de esas que se usan para pintar paredes, y lo regó por el piso del museo. Pasó el rolo sobre el líquido viscoso del piso y lo empapó de pintura hasta que chorreaba. Lo blandió de un lado a otro, igual que un guerrero examinando su espada. Amenazaba con volver el lienzo a su origen blanco, pulcro y vacío, a un estado virgen, sin rastro de lo que fue. Esta vez, Oller se atrevió. Dio un rolazo blanco por la parte baja de la tela y se llevó consigo a los perros y parte de la higuera repleta de flores. Si subía, borraría a alguno de los personajes. Gregorio se abalanzó sobre él y forcejearon.

—No lo hagas, maestro. Te lo ruego, por favor, ¡detente!

—¿Cómo puedes decir eso? Después de todo lo que te he hecho, después de todo lo que ha traído este cuadro maldito. Lo siento, Goyo, con esto también te libero.

El eco de una voz cansada y sin aliento, gritó—: ¡Papá, por favor, para!

A Oller se le cayó el rolo de las manos. Estaba tan húmedo que las gotas de pintura salpicaron su ropa y parte del marco sobre la placa dorada que llevaba su nombre.

—¡Vete! No quiero que veas esto.

—Es hora de que te pague todo lo que has hecho por mí.

—Tú eres diferente. Tú eres libre, no tienes que estar aquí. Vete, de una vez, y no me lo hagas más difícil.

—No puedes detenerme y lo sabes. Borrar tu obra es como desprenderte de ti mismo. Aunque no quieras admitirlo, sabes que yo soy la mejor solución; en realidad, la única.

Dentro de *El Velorio*, todos presenciaban la escena. Los cuatro amigos permanecían en silencio, expectantes, mientras que los demás demostraban que ya lo sabían.

—¡No hables! Te prohíbo que sigas.

—Ya lo dijiste. Soy diferente a ellos y no puedes prohibirme que hable. Se merecen saber la verdad.

Oller se arrodilló en el piso sobre la pintura blanca, llenándose de ella las manos y la ropa. Colocó los brazos sobre su cabeza. No quería escucharlo. No quería gritarle al mundo lo que había permitido que pasara. Se balanceaba hacia adelante y atrás en ese posición vulnerable y contrita. La pintura que chorreaba de sus extremidades se le derramaba por la cabeza, la cara y el cuerpo. Era como si él mismo deseara borrarse. La voz del profesor Rodríguez, cuando comenzó a hablar, retumbó por toda la sala.

—¡Yo soy un personaje de El Velorio!

Dentro de la pintura, los elegidos se quedaron sin aliento; se miraron unos a otros con una expresión herida, como si un puñal frío hubiera atravesado la fina capa de inocencia que todavía les quedaba. Junto con esa confesión, se despedían del último atisbo de esperanza en la humanidad. Habían exigido una explicación, pero jamás imaginaron que fuera esta.

<<Todo comenzó cuando conocí a María Silvia en la fiesta que hizo Guillermo Collazo Tejada, luego de que Oller le contara su secreto. Me enamoré de niño, con todo lo irracional que puede ser el amor y la niñez. Oller se sentía aprensivo en la fiesta, como que no debía estar ahí. Poco a poco, el remedio infalible de una copa y un poco de charla, seguida de otra copa y más conversación, lo fueron soltando. Nosotros teníamos una fiesta privada, como un VIP en el estudio donde Collazo guardaba todas sus obras. Al salir, dejó la puerta entreabierta y, desde esa rendija, podíamos ver qué pasaba afuera. Llegaron muchos artistas, intelectuales o personas del partido y el dueño de la casa los invitaba a dejar sus cuadros, esculturas y dibujos en el estudio. La mayoría de las obras eran paisajes, así que el ambiente en nuestra fiesta privada estaba bastante muerto, hasta que mis ojos se cruzaron con un cuadro, *La siesta* [10], que Collazo Tejada había pintado, en 1888, utilizando como modelo a su esposa, María Silvia. Desde su cuadro, ella dormitaba y miraba hacia afuera, a través de un balcón lleno de plantas tropicales. Luego, me contaría en sus cartas cómo añoraba estar junto al mar. María Silvia se sentía aún comprometida con su esposo, su creador, aunque no podía negar que hubo una conexión entre nosotros. Esa fue la primera emoción humana que había experimentado, la más fuerte de todas. De regreso a Puerto Rico, todos teníamos exigencias que hacerle a nuestro creador, a nuestro padre. Por décadas, Oller se mantuvo firme en su negativa.

---

10. *"La siesta"* es el nombre real del cuadro realizado por el artista cubano Guillermo Collazo Tejada, en 1888. Actualmente, este se encuentra en el Museo Nacional de Bellas Artes de La Habana. La pintura de Collazo es tributaria de la más conservadora pintura francesa de las últimas décadas del XIX. Ramón Emeterio Betances y Collazo tuvieron una relación cercana como parte de sus labores dentro del Comité Cubano de París.
11. Referencia a la novela gótica *Frankenstein o el moderno Prometeo*, escrita por la autora inglesa Mary Shelley, en 1818.

—Ya hice bastante con hacerlos traspasar el umbral entre la inercia y la vida. —Era lo que repetía a gritos.

De todas formas, el tiempo no significa nada para los personajes de un cuadro; ni las horas ni los días ni los años cambiaban nuestro aspecto. Reconozco que no fue el mejor tiempo de Oller, divagaba en las noches. Gritaba cosas sin sentido sobre una espiral y sobre una tal Mary Shelley[11], que había escrito sobre un científico que jugaba con la posibilidad de crear vida. Maldecía la idea de haberse convertido en él y hacía referencias al libro para afirmar que, si nos dejaba salir a todos, la destrucción sería inminente. Una noche, mientras los demás dormían, me quedé a hacerle compañía al Negro Pablo, que nunca se despegaba de la mesa donde yacía el niño. En realidad, quería poder quedarme a solas con Oller para exponerle mis razones, mis motivos para salir, mis anhelos más puros. En esa conversación, el pintor me llamó "mi criatura, lo único bueno que he hecho". Si me dejaba salir, causaría una confrontación con los demás; aun así, lo hizo. Yo era el niño vestido de blanco que corría sonriente entre Pablo y Georgina. En la pintura, aparezco abriéndome paso entre los dos, mis brazos extendidos, una muestra de mi deseo por lanzarme al mundo. Mi papá, mi creador, me tuvo compasión, o empatía, o ganas de ser rebelde, o deseos de dejar una huella en el mundo; eso nunca lo sabré. Pero accedió y, en cambio, pintó a un niño inerte, plano, inmóvil, igual a mí, para reemplazarme dentro de El Velorio. Me advirtió que la vida de afuera no sería fácil y que debía hacerme un hombre antes de buscar a María Silvia. La noche que toqué la puerta del asilo Nuestra Señora de la Providencia en Puerta de Tierra, sor Micaela le dio acogida a una criatura, a un personaje que no estaba destinado a esta vida y que, aunque lucía como un niño, en realidad, llevaba décadas de existencia dentro de la pintura. Hay pocas personas que vienen al mundo puras, incorruptibles, sin prejuicios, y así era mi madre. Oller armó todo ese novelón del niño huérfano y hasta me pegó una nota a la ropa para hacerme creíble. Me llevó de la mano a la puerta del asilo y allí me dejó para que cumpliera mi deseo de amar y ser amado.

—Recuerda cuál es tu origen para que puedas vivir cada día como si fuera el último. Ah, se me olvidaba, —añadió, antes de despedirse—: te llamas Ángel Rodríguez. —Fue un bautismo relámpago, espontáneo y poco eclesial, pero yo estaba feliz. Tenía un nombre y estaba vivo.

Tiempo después, retomé el contacto con María Silvia por cartas. Había abandonado París, luego de la muerte de Collazo, cuando trasladaron su cuadro a Cuba. Su pintor había llegado a otros acuerdos con ella, luego de esa fiesta en París.

—Te daré la libertad solo después de mi muerte y cuando pises tierra cubana.

Ella podía abandonar la pintura por unos periodos específicos porque a diferencia de mí, María Silvia era la protagonista de su cuadro: la única persona en medio de una vegetación tropical y una casa preciosa. Su ausencia se notaría más que la mía. Dado su trato con Collazo y que, para ese entonces, yo me había comprometido con Oller a preparar a los elegidos, nos vimos una sola vez. De ahí, en adelante, nuestro amor solo podía concretarse a través de cartas. Ambos lo aceptamos. Con el tiempo, los personajes de *El Velorio* comenzaron a usarme como ejemplo de que ellos también merecían salir al mundo. ¿Se imaginan un mundo lleno de personajes de cuadros? Era una idea poco viable y Oller quería salvaguardar la raza humana. Eso nos lleva a este punto. Me despido. Cambiaré mi lugar con Alberto. Vuelvo a donde pertenezco. ¡Coño, papá, gracias! ¡Me diste la mejor vida!>>

A la vez que Rodríguez hablaba, se rebobinaban los acontecimientos de esa noche, como si lo sucedido fuera un guion de una película sin terminar al que se le puede llevar al inicio con solo apretar Delete en el cursor de la computadora. Ya no estaban en el cuartel siendo interrogados ni en sus casas ni en la excursión a la Universidad. Estaban dentro del museo, antes de que comenzara todo. Oller se paró del suelo, chorreando pintura, con el rostro desencajado, tras escuchar la revelación de su gran secreto.

−¡Todo es culpa de este lugar! −Oller tenía los brazos extendidos. No señalaba a nada en específico, se refería a todo lo que lo rodeaba de los portones hacia adentro. −Culpa de este pequeño mundo dentro de otro mundo. Donde la espiral gira más deprisa. Donde las mentes siempre van un paso adelante. Es culpa de las paredes con historia, de las risas jóvenes y las piernas ágiles, que transitan los pasillos. Es culpa de la Torre, que siempre está erguida con actitud de niña insolente y hace que uno crea que tiene que andar con la cabeza en alto, haciendo lo que nos venga en gana. Es culpa de esta Universidad, que te mete en la cabeza que todos pueden darles vida a sus creaciones. Si tengo que confesar algo, es que lo volvería a hacer todo igual. No me arrepiento de nada. −Se escucharon unos aplausos distantes, que Oller asumió como suyos y recibió con una sonrisa complacida.

−Hay que joderse con los artistas. Es culpa de todos menos suya. ¿Cuándo se ha visto a un dios arrepentido? Por eso, dije que nunca me gustó el arte. −Gregorio tenía los ojos vidriosos, hablaba con la complicidad que se había ganado por tantos años de cercanía al pintor, por tantos años de ser su mano derecha. No había dejado de aplaudir mientras se reía y lloraba al mismo tiempo. Oller y Rodríguez reaccionaron igual.

Alberto fue el primero en salir de *El Velorio*. Se tocó el cuerpo para confirmar que seguía siendo de carne y hueso. Luna y Camila regresaron juntas y se abrazaron, dando brincos. Adrián fue el último en regresar y se dirigió directo a Gregorio. Los demás se quedaron pasmados, sin entender su reacción.

–Goyo, me equivoqué contigo. Todos lo hicimos. Para nosotros, siempre fuiste el malo y, en realidad, tú nos protegiste. Gracias. –El guardia de seguridad parecía más atónito que ellos. Nunca nadie le había agradecido su gesta. Su posición siempre había sido tras bastidores, opacado por el protagonismo del pintor.

Oller y el profesor intercambiaron unas palabras de despedida, que los demás no escucharon. Cualquiera que los hubiera visto pensaría que, de verdad, eran padre e hijo. Inconscientemente, el grupo formó dos líneas, dos bandos divididos por una frontera invisible. De un lado, estaban Oller, Gregorio y el profesor Rodríguez. Del otro lado, estaban Alberto, Luna, Camila y Adrián. Se miraron por largo rato antes de dar un paso. Habían vivido tantas cosas esa noche que tenían un vínculo irrompible. No se podía pedir explicación para lo que les había pasado. Solo que hay cosas que suceden al margen de esta realidad que vivimos; una espiral que altera el tiempo y divide la creación en dos dimensiones. Si se está atento a las señales, en realidad, no son opuestas. Aún ninguno se movía.

Camila pensó en quién era antes de esa noche; en su necesidad de llamar la atención y su miedo a estar sola. Juntó sus manos, en un acto imperceptible para los demás, pero que, para ella, significaba la más grande alianza. –Me tengo.

Luna rememoró los años que trató de huir de sí misma; las ocasiones en que planeó una vida perfecta imposible de cumplir; y las veces que huyó del reflejo del espejo, que le mostraba su verdadera naturaleza indomable. Sonrió satisfecha. −Me acepto.

Adrián recordó su aporte al grupo: la forma en que manejó la situación bajo presión. Pensó en ese momento de crisis en que reconoció lo que era capaz de dar. En la despedida de esa idea que lo aferraba a esperar a su madre, había jugado su mejor partido. −Me basto.

Alberto había salido redimido. Supo la verdad sobre su padre y pudo armar el rompecabezas de su vida, que antes estaba dispersa. Cada pieza era una de sus motivaciones, su familia, sus amigos, su barrio. Miró a su alrededor y se reconoció en los demás. −Soy porque somos.

Gregorio se transportó a su origen como guardia de seguridad de la Universidad: las huelgas, las luchas y la evolución del país, que vivió a través de tantos estudiantes que habían pasado por el museo. Su compromiso inamovible como guardián de El Velorio era su mayor orgullo. Se acomodó el manojo de llaves en el cinturón del pantalón. −Valgo.

El profesor Rodríguez recordó su vida. Lo asaltaban escenas, al azar, de momentos que lo marcaron: su primera noche en el asilo, al amparo de Sor Micaela; su primer día en la Universidad; su reencuentro con María Silvia; su paso por los salones de clases; y estos cuatro temerarios de Buen Consejo, que le habían llegado dentro. Miró el cuadro y asintió. −Fui y seré.

Seguían siendo islas. Ya limadas las tensiones en la frontera, ambos bandos dieron un paso más.

−¡Profe, yo siempre supe que eras un personaje, porque no era normal lo tuyo! −Se explayó Camila y corrió a abrazar al profesor Rodríguez. –¡Como te voy a extrañar, rarito!

Luna se sumó a la efusiva despedida. –¿Y qué pasará con María Silvia? –preguntó, exaltada. Ella se aferraba a ese amor legendario. Una historia así no podía quedar en la nada.

Hubo un leve titubeo y, luego, todos se abalanzaron unos sobre otros. Despedidas, promesas de volver a verse. El profesor Rodríguez se tomó su tiempo con cada uno de los elegidos. Con Alberto, todo era más emotivo.

–Me enorgulleces.

–Y usted a mí. Es la persona... o el personaje... más valiente que conozco. Lamento que terminara así por mi culpa.

–Son las cartas que me tocaron. ¿Recuerdas? Uno hace lo mejor que puede con ellas.

–Extrañaré estar en su grupo.

–Anda, vete a tu casa y no seas embustero. –No encontraban cómo decir adiós. –Alberto, ¿puedo pedirte un favor?

–Claro, profe, lo que sea. –El profesor le entregó unos papeles que traía doblados de su bolsillo.

–Esto es privado –le advirtió. –Mira el lío que se formó cuando Gregorio encontró una carta. Son para María Silvia. ¿Podrías entregárselas a Luna? Ella sabrá qué hacer para que le lleguen. Y... otra cosa...solo si tú quieres...

—¿Qué? No volveré a entrar al cuadro ni a la jodía si es lo que tienes en mente. Pídeme cualquier cosa, menos eso. —Si el profesor Rodríguez hubiera podido heredar su genética a un hijo, probablemente fuera igual de incorregible que Alberto.

—Algún día podrías ser mi reemplazo.

El carillón tocó tres campanadas y todo volvió a ser como antes. El cuadro estaba intacto. Oller se mezclaba con el gentío. Los celulares de Camila y Luna comenzaron a sonar frenéticamente. Sus madres querían saber si Awilda y Coki ya habían ido a recogerlas. Alberto tenía el celular sin carga. Adrián tenía diez llamadas perdidas de su abuelo y siete mensajes: "Adrián, ya llegué, los espero a los cuatro donde acordamos"; "Estoy en el portón de afuera, te estoy llamando"; "A menos que te hayan cortado las dos manos, no entiendo qué te impide responder el bendito teléfono"; "¿No se ha acabado la actividad? Dime si quieres que me vaya para la casa y les dé más tiempo"; "¿Dónde carajo estás? Los voy a dejar a pie"; "Perdón, papito. Espero que no te haya pasado nada. Por favor, cuando veas este mensaje, llama a tu abuelo"; "Que dice tu abuela que, si no respondes, va a ir ella a buscarlos y los va a arrastrar hasta la salida, así que les aconsejo salir ya".

Cuando se disponían a salir del museo, escucharon la voz autoritaria de Gregorio y sus corazones comenzaron a latir con fuerza. ¿Sería posible que las cosas, en realidad, no se hubieran resuelto?

—¡Paren! ¿A dónde creen que van?

—A casa. Si no salimos ya, mi abuela nos mata y, créeme, Goyo, no tengo el cuerpo para más velorios.

—¿Y quién les dijo que podían irse sin firmar el libro de visitas?

Desde arriba, los vi salir, alzando la voz, empujándose, saltando en las espaldas de los otros, abrazándose, hablando todos a la vez. Me encanta observar tanta juventud; su ímpetu me mantiene en pie. Uno de ellos se volteó, nostálgico, y se quedó mirándome. Yo le respondí con una melodía triste. No me despedí esa noche; sabía que iban a regresar. Mientras tanto, yo sigo vigilante, sin tiempo, guardando los secretos de Río Piedras, una ciudad que es magia, cuando todos duermen.

TIEMPO DESPUÉS...

—Hola, ¿amb qui parlo? —contestó una voz hosca en catalán. Dudaron ¿sería el número correcto? No esperaban que la persona les respondiera en otro idioma que no fuera español, pero todo podía esperarse de un maestro del camuflaje.

—He...si...hola... —Alberto apartó el teléfono de su cara por unos segundos. —No entendí un carajo de lo que dijo este tipo...

—Camila le arrebató el celular de las manos porque el tiempo apremiaba. —Queremos comunicarnos con Arriví, ¿es usted? Y si no es usted, pero lo conoce ¿podría darnos su número? Necesitamos dar con él, es urgente —dijo de un tirón.

A más de seis mil novecientos kilómetros de distancia, del otro lado del teléfono, un señor mayor al que le seguía pisando los talones la sombra del hombre joven y atractivo que alguna vez fue, guardó silencio y miró en todas direcciones. Tardó en contestar la llamada porque tenía un emplegoste en las manos a causa del plato de queso con miel que acababa de comprarse en el Mercado de la Boquería.

—¡Carall! ¿Què és el que volen? —gritó malhumorado.

A las tres de la tarde de un sábado, caminando por Las Ramblas de Barcelona, con tantos quioscos ambulantes como personas, era difícil adivinar si alguien lo había estado siguiendo desde que salió de su apartamento en El Raval, donde varios vecinos de dudosa reputación lo mantenían al tanto de cualquier movimiento extraño en torno suyo. Las estrechas calles de ese barrio estaban repletas de ojos que eran a veces aliados y otras veces enemigos, por eso siempre tenía que estar alerta. Además, nadie lo había llamado por ese apellido desde aquel inusual pedido de falsificar un certificado de nacimiento que le había hecho una monja en un asilo en Puerta de Tierra. Un estafador tenía que estar en constante huida. No podía echar raíces en ningún sitio. Nadie sabía su verdadero nombre y hoy estaba en Barcelona, pero mañana quién sabe dónde. Desconfiar de todos le había salvado la vida muchas veces.

Ante el silencio que mantenía, Luna cogió el teléfono y prosiguió.

—Llamamos en nombre de Ángel Rodríguez de Baquies. ¿Le suena de algo? —Cómo no iba a sonarle ese nombre si por culpa del encargo de aquella monja había tenido que huir y mantenerse oculto todo este tiempo. —¿Me escucha? —Luna pasó el teléfono, frustrada —creo que enganchó.

De nuevo el silencio.

Adrián comprobó que en la pantalla del celular seguían corriendo los segundos de la llamada. No había colgado. Quien fuera que hubiera respondido seguía en la línea. Tenían que arrancarle una respuesta cuanto antes porque esa llamada a España les saldría en un ojo de la cara.

—Tenemos un pedido especial y a cambio el pago será más grande de lo que se puede imaginar.

Esa era la última carta que jugarían, pero por el intransigente silencio del receptor tuvieron que hacer la sobrepuesta antes de tiempo.

—Qui els va donar aquest número... —volvió a decir en catalán.

—Es la costumbre... —se disculpó a medias. —¿Quién les dio este número?

—A nosotros nos lo dio Gregorio, un amigo del profesor Rodríguez, pero a él se lo dejó su madre en caso de que lo necesitara algún día. Tengo entendido, que le prometió que lo ayudaría a cambio de algo que usted anhela desde hace mucho.

—¿Y qué es eso que yo quiero y ustedes pueden darme?

—La puerta a la dimensión de lo imaginario. ¿Un falsificador inmortal? Piénsalo, serías una leyenda.

Arriví miró con desgano el pobre edificio ajado, repleto de sábanas que colgaban de los balcones mohosos, como fantasmas de poliéster, donde se había ocultado por los últimos años. Repitió para sí mismo la última frase en extremo optimista de Adrián: "serías una leyenda", se rió de su propia suerte, el destino de los estafadores no es convertirse en leyendas, o eso creía.

—Estoy dentro. No me vuelvan a llamar a este número. Yo me pondré en contacto con ustedes...

—Pero, cuándo... —Los cuatro tenían el teléfono en altavoz y no pudieron explicarle el plan completo antes de que Arriví colgara.

Habían pasado dos meses desde esa encriptada conversación

con Arriví, quien nunca les devolvió la llamada. Esa noche, convencidos de que su plan se había ido al traste, Alberto abrió el buzón frente a su casa y notó que tenía dentro un sobre con un matasellos del extranjero.

–Dice: Para Los ALCA –leyó en voz alta. Alberto recibía muchas cartas de su padre desde la cárcel, pero nunca había recibido ninguna en la que los destinatarios fueran él y sus amigos.

–¡Ábrela ya! –insistió Camila, desesperada.

El sobre contenía una postal con una imagen preciosa de un ángel de oro sobre una inmensa columna en medio de una bulliciosa avenida. La mujer alada de la postal tenía el torso desnudo y mantenía un brazo en alto en señal de victoria. Los amigos miraban embelesados la fotografía.

–Déjanos ver qué dice. –Luna presentía que esa no era una simple tarjeta de recuerdo que alguien había tenido el detalle de enviarles. Ella tuvo la certeza de que era una invitación y una provocación al mismo tiempo. Volteó la postal para comprobar quién la enviaba.

Del otro lado de la foto, estaba escrita la dirección poco precisa del remitente: Colonia Narvarte, Ciudad de México, México.

A Luna le temblaban las manos cuando señaló con el dedo índice el único contenido de la tarjeta; una espiral.

–¿Recuerdan cuando Rodríguez nos contó que lo primero que vio al entrar al asilo de Sor Micaela fue una pintura de unos ángeles? –rememoró Adrián intentando completar el rompecabezas de esta misteriosa correspondencia.

—Además, él se llama Ángel...y esa no debe ser una coincidencia – añadió Alberto con un gesto de tedio como si no fuera necesario recordarles ese detalle tan obvio. –El profesor quiere enviarnos un mensaje.

A Luna se le cayó la postal de las manos, los cuatro amigos se miraron unos a otros sin mediar palabra.

El Ángel de la Independencia de la Ciudad de México parecía sonreírles en la fotografía. Lo sabía primero que ellos; el juego volvía a empezar.

NOTA DE LA AUTORA

La premisa de esta novela la escribí hace más de una década, cuando caminaba por los pasillos de la Universidad de Puerto Rico y visité el museo de Historia Antropología y Arte, por primera vez, en mi año de prepa. Desde ese momento, se convirtió en uno de mis lugares favoritos dentro del recinto por su indudable mística. Recuerdo que el museo tenía la bandera de Lares original en exposición transitoria, y una profesora de Periodismo nos sugirió que fuéramos a verla: tan grande, tan desgastada, tan valiente.

Un guardia de seguridad, de esos que son como el farolero de El Principito, "fieles a la consigna", me dijo que firmara el libro de visitas y me hizo una pregunta que sentí como una prueba de iniciación−: ¿Quién cosió la bandera de Lares? −Mariana Bracetti −respondí, consciente de que el papel de "Brazo de Oro" como líder revolucionaria iba más allá de haber confeccionado el prototipo de la bandera. Estoy convencida de que mi respuesta acertada abrió una especie de portal que Gregorio González Nieves, el verdadero guardián de El Velorio, archivaba celosamente solo para algunos elegidos.

Me volteé y recuerdo la sensación de asombro que experimenté al ver el cuadro aquella tarde de abril. Dadas las reducidas dimensiones del museo y el hecho de que la obra abarca la pared principal de la sala de arte casi por completo, hay una especie de encantamiento tridimensional, de movimiento y vida, que se desprenden de la pintura y te atrapan por entero. Al parecer, mi reacción ante El Velorio y la pericia de Oller, también convencieron al guardia −había pasado mi segunda prueba−, ya era de los suyos. De la mano de Gregorio, que había perfeccionado su conocimiento sobre la pintura en sus años de servicio en el museo como guardia de seguridad, aprendí a amar El Velorio como jamás pensé que lo haría. Desde entonces, pasaba las tardes libres en el museo, aprendiendo de un profesor inusual, sobre la tradición del baquiné, los rasgos impresionistas que tenía la pintura y sobre la identidad de algunos de los personajes. No obstante, lo que más me maravilló fue que don Goyo – llegados a este punto ya éramos amigos– me develara el secreto de los elementos que Oller había pintado al revés. Ahí me convencí de que tenía que escribir una historia que fuera igual que le llamó Oller a *El Velorio*, "el fruto de todo mi amor". De los cien borradores que redacté, quedó, al final, este libro. Goyo, nunca te estaré lo suficientemente agradecida.

Años después de graduarme de bachillerato y de regresar a Puerto Rico tras mi maestría en Cuba, encontré engavetado el borrador de esta historia y supe que tenía que volver al museo. En esa ocasión, había una exposición de grabados titulada Canción de baquiné, del artista José R. Alicea. En cada imagen se mostraba la desgarradora estampa de una madre ante la pérdida de su hijo pequeño. Acompañando cada uno de los diez grabados, había un verso recogido de la tradición popular oral que se solía cantar en los baquinés y que escritores como Federico de Onís o Luis Palés Matos rememoraron en sus trabajos. Una vez más, el museo, *El Velorio* y sus exposiciones transitorias me inspiraban a escribir esta historia, así que, movida por este trabajo de Alicea, quise acompañar cada una de las cuatro visitas al cuadro que hacen los protagonistas de esta novela con uno de los versos que aparecen en estos grabados.

Fue de vital importancia para mi proceso de investigación el escrito biográfico titulado "Francisco Oller y Cestero", de la historiadora Lariana Olguín Arroyo, publicado en la Revista Umbral, donde se destaca que Oller fue el primer pintor impresionista puertorriqueño y el único hispano en formar parte de la creación de ese movimiento artístico. Además, fue maestro de Paul Cézanne y mantuvo una amistad cercana con sus colegas Camille Pissarro y Claude Monet, entre otros grandes artistas

266|LOS SECRETOS DE LA TORRE

de la época, lo que me sirvió de inspiración para recrear las escenas de un joven pintor puertorriqueño embriagado por el arte, debatiendo en los cafés de París del siglo diecinueve. Por su parte, los escritos del historiador e investigador Félix Ojeda Reyes, en torno a la figura del Dr. Ramón Emeterio Betances, fueron igualmente importantes para acercarme a la vida de nuestro Padre de la Patria, y así poder crear un mundo de ficción alrededor de la amistad que realmente existió entre Oller y Betances.

Quiero agradecer a mi abuela Petrona León Figueroa, que nació en 1930 y que me contó, de primera mano, anécdotas sobre los baquinés a los que fue de niña en el barrio Camarones de Guaynabo. Y ya que estoy agradeciendo a la familia, agradezco a mi hermano mayor, Alberto Marrero, que me dio mucho más que su nombre para uno de mis personajes. Con él, me puedo pasar horas hablando de locuras medio cultas, porque, a pesar de que estudió medicina, tiene un vasto conocimiento del arte en general, que me fue muy útil por las descabelladas ideas que me dio para este libro. A mi tío, Ángel Rodríguez, porque es un profesor de historia que, de verdad, es como un personaje y porque, desde que tengo memoria, es a quien le consulto todos los datos históricos y políticos de nuestro país y del mundo. A mi prima, Kenia Rodríguez, por ser la primera adolescente en darme su opinión sobre este libro. Mientras escribía y editaba esta novela, falleció mi abuelo, Ángel Manuel Rodríguez Baéz, a la edad de 91 años. Mi abuelo estudió en la escuela Ramón Vilá Mayo, la misma de nuestros protagonistas, y se hubiera podido graduar de cuarto año si no lo hubieran llamado para enlistarse obligatoriamente para pelear en Correa en 1951. Inmortalizar su nombre, su escuela, hasta el apodo con el que le llamábamos sus nietos "Paito", en este libro, es mi mejor forma de decirle gracias y hasta siempre.

Sobre las palabras precisas que el notificador le decía a una viuda o a la familia del difunto cuando un soldado moría en la guerra, supe, gracias a la entrevista que le realicé a William Morales Ortiz, quien fue reclutado obligatoriamente, en 1968, para pelear en la guerra de Vietnam; y, luego, continuó en el ARMY voluntariamente y fungió como notificador oficial hasta el año en que estuvo activo en el Ejército. Por su información certera y por las anécdotas desgarradoras, también le extiendo mi agradecimiento.

De igual forma, quiero agradecer a los residentes del barrio Buen Consejo (Río Piedras): a Ramón Casillas, a su sobrina, Rosarito "Charo" Molina, y a su esposo, Héctor, por recibirme con tanto cariño. Mi agradecimiento especial al líder comunitario Rafael Morales, por enseñarme lo bueno de su comunidad a través de sus ojos. No solo recorrimos la calle Bolívar, donde viven los ALCA, sino también sus lugares emblemáticos, como los colmados, la placita, la quebrada, la escuela elemental —que está en desuso y que la comunidad quiere rescatar— los callejones y, mi parte favorita, La Loma, desde donde se ve el mar y reina imponente una visión esperanzadora de la mejor de las confidentes, la Torre. Además, Rafael me prestó el libro "Río Piedras-Estampas de mi pueblo", escrito por el fisiatra y "riopedreño por adopción" Florencio Sáez, Jr., que es un tesoro para él y para cualquiera que lo lea.

Gracias a mi equipo de trabajo: Laura Rexach, por apostar por esta historia a través de Editorial Destellos y por abrirme las puertas a ustedes como lectores. Reescribir este libro durante el encierro de la pandemia ha sido el mejor regalo. A Najelis Sambolín, nuestra lectora, por aportar su visión juvenil y su opinión sobre la cercanía y el realismo de las escenas y los diálogos. Gracias infinitas a Mariola Rosario porque ¡qué sería un libro sin su editora! Desde el principio, tuvimos una conexión maravillosa que se consolidó en todo el proceso de revisión y escritura y que, como suele pasar, se convirtió en una amistad fuera del papel. Gracias por tu talento, este libro no sería lo mismo sin ti.

Me di a la tarea de desandar los pasos de cada uno de los personajes de este libro porque ya sea en París, Barcelona, La Habana o Río Piedras, todas estas ciudades me han marcado y tienen algo que contar a través de sus edificios y su gente. A esas ciudades, sus habitantes, su esencia, su historia y los buenos recuerdos que me dejaron, gracias.

Por último, quiero agradecer a los lectores jóvenes. Una vez me preguntaron lo que busco lograr con este libro y respondí–: Quiero que maraville y motive a los que ya saben que van a ir a la universidad, pero, sobre todo, quiero tocar la fibra de esos que, como lo fui yo, son del "Grupo de los difíciles", para que, al igual que me pasó a mí, encuentren en la educación la mejor forma de seguir siendo rebeldes.

Yarimar Marrero Rodríguez.